U0615562

董学增　主编

增定词谱全编

第三册

北京燕山出版社

第三册 目录

常用词谱（三）

非常用词谱（一）

常用词谱（三）

235. 杏花天　（二体）

正体　**又名杏花风、惜芳时、杏花天影，双调五十四字，上下阕各四句，四仄韵**

朱敦儒

浅春庭院东风晓。细雨打、鸳鸯寒悄。
⊙○⊙●○○▲　⊙⊙●、⊙○⊙▲

花尖望见秋千了。无路踏青斗草。
⊙○⊙●○○▲　⊙●⊙○⊙▲

人别后、碧云信杳。对好景、愁多欢少。
⊙⊙●、⊙○⊙▲　⊙⊙●、⊙○⊙▲

等他燕子传音耗。红杏开还未到。
⊙○⊙●⊙○▲　⊙●⊙○⊙▲

（此谱近《端正好》，结句六字折腰者为《端正好》，六字一气者为《杏花天》。下起有不作破读者。无名氏词上阕第二句少一字，不予校订。汪莘词起句作：⊙●⊙○⊙●▲。周密词下阕第三句作：⊙●⊙○⊙●▲，不予参校。）

变体 **又名杏花风、惜芳时、杏花天影，双调五十六字，上下阕各四句，四仄韵**

卢　炳

镂冰翦玉工夫费。做六出、飞花乱坠。

舞风情态谁相似。算只有、江梅可比。

◉○◉●○○▲　◉●●、◉○◉▲

极目处、璠瑶万里。海天阔、清寒似水。

◉◉●、◉○◉▲　◉◉●、◉○◉▲

从教高卷珠帘起。看三白、年丰瑞气。

◉○◉●○○▲　◉○●、◉○◉▲

（较正体，唯两结各添一字。侯寘词下结少一字，吕胜己词上结少一字，姜夔词上下阕各添一两字句，不予参校。欧阳修词起句作：◉●◉○●○▲，不予参校。）

杏花天 （宋词）

吴礼之

春思

闷来凭得阑干暖。自手引、朱帘高卷。桃花半露胭脂面。芳草如茵乍展。　　烟光散、湖光潋滟。映绿柳、黄鹂巧啭。遥山好似宫眉浅。人比遥山更远。

杏花天 （宋词）

史达祖

清明

软波拖碧蒲芽短。画桥外、花晴柳暖。今年自是清明晚。便觉芳情较懒。　　春衫瘦、东风翦翦。过花坞、香吹醉面。归来立马斜阳岸。隔岸歌声一片。

杏花天 （宋词）

高观国

远山学得修眉翠。看眉展、春愁无际。雨痕半湿东风外。不管梨花有泪。　　西园路、青鞋暗记。怕行入、秋千径里。一春多少相思意。说与新来燕子。

杏花天 （宋词）

周　密

赋昭君

汉宫乍出慵梳掠。关月冷、玉沙飞幕。龙香拨重春葱弱。一曲哀弦谩托。　　君恩厚、空怜命薄。青冢远、几番花落。丹青自是难描摸。不是当时画错。

杏花天 （宋词）

周　密

金池琼苑曾经醉。是多少、红情绿意。东风一枕游仙睡。换却莺花人世。　　渐暮色、鹃声四起。正愁满、香沟御水。一色柳烟三十里。为问春归那里。

杏花天 （宋词）

张　炎

赋疏杏

湘罗几剪黏新巧。似过雨、胭脂全少。不教枝上春痕闹。都被海棠分了。　　带柳色、愁眉暗恼。谩遥指、孤村自好。深巷明朝休起早。空等卖花人到。

杏花天 （宋词）

姜 夔

丙午之冬，发沔口。丁未正月二日，道金陵。北望淮楚，风日清淑，小舟挂席，容与波上

绿丝低拂鸳鸯浦。想桃叶、当时唤渡。又将愁眼与春风，待去。倚兰桡、更少驻。　　金陵路。莺吟燕舞。算潮水、知人最苦。满汀芳草不成归，日暮。更移舟、向甚处。

杏花天 （金元词）

邵亨贞

拟白石垂虹夜泊

月明消却娃宫酒。听吹笛、清寒满袖。向时双浆载离愁，去后。几春风、待问柳。　　谩回首。三江渡口。念西子、如今在否。上方钟动客船开，别久。寄新诗、兴未有。

236. 选冠子 （二体）

正体 又名选官子、苏武慢、过秦楼、惜余春慢、转调选冠子，双调一百十三字，上阕十一句四仄韵，下阕十三句四仄韵

张景修

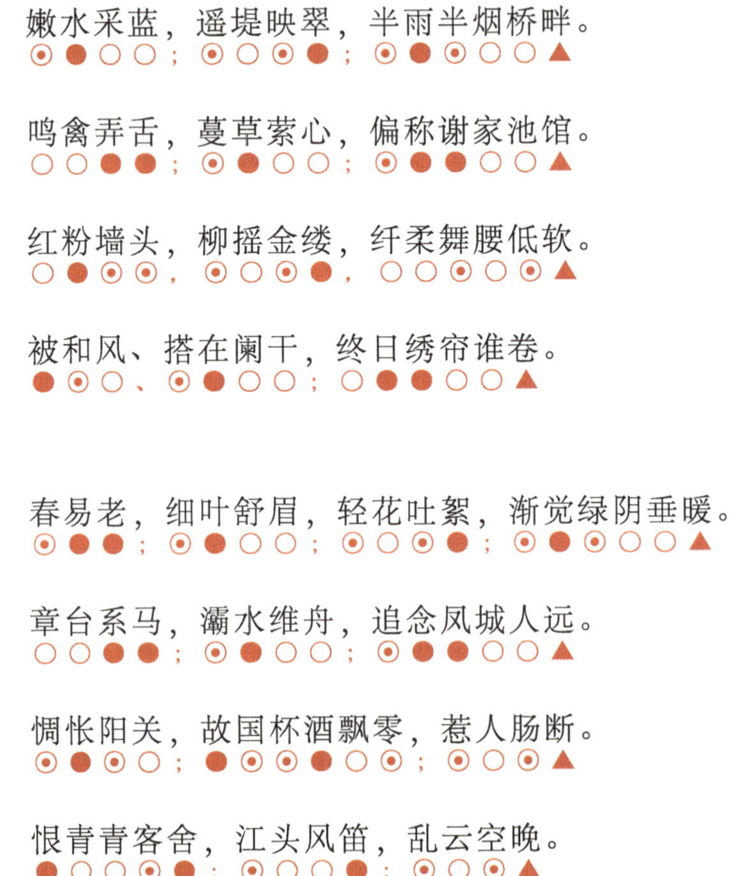

嫩水采蓝，遥堤映翠，半雨半烟桥畔。

鸣禽弄舌，蔓草萦心，偏称谢家池馆。

红粉墙头，柳摇金缕，纤柔舞腰低软。

被和风、搭在阑干，终日绣帘谁卷。

春易老，细叶舒眉，轻花吐絮，渐觉绿阴垂暖。

章台系马，灞水维舟，追念凤城人远。

惆怅阳关，故国杯酒飘零，惹人肠断。

恨青青客舍，江头风笛，乱云空晚。

（上结可重组为五字、四字、四字各一句。下阕第八、第九、第十句，可重组为六字、四字、四字各一句。下结可重组为七字、六字各一句，七字句读作三、四。陈允平词下起少一字，下起唯杨泽民词作：○○●，不予校订。）

变体 **又名选官子、苏武慢、过秦楼、惜余春慢、转调选冠子，双调一百十一字，上阕十二句四仄韵，下阕十一句四仄韵**

周邦彦

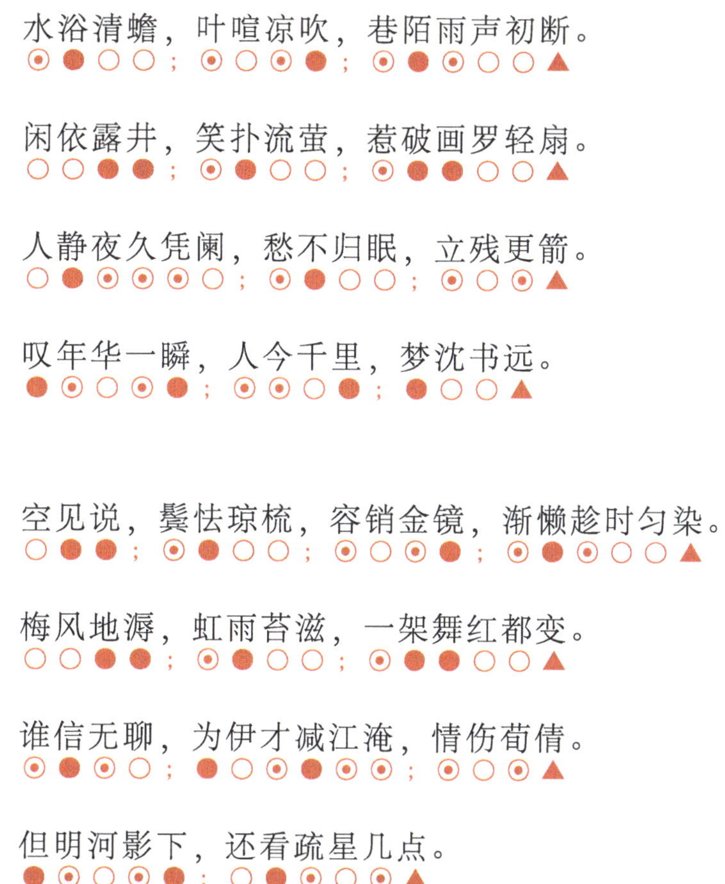

水浴清蟾，叶喧凉吹，巷陌雨声初断。

闲依露井，笑扑流萤，惹破画罗轻扇。

人静夜久凭阑，愁不归眠，立残更箭。

叹年华一瞬，人今千里，梦沈书远。

空见说，鬓怯琼梳，容销金镜，渐懒趁时匀染。

梅风地溽，虹雨苔滋，一架舞红都变。

谁信无聊，为伊才减江淹，情伤荀倩。

但明河影下，还看疏星几点。

（下起唯蔡伸词作：●●○，曹勋别首上阕末句多一字，吕渭老词两首，上下阕皆少两字，不予校订。）

选冠子 （宋词）

无名氏

憔悴江山，凄凉古道，寒日澹烟残雪。行人立马，手折江梅，红萼素英初发。月下瑶台，弄玉飞琼，不老年年春色。被东君、唤遣娆红，高韵且饶清白。　　因动感，野水溪桥，竹篱茅舍，何似玉堂金阙。天教占了，第一枝春，何处不宜风月。休问庚岭止渴，金鼎调羹，有谁如得。傲冰霜、雅态清香，花里自称三绝。

选冠子 （宋词）

孔　夷

情景

弄月馀花，团风轻絮，露湿池塘春草。莺莺恋友，燕燕将雏，惆怅睡残清晓。还似初相见时，携手旗亭，酒香梅小。向登临长是，伤春滋味，泪弹多少。　　因甚却、轻许风流，终非长久，又说分飞烦恼。罗衣瘦损，绣被香消，那更乱红如扫。门外无穷路岐，天若有情，和天须老。念高唐归梦，凄凉何处，水流云绕。

选冠子 （宋词）

方千里

柳拂鹅黄，草揉螺黛，院落雨痕才断。蜂须雾湿，燕嘴泥融，陌上细风频扇。多少艳景关心，长苦春光，疾如飞箭。对东风忍负，西园清赏，翠深香远。　空暗忆，醉走铜驼，闲敲金鐙，倦迹素衣尘染。因花瘦觉，为酒情钟，绿鬓几番催变。何况逢迎向人，眉黛供愁，娇波回倩。料相思此际，浓似飞红万点。

选冠子 （宋词）

邓有功

燕蹴飞红，莺迁新绿，几阵晚来风急。谢家池馆，金谷园林，还又把春虚掷。年时恨雨愁云，物换星移，有谁曾忆。把一尊试酹，落花芳草，总成尘迹。　频自笑，流浪孤萍，沾泥弱絮，有底困春无力。银屏香暖，宝筆波寒，又负月明今夕。往事梦里，沉思惟有罗襟，泪痕犹湿。奈垂杨万缕，不系西风白日。

选冠子 （宋词）

蔡　伸

雁落平沙，烟笼寒水，古垒鸣笳声断。青山隐隐，败叶萧萧，天际暝鸦零乱。楼上黄昏，片帆千里归程，年华将晚。望碧云空暮，佳人何处，梦魂俱远。　　忆旧游，邃馆朱扉，小园香径，尚想桃花人面。书盈锦轴，恨满金徽，难写寸心幽怨。两地离愁，一尊芳酒，凄凉危栏倚遍。尽迟留，凭仗西风，吹干泪眼。

选冠子 （金元词）

凌云翰

玉砌雕阑，朱门紫陌，争似道人茅宇。尊有新醪，盘无兼味，自傍小溪垂缕。富贵何淫，贱贫亦乐，此外更无他语。有时将明月为家，或共白云为侣。　　还俯视、六合之间，茫茫何物，不入灵台丹府。绿水青山，野花啼鸟，已把此心留住。梦熟黄粱，尘飞沧海，转首便为千古。问雪堂、归去何时，江上一犁春雨。

选冠子 （金元词）

凌云翰

驴背驮诗，鸱夷盛酒，晓踏苏堤残雪。露阙云门，璇阶玉宇，照耀日华光洁。见说孤山，犹存老树，清兴一时超越。画船归、更有渔舟，此景顿成奇绝。　　还四顾、表里通明，高低一色，尘土不容豪发。却忆韩郎，花开顷刻，谁得染根仙诀。雪后园林，天开图画，眼界迥然俱别。待黄昏、约取林逋，湖上朗吟香月。

选冠子 （金元词）

张　翥

岁晚再雪，仍用前（对雪）韵

岁晚江空，雪飞风起，老境若为聊赖。家人解事，准备深尊，旋遣夜窗寒解。萍梗孤踪，幻影浮生，万里喜还闽海。但囊中留得，诗篇烂写，水情山态。　　真比似、一个冥鸿，南来北去，阅尽几重关塞。名缰利锁，绊杀英雄，都付醉乡之外。惟不能忘，一舸吴淞，鲈脍豉羹莼菜。且今宵还我，冰壶天地，眼空尘界。

237. 眼儿媚　（一体）

正体　又名小阑干、东风寒、秋波媚，双调四十八字，上阕五句三平韵，下阕五句两平韵

左　誉

楼上黄昏杏花寒。斜月小阑干。
○●○○●○△　⊙●●○△

一双燕子，两行归雁，画角声残。
⊙○⊙●；⊙○⊙●；⊙●○△

绮窗人在东风里，洒泪对春闲。
⊙○⊙●○○●；⊙●●○△

也应似旧，盈盈秋水，淡淡青山。
⊙○⊙●；⊙○⊙●；⊙●○△

（起句平仄亦可为：⊙○⊙●●○△.）

眼儿媚 （宋词）

赵　信

玉京曾忆昔繁华。万里帝王家。琼林玉殿，朝喧弦管，暮列笙琶。　　花城人去今萧索，春梦绕胡沙。家山何处，忍听羌笛，吹彻梅花。

眼儿媚 （宋词）

张元幹

萧萧疏雨滴梧桐。人在绮窗中。离愁遍绕，天涯不尽，却在眉峰。　　娇波暗落相思泪，流破脸边红。可怜瘦似，一枝春柳，不奈东风。

眼儿媚 （宋词）

朱淑真

迟迟春日弄轻柔。花径暗香流。清明过了，不堪回首，云锁朱楼。　　午窗睡起莺声巧，何处唤春愁。绿杨影里，海棠亭畔，红杏梢头。

眼儿媚 （宋词）

张孝祥

晓来江上荻花秋。做弄个离愁。半竿残日，两行珠泪，一叶扁舟。　　须知此去应难遇，直待醉方休。如今眼底，明朝心上，后日眉头。

眼儿媚 （宋词）

洪咨夔

平沙芳草渡头村。绿遍去年痕。游丝下上，流莺来往，无限销魂。　　绮窗深静人归晚，金鸭水沉温。海棠影下，子规声里，立尽黄昏。

眼儿媚 （宋词）

黄　机

东风挟雨苦无端。恻恻送轻寒。那堪更向，湘湾六六，浅处留船。　　诗阄酒戏成孤负，春事已阑珊。离愁都在，落花枝上，杜宇声边。

眼儿媚 （宋词）

无名氏

杨柳丝丝弄轻柔。烟缕织成愁。海棠未雨，梨花先雪，一半春休。　　而今往事难重省，归梦绕秦楼。相思只在，丁香枝上，豆蔻梢头。

眼儿媚 （金元词）

无名氏

石榴花发尚伤春。草色带斜曛。芙蓉面瘦，蕙兰心病，柳叶眉颦。　　如年长昼虽难过，入夜更消魂。半窗淡月，三声鸣鼓，一个愁人。

眼儿媚 （金元词）

耶律铸

醴泉和高斋，遇炀帝故宫。

隔江谁唱后庭花。烟淡月笼沙。水云凝恨，锦帆何事，也到天涯。　　寄声衰柳将烟草，且莫怨年华。东君也是，世间行客，知遇谁家。

238. 宴清都　(一体)

正体　又名四代好，双调一百二十字，上阕十句五仄韵，下阕十句四仄韵

周邦彦

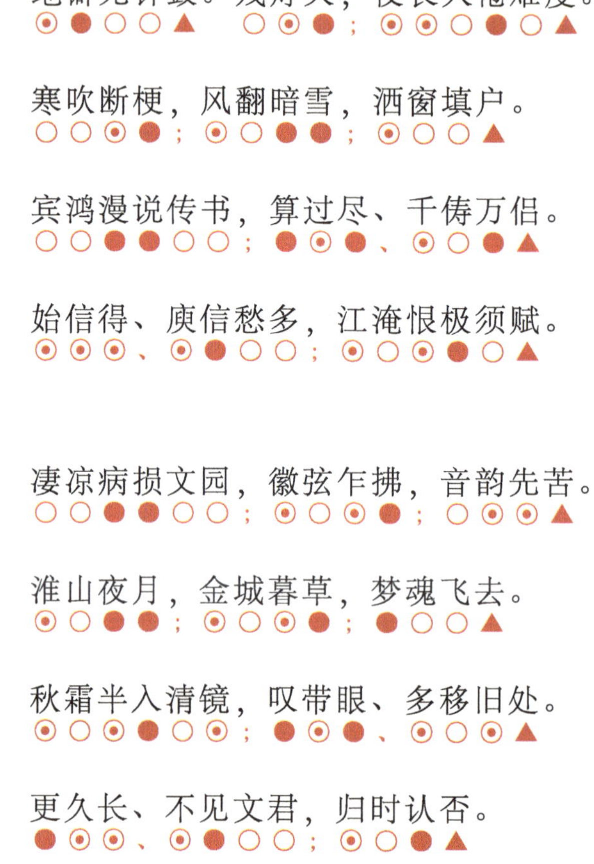

地僻无钟鼓。残灯灭，夜长人倦难度。
寒吹断梗，风翻暗雪，洒窗填户。
宾鸿漫说传书，算过尽、千俦万侣。
始信得、庾信愁多，江淹恨极须赋。

凄凉病损文园，徽弦乍拂，音韵先苦。
淮山夜月，金城暮草，梦魂飞去。
秋霜半入清镜，叹带眼、多移旧处。
更久长、不见文君，归时认否。

（上阕第五句唯陈允平词及曹勋别首作：○●○○。下起可含短韵。何籀、程垓词，上结皆叠用四韵字。赵珌象词下阕第四句多一领字，胡翼龙词结句多两字，不予参校。）

宴清都（宋词）

袁去华

暮雨消烦暑。房栊顿觉，秋意如许。天高云杳，山横绀碧，桂华初吐。空庭静掩桐阴，更苒苒、流萤暗度。记那时、朱户迎风，西厢待月私语。　　佳期易失难重，馀香破镜，虽在何据。如今要见，除非是梦，几时曾做。人言雁足传书，待尽写、相思寄与。又怎生、说得愁肠，千丝万缕。

宴清都（宋词）

吴文英

万里关河眼。愁凝处，渺渺残照红敛。天低远树，潮分断港，路回淮甸。吟鞭又指孤店。对玉露金风送晚。恨自古、才子佳人，此景此情多感。　　吴王故苑。别来良朋鸦集，空叹蓬转。挥毫记烛，飞觞赶月，梦销香断。区区去程何限。倩片纸、丁宁过雁。寄相思，寒雨灯窗，芙蓉旧院。

宴清都（宋词）

程　垓

翠幕东风早。兰窗梦、又被莺声惊觉。起来空对，平阶弱絮，满庭芳草。厌厌未欣怀抱。记柳外、人家曾到。凭画阑、那更春好，花好，酒好，人好。　　春好，尚恐阑珊，花好，又怕飘零难保。直饶酒好。酒好，未抵意中人好。相逢尽拚醉倒。况人与、才情未老。又岂关、春去春来，花愁花恼。

239. 宴春台　（二体）

正体　**又名夏初临、燕春台、宴春台慢，双调九十八字，上阕十句五平韵，下阕十一句五平韵**

张　先

丽日千门，紫烟双阙，琼林又报春回。
⊙●○○；⊙○⊙●；⊙○⊙●○△

殿阁风微，当时去燕还来。
⊙●○○；⊙○⊙●○△

五侯池馆屏开。探芳菲、走马天街。
⊙○⊙●○△　●○○、⊙●○△

重帘人语，辚辚车幰，远近轻雷。
⊙○○●；⊙○⊙⊙；⊙●○△

雕觞霞滟，翠幕云飞，楚腰舞柳，宫面妆梅。
⊙○⊙●；⊙●○○；●○⊙●；⊙●○△

金猊夜暖，罗衣暗裛香煤。
○○●●；⊙○●●○△

洞府人归，拥笙歌、灯火楼台。
⊙●○○；●⊙○、⊙●○△

下蓬莱。犹有花上月，清影徘徊。
●○△　○●○⊙⊙；⊙●○△

变体 **又名夏初临、燕春台、宴春台慢，双调九十七字，上阕十句五平韵，下阕十一句六平韵**

刘　泾

夏景

泛水新荷，舞风轻燕，园林夏日初长。
庭树阴浓，雏莺学弄新簧。
小桥飞入横塘。跨青蘋、绿藻幽香。
朱阑斜倚，霜纨未摇，衣袂先凉。

歌欢稀遇，怨别多同，路遥水远，烟淡梅黄。
轻衫短帽，相携洞府流觞。
况有红妆。醉归来、宝蜡成行。
拂牙床。纱厨半开，月在回廊。

（较正体，唯下阕倒数第二句减一字。）

宴春台 （宋词）

黄　裳

初夏宴芙蓉堂

夏景舒长，麦天清润，高低万木成阴。晓意寒轻，一声未放蝉吟。但闻莺友同音。燕华堂、绿水中心。芙蓉都没，红妆信息，终待重寻。　　清冷相照，邂逅俱欢，翠娥拥我，芳酝强斟。笙歌引步，登临更向瑶岑。卧影沈沈。自风来、与客披襟。纵更深。归来洞府，红烛如林。

宴春台 （宋词）

王之道

追和张子野韵赠陈德甫侍儿

翠竹扶疏，丹葵隐映，绿窗朱户萦回。帘卷虾鬚，清风时自南来。题舆好客筵开。俨新妆、深出云街。歌珠累贯，一时倾坐，全胜腰雷。　　金猊袅碧，玉兕浮红，令传三杏，情寄双梅。楼头漏促，笼纱暗落花煤。锦里遗音，忆当年、曾赋春台。醉蓬莱。归欤无寐，想馀韵徘徊。

宴春台 （宋词）

赵以夫

送徐意一

绣地残英，画空飞絮，东风又送春归。雨足郊坰，相将翠密成帷。燕莺犹恋芳菲。向枝头、叶底依依。留春不住，绿波渺渺，碧草萋萋。　　锦帆开晓，彩仗迎熏，峰回路转，月淡天低。红云影里，群仙报道班齐。九奏箫韶，算人间、无此埙篪。步新堤。金鼎调羹也，梅子黄时。

240. 燕归梁　　（四体）

正体　双调五十一字，上阕四句四平韵，下阕五句三平韵

晏　殊

双燕归飞绕画堂。似留恋虹梁。

清风明月好时光。更何况、绮筵张。
◉○◉●●○△　◉◉●、●○△

云衫侍女，频倾桂醑，加意动笙簧。
◉○◉●；○○◉●；◉●●○△

人人心在玉炉香。逢佳会、祝延长。
◉○◉●●○△　◉◉●、●○△

（下起三句可作：◉○◉●○○●；◉◉●、●○△，即重组为四字、四字、五字各一句。）

变体一　双调五十二字，上阕四句四平韵，下阕五句三平韵

柳　永

织锦裁编写意深。字值千金。
⊙●○○●●△　●●○△

一回披玩一愁吟。肠成结、泪盈襟。
⊙○⊙●●○△　⊙⊙●、●○△

幽欢已散前期远，无憀赖、是而今。
⊙○⊙●○○●；⊙⊙●、●○△

密凭归雁寄芳音。恐冷落、旧时心。
⊙○⊙●●○△　⊙⊙●、●○△

（较正体，唯上阕第二句减一字，下阕第二句添一字且读作三、三。）

变体二　双调五十字，上阕四句四平韵，下阕五句三平韵

朱敦儒

帐掩秋风一半开。闲将玉笛吹。
⊙●○○●●△　⊙○●⊙△

过云微雨散轻雷。夜参差、认楼台。
⊙○⊙●●○△　⊙⊙●、●○△

暗香移枕新凉住，竹外漏声催。
⊙○⊙●○○●；⊙●●○△

放教明月上床来。共清梦、两徘徊。
⊙○⊙●●○△　⊙⊙●、●○△

（上下阕句式似同。较正体，下起两句合并减一字改为七字句耳。上阕第二句平仄有作：⊙●●○△。）

变体三　双调五十二字，上阕四句四平韵，下阕五句三平韵

蒋　捷

凤莲

我梦唐宫春昼迟。正舞到、曳裾时。
⊙●○○●●△　⊙⊙●、●○△

翠云队仗绛霞衣。慢腾腾、手双垂。
⊙○⊙●●○△　⊙⊙○、●○△

忽然急鼓催将起，似彩凤、乱惊飞。
⊙○⊙●○○●；⊙⊙●、●○△

梦回不见万琼妃。见荷花、被风吹。
⊙○⊙●●○△　⊙⊙○、●○△

（上下阕句式似同。较变体二，上下阕第二句皆添一字改作六字句，读作三、三。无名氏词两首，上阕第二句添一字改作七字句，读作三、四，不予校订。）

燕归梁 （宋词）

欧阳修

风摆红藤卷绣帘。宝鉴慵拈。日高梳洗几时忺。金盆水、弄纤纤。　　髻云谩亸残花淡，各娇媚、瘦岩岩。离情更被宿酲兼。空惹得、病厌厌。

燕归梁 （宋词）

张　先

夜月啼乌促乱弦。江树远无烟。缺多圆少奈何天。愁只恐、下关山。　　粉香生润，衣珠弄彩，人月两蝉娟。留连残夜惜馀欢。人月在、又明年。

燕归梁 （宋词）

谢　逸

六曲阑干翠幕垂。香烬冷金猊。日高花外啭黄鹂。春睡觉、酒醒时。　　草青南浦，云横西塞，锦字杳无期。东风只送柳绵飞。全不管、寄相思。

241. 燕山亭　（一体）

正体　双调九十九字，上阕十一句五仄韵，下阕十句五仄韵

曾　觌

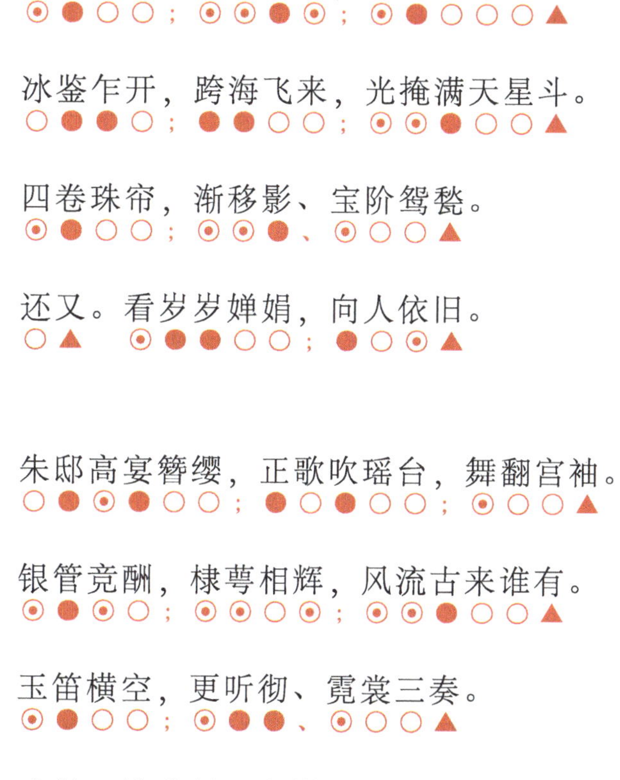

河汉风清，庭户夜凉，皓月澄秋时候。
◉●○○；◉◉●◉；◉●○○○▲

冰鉴乍开，跨海飞来，光掩满天星斗。
○●●○；●●○○；◉◉●○○▲

四卷珠帘，渐移影、宝阶鸳甃。
◉●○○；◉◉●、◉○○▲

还又。看岁岁婵娟，向人依旧。
○▲　◉●●○○；●○◉▲

朱邸高宴簪缨，正歌吹瑶台，舞翻宫袖。
○●◉●○○；●○●○○；◉○○▲

银管竞酬，棣萼相辉，风流古来谁有。
◉●◉○；◉◉○◉；◉◉●○○▲

玉笛横空，更听彻、霓裳三奏。
◉●○○；◉●●、◉○○▲

难偶。拌醉倒、参横晓漏。
○▲　◉●●、○○◉▲

（下阕第二、第三句可重组为为三字、六字各一句：●○◉；◉◉◉○○▲。无名氏词下阕第二句减一领字，不予校订。上阕倒数第二句平仄唯王之道词作：●○○●●，不予参校。下起平仄，王之道词作：○●●○○●；曹邍词作：○○○●○○。下阕第二句平仄，唯王之道作：●○○●●，亦不予参校。）

燕山亭 （宋词）

赵 佶

裁翦冰绡，打叠数重，冷淡燕脂匀注。新样靓妆，艳溢香融，羞杀蕊珠宫女。易得凋零，更多少、无情风雨。愁苦。闲院落凄凉，几番春暮。　　凭寄离恨重重，这双燕、何曾会人言语。天遥地远，万水千山，知他故宫何处。怎不思量，除梦里、有时曾去。无据。和梦也、有时不做。

燕山亭 （宋词）

张 镃

幽梦初回，重阴未开，晓色吹成疏雨。竹槛气寒，蕙畹声摇，新绿暗通南浦。未有人行，才半启、回廊朱户。无绪。空望极霓旌，锦书难据。　　苔径追忆曾游，念谁伴、秋千彩绳芳柱。犀奁黛卷，凤枕云孤，应也几番凝伫。怎得伊来，花雾绕、小堂深处。留住。直到老、不教归去。

242. 扬州慢　（一体）

正体　双调九十八字，上阕十句四平韵，下阕九句四平韵

姜　夔

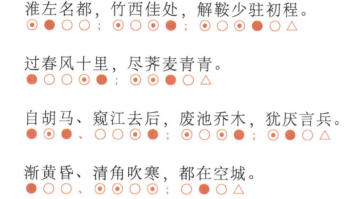

淮左名都，竹西佳处，解鞍少驻初程。
⊙●○○；⊙○⊙●；⊙○⊙●○△

过春风十里，尽荠麦青青。
●○○⊙●；⊙⊙●○△

自胡马、窥江去后，废池乔木，犹厌言兵。
●⊙●、○○⊙●；⊙○⊙●；⊙●○△

渐黄昏、清角吹寒，都在空城。
●○○、⊙⊙○⊙；○●○△

杜郎俊赏，算而今、重到须惊。
⊙○⊙●；●○○、⊙●○△

纵豆蔻词工，青楼梦好，难赋深情。
●⊙●○○；⊙○⊙●；⊙●○△

二十四桥仍在，波心荡、冷月无声。
●●⊙○○●；○○●、⊙●○△

念桥边红药，年年知为谁生。
●⊙○○●；⊙○⊙●○△

（姜夔自度曲。上阕第四、第五句，下阕第三、第八句例用一字领。上结可重组为五字、六字各一句。吴元可词上阕第五句少一字，不予校订。）

扬州慢 （宋词）

赵以夫

琼花唯扬州后土殿前一本，此聚八仙大率相类，而不同者有三：琼花大而瓣厚，其色淡黄，聚八仙花小而瓣薄，其色微青，不同者一也。琼花叶柔而莹泽，聚八仙叶粗而有芒，不同者二也。琼花蕊与花平，不结子而香，聚八仙蕊低于花，结子而不香，不同者三也。友人折赠数枝，云移根自鄱阳之洪氏。赋而感之，其调曰扬州慢。

十里春风，二分明月，蕊仙飞下琼楼。看冰花翦翦，拥碎玉成球。想长日、云阶伫立，太真肌骨，飞燕风流。敛群芳、清丽精神，都付扬州。　　雨窗数朵，梦惊回、天际香浮。似阆苑花神，怜人冷落，骑鹤来游。为问竹西风景，长空淡、烟水悠悠。又黄昏羌管，孤城吹起新愁。

扬州慢 （宋词）

吴元可

初秋

露叶犹青，岩药迟动，幽幽未似秋阴。似梅风带溽，吹度长林。记当日、西廊共月，小屏轻扇，人语凉深。对清觞，醉笑醒颦，何似如今。　　临高欲赋，甚年来、渐减狂心。为谁倚多才，难凭易感，早付销沉。解事张郎风致，鲈鱼好、归听吴音。又夜阑闻笛，故人忽到幽襟。

243. 瑶 华 （一体）

正体 又名瑶花慢，双调一百二字，上阕九句五仄韵，下阕九句四仄韵

周 密

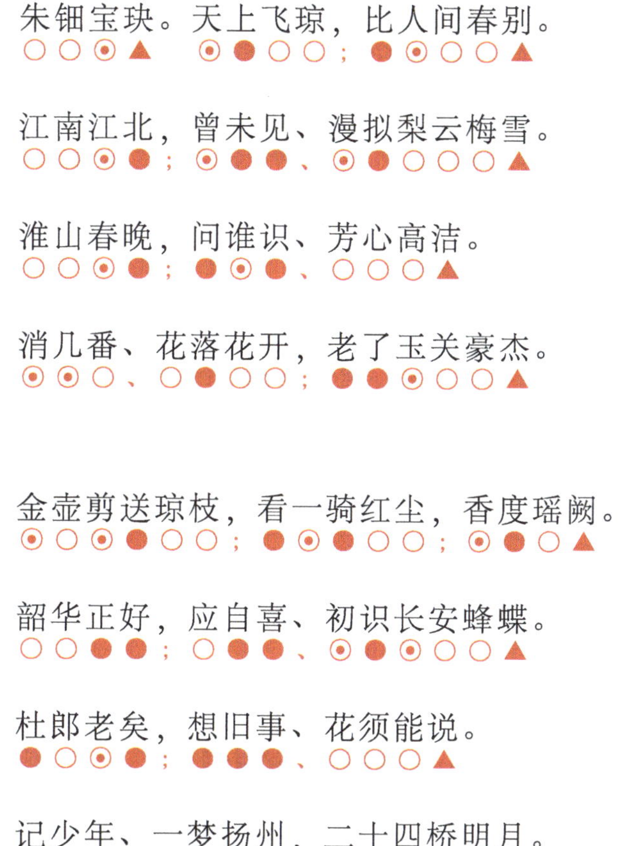

朱钿宝玦。天上飞琼，比人间春别。
江南江北，曾未见、漫拟梨云梅雪。
淮山春晚，问谁识、芳心高洁。
消几番、花落花开，老了玉关豪杰。
金壶剪送琼枝，看一骑红尘，香度瑶阙。
韶华正好，应自喜、初识长安蜂蝶。
杜郎老矣，想旧事、花须能说。
记少年、一梦扬州，二十四桥明月。

（吴文英自度曲。上阕第三句、下阕第二句例用一字领。上起可不用韵。）

瑶华 （宋词）

仇　远

雪

疏疏密密，漠漠纷纷，乍舞风无力。残砖断础，才转眼、化作方圭圆璧。非花非絮，似骋巧、先投窗隙。立小楼、不见青山，万里鸟飞无迹。　　休邻冻梗冰苔，算飞入园林，都是春色。年华婉娩，谁信道、老却梁园词客。踏青近也，且一白、何消三白。把一白、分与梅花，要点寿阳妆额。

瑶华 （金元词）

张　雨

赋雪次仇山村韵

筛冰为雾，屑玉成尘，借阿姨风力。千岩竞秀，怎一夜、换作连城之璧。先生闭户，怪短日、寒催驹隙。想平沙、鸿爪成行，恰似醉时书迹。　　未随埋没双尖，便淡扫蛾眉，与斗颜色。裁诗白战，驴背上、驮取灞桥吟客。捻须自笑，尽未让、诸峰头白。看洗出宫柳梢头，已借淡黄涂额。

244. 瑶台第一层　（一体）

正体　双调九十七字，上阕十句四平韵，下阕十一句六平韵

张元幹

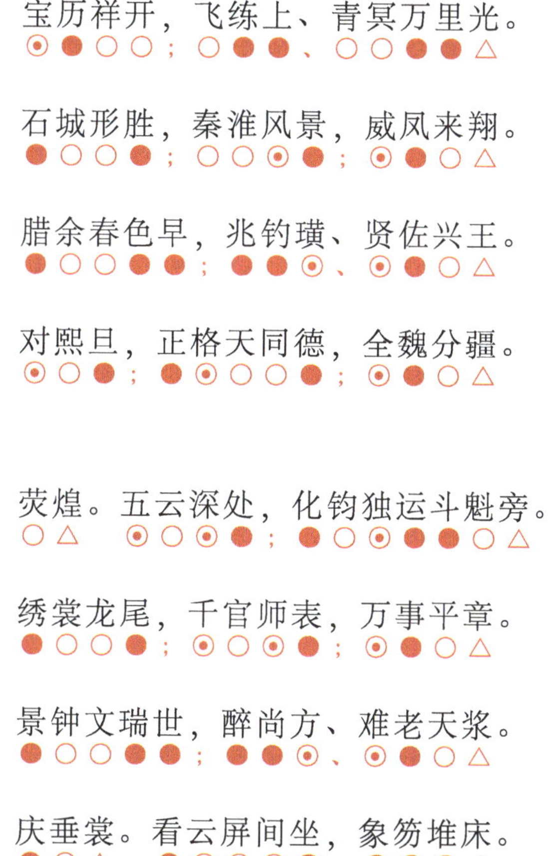

宝历祥开，飞练上、青冥万里光。

石城形胜，秦淮风景，威凤来翔。

腊余春色早，兆钧璜、贤佐兴王。

对熙旦，正格天同德，全魏分疆。

荧煌。五云深处，化钧独运斗魁旁。

绣裳龙尾，千官师表，万事平章。

景钟文瑞世，醉尚方、难老天浆。

庆垂裳。看云屏间坐，象笏堆床。

（上阕第九句、下阕第十句例用一字领。起句可用韵。下阕第七、第八句可重组为四字三句。张元干别首下阕第三句多一字，不予校订。）

瑶台第一层 （宋词）

赵仲御

上元扈跸

嶰管声催。人报道、嫦娥步月来。凤灯鸾炬，寒轻帘箔，光泛楼台。万年春未老，更帝乡日月蓬莱。从仙仗，看星河银界，锦绣天街。　欢陪。千官万骑，九霄人在五云堆。紫袍光里，星球宛转，花影徘徊。未央宫漏永，散异香、龙阙崔嵬。翠与回。奏仙歌韶吹，宝殿尊罍。

瑶台第一层 （宋词）

张元幹

江左风流，钟间气、洲分二水长。凤凰台畔，投怀玉燕，照社神光。豆花初秀雨，散暑空、洗出秋凉。庆生旦，正圆蟾呈瑞、仙桂飘香。　肝肠。掞文摛锦，看驾云乘鹤下鹓行。紫枢将命，紫微如綍，常近君王。旧山同梓里，荷月旦、久已平章。九霞觞。荐刀圭丹饵，衮绣朝裳。

瑶台第一层 （宋词）

黄庭坚

阆苑归来，因醉上、瑶台第一层。洞天深处，年年不夜，日日长春。万花妆烂锦，散异香，馥郁留人。便乘兴，命玉龙吟笛，彩凤吹笙。　　身轻。先逢瑞景，众中先识董双成。珮环声丽，舞腰袅袅，浓艳腾腾。翠屏金缕枕，绣被软，梦冷槐清。乐蓬瀛。愿南山同寿，北斗齐龄。

245. 瑶台月　　(一体)

正体　又名瑶池月，双调一百十八字，上阕十四句七仄韵，下阕十三句八仄韵

黄　裳

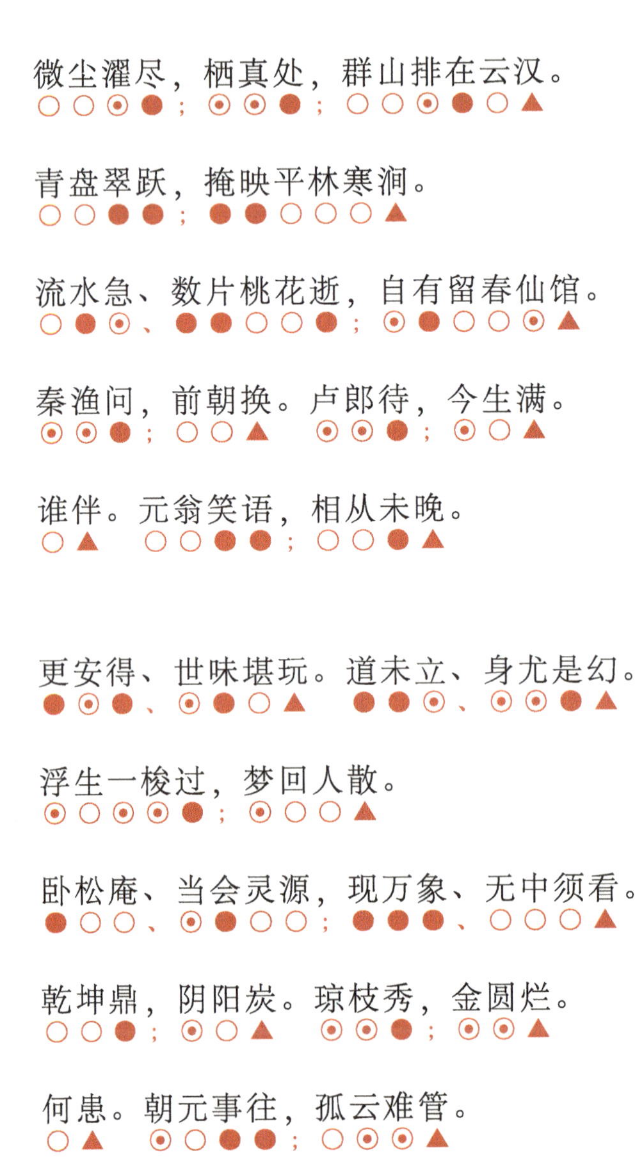

微尘濯尽，栖真处，群山排在云汉。
○○◉●；◉◉●；○○◉●○▲

青盘翠跃，掩映平林寒涧。
○○●●；●●○○○▲

流水急、数片桃花逝，自有留春仙馆。
○●◉、●●○○●；◉●○○◉▲

秦渔问，前朝换。卢郎待，今生满。
◉◉●；○○▲　◉◉●；◉○▲

谁伴。元翁笑语，相从未晚。
○▲　○○●●；○○●▲

更安得、世味堪玩。道未立、身尤是幻。
●◉●、◉●○▲　●●◉、◉◉●▲

浮生一梭过，梦回人散。
◉○◉◉●；◉○○▲

卧松庵、当会灵源，现万象、无中须看。
●○○、◉●○○；●●●、○○○▲

乾坤鼎，阴阳炭。琼枝秀，金圆烂。
○○●；◉○▲　◉◉●；◉◉▲

何患。朝元事往，孤云难管。
○▲　◉○●●；○◉◉▲

（下阕第二句可不破读。葛长庚词句式、平仄差缪较多，无名氏词上下阕倒数第三句二字句皆减去，不予参校。）

瑶台月 （宋词）

黄　裳

烟波行

扁舟寓兴，江湖上、无人知道名姓。忘机对景，咫尺群鸥相认。烟雨急、一片篷声碎，醉眼看山还醒。晴云断，狂风信。寒蟾倒，远山影。谁听。横琴数曲，瑶池夜冷。　　这些子、名利休问。况是物、都归幻境。须臾百年梦，去来无定。向婵娟、留住青春，笑世上、风流多病。蒹葭渚，芙蓉径。放侯印，趁渔艇。争甚。须知九鼎，金砂如圣。

瑶台月 （宋词）

葛长庚

烟霄凝碧。问紫府清都，今夕何夕。桐阴下、幽情远，与秋无极。念陈迹、虎殿虬宫，记往事、龙箫凤笛。露华冷，蟾光白。云影净，天籁息。知得。是蓬莱不远，身无羽翼。　　广寒宫、舞彻霓裳，白玉台、歌罢瑶席。争不思下界，有人岑寂。羡博望、两泛仙槎，与曼倩、三偷蟠实。把丹鼎，暗融液。乘云气，醉挥斥。嗟惜。但城南老树，人谁我识。

246. 夜飞鹊 （一体）

正体 **又名夜飞鹊慢，双调一百六字，上阕十句五平韵，下阕十句四平韵**

周邦彦

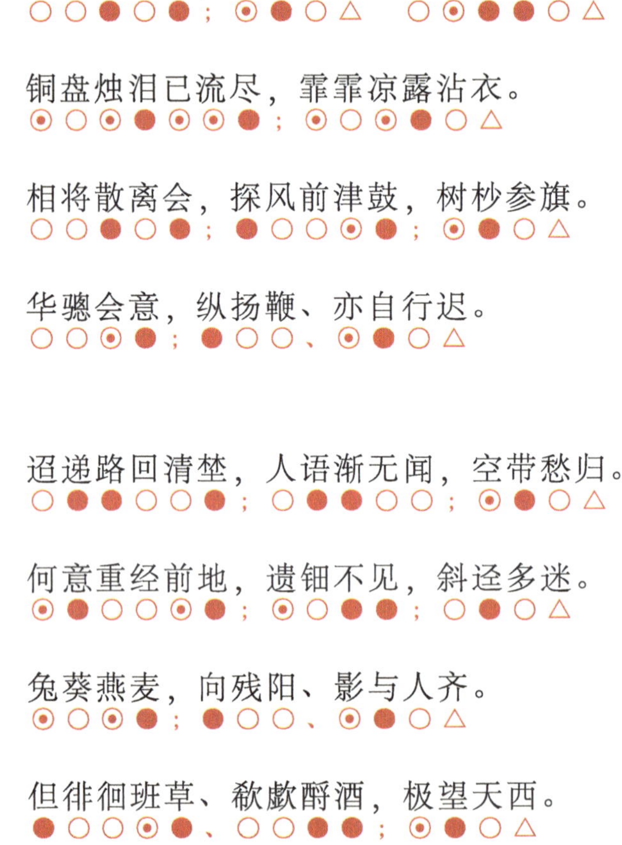

河桥送人处，凉夜何其。斜月远堕余辉。

铜盘烛泪已流尽，霏霏凉露沾衣。

相将散离会，探风前津鼓，树杪参旗。

华骢会意，纵扬鞭、亦自行迟。

迢递路回清埜，人语渐无闻，空带愁归。

何意重经前地，遗钿不见，斜迳多迷。

兔葵燕麦，向残阳、影与人齐。

但徘徊班草、欷歔酹酒，极望天西。

（下阕末两句可重组为三字、四字、六字各一句。上阕第七句、下阕第九句例用一字领。刘辰翁词上阕第六句多一字，不予校订。）

夜飞鹊 （宋词）

陈允平

秋江际天阔，风雨凄其。云阴未放晴晖。归鸦乱叶更萧索，砧声几处寒衣。沙头酒初熟，尽篱边朱槿，竹外青旗。潮期尚晚，怕轻离、故故迟迟。　　何似醉中先别，容易为分襟，独抱琴归。回首征帆缥缈，津亭寂寞，衰草烟迷。虹收霁色，渐落霞孤鹜飞齐。更何时重与，论文渭北，剪烛窗西。

夜飞鹊 （宋词）

赵以夫

七夕和方时父韵

微云拂斜月，万籁声沉。凉露暗坠桐阴。蛾眉乞得天孙巧，愔愔楼上穿针。佳期鹊相误，到年时此夕，欢浅愁深。人间儿女，说风流、直到如今。　　河汉几曾风浪，因景物牵情，自是人心。长记秋庭往事，钿花翦翠，钗股分金。道人无著，正萧然、竹枕練衾。梦回时，天淡星稀，闲弄一曲瑶琴。

夜飞鹊 （宋词）

张　炎

大德乙巳中秋，会仇山村于溧阳。酒酣兴逸，各随所赋。余作此词，为明月明年佳话云。

林霏散浮暝，河汉空云，都缘水国秋清。绿房一夜迎向晓，海影飞落寒冰。蓬莱在何处，但危峰缥缈，玉籁无声。文箫素约，料相逢、依旧花阴。　　登眺尚馀佳兴，零露下衣襟，欲醉还醒。明月明年此夜，颉颃万里，同此阴晴。霓裳梦断，到如今、不许人听。正婆娑桂底，谁家弄笛，风起潮生。

247. 夜合花　（一体）

正体　**双调一百字，上阕十一句五平韵，下阕十一句六平韵**

史达祖

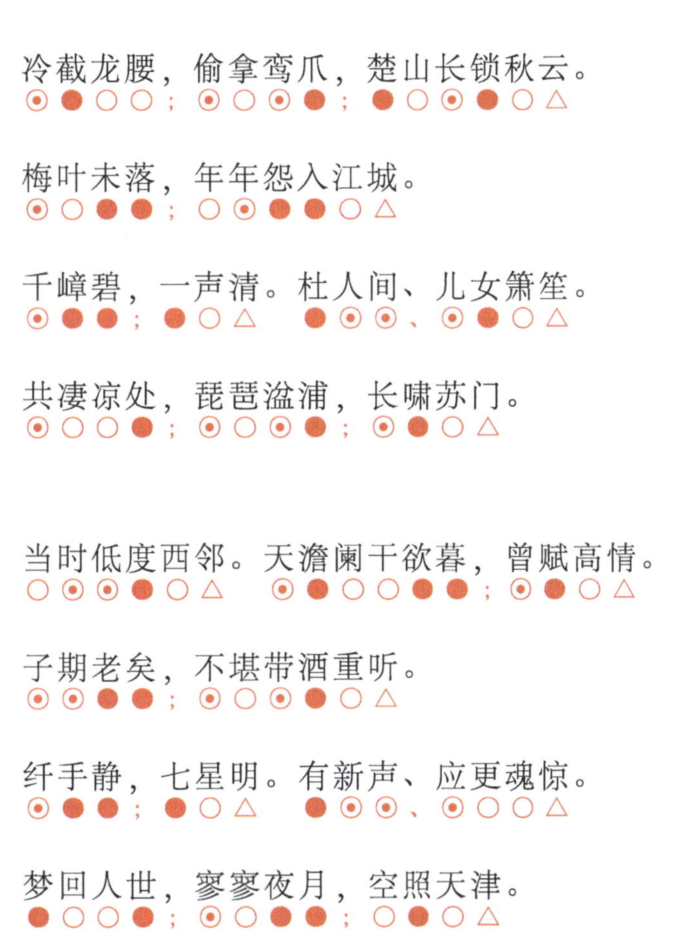

冷截龙腰，偷拿鸾爪，楚山长锁秋云。
⊙●○○；⊙○⊙●；●○⊙●○△

梅叶未落，年年怨入江城。
⊙○●●；○⊙●●○△

千嶂碧，一声清。杜人间、儿女箫笙。
⊙●●；●○△　●⊙⊙、⊙●○△

共凄凉处，琵琶湓浦，长啸苏门。
⊙○○●；⊙○⊙●；⊙●○△

当时低度西邻。天澹阑干欲暮，曾赋高情。
○⊙⊙●○△　⊙●○○●●；⊙●○△

子期老矣，不堪带酒重听。
⊙⊙●●；⊙○⊙●○△

纤手静，七星明。有新声、应更魂惊。
⊙●●；●○△　●⊙⊙、⊙○○△

梦回人世，寥寥夜月，空照天津。
●○○●；⊙○●●；○●○△

（晁补之词上下阕第六、第七句减一字并为五字句，不予参校。）

夜合花 （宋词）

史　浩

洞天

三岛烟霞，十洲风月，四明古号仙乡。萦纡雉堞，中涵一片湖光。绕岸异卉奇芳。跨虹桥、隐映垂杨。玉楼珠阁，冰帘卷起，无限红妆。　　龙舟两两飞扬。见飘翻绣旗，歌杂笙簧。清尊满泛，休辞饮到斜阳。直须画蜡荧煌。况夜深、不阻城隍。且拚沉醉，归途便教，彻晓何妨。

夜合花 （宋词）

丘　崈

雨过凉生，风来香远，柳塘池馆清幽。圆荷万柄，芙蓉困倚轻柔。暮霞映，日初收。更满意、绿密红稠。是牵情处，低回照影，特地娇羞。　　惆怅好景难酬。慰家山梦绕，十顷新秋。庭空吏散，依然兴在沧洲。未容短棹轻舟。谩赢得、终日迟留。笑空归去，篮舆路转，月上西楼。

夜合花 （宋词）

吴文英

自鹤江入京葑门外有感

柳暝河桥，莺晴台苑，短策频惹春香。当时夜泊，温柔便入深乡。词韵窄，酒杯长。翦蜡花、壶箭催忙。共追游处，凌波翠陌，连棹横塘。　　十年一梦凄凉。似西湖燕去，吴馆巢荒。重来万感，依前唤酒银罂。溪雨急，岸花狂。趁残鸦、飞过苍茫。故人楼上，凭谁指与，芳草斜阳。

248. 夜行船　（三体）

正体　又名明月棹孤舟，双调五十六字，上下阕各五句，三仄韵

史达祖

不剪春衫愁意态。过收灯、有些寒在。
小雨空帘，无为深巷，已早杏花先卖。

白发潘郎宽沈带。怕看山、忆他眉黛。

草色拖裙，烟光惹鬓，常记故园挑菜。

（下起亦可破读作三、四。下阕第四句可用韵。两结可折腰。扬无咎别首结句多一字，赵軏、赵长卿词起句及两结皆少一字，赵长卿别首及倪君奭、黄时龙词字数差缪，）

变体一 **又名明月棹孤舟，双调五十五字，上下阕各四句，三仄韵**

欧阳修

忆昔西都欢纵。自别后、有谁能共。
⊙●⊙○○▲　●⊙⊙、●○○▲

伊川山水洛川花，细寻思、旧游如梦。
⊙○⊙●●○○；⊙⊙⊙、●○⊙▲

今日相逢情愈重。愁闻唱、画楼钟动。
○●○○○●▲　○○●、●○⊙▲

白发天涯逢此景，倒金尊、殢谁相送。
⊙●○○⊙⊙●；●⊙⊙、●○⊙▲

（下起亦可破读作三、四。下阕第三句平仄有作：⊙○⊙●●○○。扬无咎别首下结重组为四字、四字、六字各一句，若正体，不予参校。）

变体二 **又名明月棹孤舟，双调五十八字，上下阕各五句，三仄韵**

赵长卿

绿盖红幢笼碧水。鱼跳处、浪痕匀碎。
●●○○○●▲　⊙○⊙、⊙○○▲

惜别殷勤，留连无计，歌声与、泪珠柔脆。
⊙●○○；⊙○○●；⊙○⊙、●○○▲

一叶扁舟烟浪里。曲滩头、此情无际。
⊙●⊙○○●▲　⊙○⊙、●○○▲

窈窕眉山，暮霞红处，雨云想、翠峰十二。
⊙●○○；⊙○⊙●；●○⊙、●○⊙▲

夜行船 （宋词）

欧阳修

满眼东风飞絮。催行色、短亭春暮。落花流水草连云，看看是、断肠南浦。　　檀板未终人去去。扁舟在、绿杨深处。手把金尊难为别，更那听、乱莺疏雨。

夜行船 （宋词）

谢　绛

别情

昨夜佳期初共。鬓云低、翠翘金凤。尊前和笑不成歌，意偷转、眼波微送。　　草草不容成楚梦。渐寒深、翠帘霜重。相看送到断肠时，月西斜、画楼钟动。

夜行船 （宋词）

韩元吉

再至东阳，有歌予往岁重九词者

极目高亭横远岫。拂新晴、黛蛾依旧。策马重来，秋光如画，霜满翠梧高柳。　　菊美橙香还对酒。欢情似、那时重九。楼上清风，溪头明月，不道沈郎消瘦。

夜行船 （宋词）

王　嵎

曲水溅裙三月二。马如龙、钿车如水。风飏游丝，日烘晴昼，人共海棠俱醉。　　客里光阴难可意。扫芳尘、旧游谁记。午梦醒来，小窗人静，春在卖花声里。

夜行船 （宋词）

许　棐

一辔东风留不住。离歌断、日斜春暮。多事啼莺，妬情飞燕，一路送人归去。　　文君自被琴心误。却惆怅、落花飞絮。锦字机寒，玉炉烟冷，门外乱山无数。

249. 夜游宫　（一体）

正体　又名新念别，双调五十七字，上下阕各六句，四仄韵

毛　滂

长记劳君送远。柳烟重、桃花波暖。
⊙●○○●▲　⊙⊙●、⊙○⊙▲

花外溪城望不见。古槐边，故人稀，秋鬓晚。
⊙●○○●⊙▲　●○○；●○⊙；⊙⊙▲

我有凌霄伴。在何处、山寒云乱。
⊙●○○▲　●⊙●、⊙○○▲

何不随君弄清浅。见伊时，话阳春，山数点。
⊙●○○⊙⊙▲　●○○；●⊙⊙；⊙⊙▲

（上阕第二句亦可不作上三下四句法。上下阕第四句三字平仄亦有不拘者。上下阕第五句三字平仄多为：●○○。下阕第二句偶有作：○⊙●。陆凝之、无名氏词两首错谬较多，不予校订。）

夜游宫 （宋词）

秦　观

何事东君又去。空满院、落花飞絮。巧燕呢喃向人语。何曾解，说伊家，些子苦。　　况是伤心绪。念个人、又成暌阻。一觉相思梦回处。连宵雨，更那堪，闻杜宇。

夜游宫 （宋词）

陆　游

记梦寄师伯浑

雪晓清笳乱起。梦游处、不知何地。铁骑无声望似水。想关河，雁门西，青海际。　　睡觉寒灯里。漏声断、月斜窗纸。自许封侯在万里。有谁知，鬓虽残，心未死。

250. 谒金门　（一体）

正体　又名出塞、空相忆、花自落、垂杨碧、杨花落、不怕醉、醉花春、春早湖山、东风吹酒面，双调四十五字，上下阕各四句，四仄韵

韦　庄

空相忆。无计得传消息。
⊙⊙▲　⊙●⊙○⊙▲

天上嫦娥人不识。寄书何处觅。
⊙●⊙○○●▲　⊙○○⊙▲

新睡觉来无力。不忍看伊书迹。
⊙●⊙○⊙▲　⊙●⊙○⊙▲

满院落花春寂寂。断肠芳草碧。
⊙●⊙○○●▲　⊙○○⊙▲

（两结平仄偶有：⊙●○⊙▲，贺铸及无名氏词下起多一字，不予校订。）

谒金门 （五代词）

魏承班

烟水阔，人值清明时节。雨细花零莺语切，愁肠千万结。雁去音徽断绝。有恨欲凭谁说。无事伤心犹不彻。春时容易别。

谒金门 （五代词）

冯延巳

风乍起。吹绉一池春水。闲引鸳鸯香径里。手挼红杏蕊。

门鸭阑干独倚。碧玉搔头斜坠。终日望君君不至。举头闻鹊喜。

谒金门 （敦煌曲子词）

云水客。书见十年功积。聚尽萤光凿尽壁。不逢青眼识。

终日尘驱役饮食。泪珠常滴。欲上龙门希借力。莫交重点额。

谒金门 （宋词）

陈　克

愁脉脉。目断江南江北。烟树重重芳信隔。小楼山几尺。

细草孤云斜日。一向弄晴天色。帘外落花飞不得。东风无气力。

谒金门 （宋词）

周紫芝

春雨细。开尽一番桃李。柳暗曲阑花满地。日高人睡起。

绿浸小池春水。沙暖鸳鸯双戏。薄幸更无书一纸。画楼愁独倚。

谒金门 （宋词）

康与之

暮春

春又晚。风劲落红如剪。睡起绣床飞絮满。日长门半掩。

不管离肠欲断。听尽梁间双燕。试上小楼还不见。楼前芳草远。

谒金门 （宋词）

李流谦

空伫立。又是冷烟寒食。开尽荼蘼都一色。东风吹更白。

我是纶竿倦客。道上行人不识。著取蓑衣拈短笛。沙鸥应认得。

谒金门 （宋词）

杨冠卿

春暮有感

伤漂泊。负了花前期约。寒食清明都过却。愁怀无处著。

晴日柳阴池阁。风絮斜穿帘幕。帘外秋千闲彩索。断肠人寂寞。

谒金门 （宋词）

卢　炳

春寂寂。节物又催寒食。楼上卷帘双燕入。断魂愁似织。

门外雨馀风急。满地落英湿。好梦惊回无处觅。天涯芳草碧。

谒金门 （宋词）

李好义

花过雨。又是一番红素。燕子归来衔绣幕。旧巢无觅处。

谁在玉楼歌舞。谁在玉关辛苦。若使胡尘吹得去。东风侯万户。

谒金门 （宋词）

卢祖皋

兰棹举。相趁落红飞去。一隙轻帘凝睇处。柳丝牵不住。

昨日翠蛾金缕。今夜碧波烟渚。好梦无凭窗又雨。天涯知几许。

谒金门 （宋词）

吴　潜

枕上闻鹃赋

纱窗晓。杜宇数声声悄。真个不如归去好。天涯人已老。

欹枕欲眠还觉。犹有青灯残照。谩道惜花春起早。家山千里杳。

谒金门 （宋词）

无名氏

江上路。依约数家烟树。一枕归心村店暮。更乱山深处。

梦过江南芳草渡。晓色又催人去。愁似游丝竿万缕。倩东风约住。

谒金门 （金元词）

李俊明

探梅

谁便道。昨夜雪中开了。次第不将消息报。探芳人草草。

宜在嫩寒清晓。兴比孤山更好。流落逢花须醉倒。惜花人易老。

谒金门 （金元词）

邵亨贞

秋望

秋雨里。目断一溪烟水。隐隐人家疏树底。渡头灯火起。

风弄远汀蒲苇。香冷虚堂窗几。陡觉夜凉侵翠被。好怀今有几。

谒金门 （金元词）

邵亨贞

山隐隐。天际暮云收尽。萍末秋生风渐紧。楚江千万顷。

江上美人无信。换却潘郎双鬓。几夜相思天远近。雁来犹未准。

谒金门 （金元词）

元好问

罗衾薄。帘外五更风恶。醉后题诗浑忘却。乌啼残月落。

憔悴何郎东阁。病酒不禁重酌。袖里梅花春一握。幽怀无处托。

251. 一丛花　（一体）

正体　又名一丛花令，双调七十八字，上下阕各七句，四平韵

苏　轼

今年春浅腊侵年。冰雪破春妍。
⊙○⊙●●○△　○●●○△

东风有信无人见，露微意、柳际花边。
○○●●○○●；●⊙⊙、⊙●○△

寒夜纵长，孤衾易暖，钟鼓渐清圆。
⊙●⊙○；⊙○⊙●；○●●○△

朝来初日半含山。楼阁淡疏烟。
⊙○⊙●●○△　⊙●●○△

游人便作寻芳计，小桃杏、应已争先。
⊙○⊙●○○●；●⊙⊙、⊙●○△

衰病少情，疏慵自放，惟爱日高眠。
⊙●⊙○；⊙○⊙●；⊙●●○△

（上下阕句式似同。上下阕第五句亦有作：⊙○⊙●。）

一丛花 （宋词）

张　先

伤高怀远几时穷。无物似情浓。离愁正引千丝乱，更东陌、飞絮濛濛。嘶骑渐遥，征尘不断，何处认郎踪。　双鸳池沼水溶溶。南北小桡通。梯横画阁黄昏后，又还是、斜月帘栊。沉恨细思，不如桃杏，犹解嫁东风。

一丛花 （宋词）

秦　观

年时今夜见师师。双颊酒红滋。疏帘半卷微灯外，露华上、烟袅凉飔。簪髻乱抛，偎人不起，弹泪唱新词。　佳期谁料久参差。愁绪暗萦丝。想应妙舞清歌罢，又还对、秋色嗟咨。惟有画楼，当时明月，两处照相思。

252. 一寸金　　（一体）

正体　**双调一百八字，上阕十句四仄韵，下阕十一句四仄韵**

周邦彦

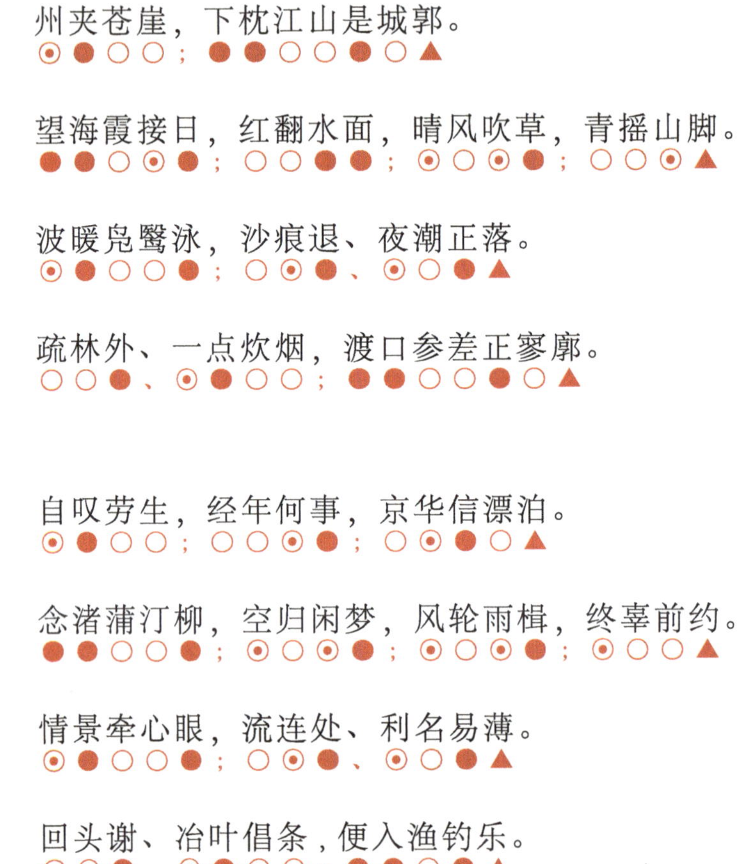

州夹苍崖，下枕江山是城郭。

望海霞接日，红翻水面，晴风吹草，青摇山脚。

波暖凫鹥泳，沙痕退、夜潮正落。

疏林外、一点炊烟，渡口参差正寥廓。

自叹劳生，经年何事，京华信漂泊。

念渚蒲汀柳，空归闲梦，风轮雨楫，终辜前约。

情景牵心眼，流连处、利名易薄。

回头谢、冶叶倡条，便入渔钓乐。

（上阕第三句，下阕第四句例用一字领。柳永、曹勋词，上阕第三至第五句，重组为三字、四字、四字、六字各一句。）

一寸金 （宋词）

陈允平

吾爱吾庐，甬水东南半村郭。试倚楼极目，千山拱翠，舟横沙觜，江迷城脚。水满蘋风作。阑干外、夕阳半落。荒烟瞑、几点昏鸦，野色青芜自空廓。　浩叹飘蓬，春光几度，依依柳边泊。念水行云宿，栖迟羁旅，鸥盟鹭伴，归来重约。满室凝尘淡，无心处、宦情最薄。何时遂、钓笠耕蓑，静观天地乐。

一寸金 （宋词）

仇　远

楼倚寒城，隔岸江山见东越。望远红千尺，游丝起舞，空青一段，斜阳明灭。孤树秋声歇。霜枝袅、尚留病叶。阑干外、带郭人家，蜂房几盘折。　我独逍遥，乘虚凭远，天风醒毛髮。问西窗停烛，谁吟巴雨，连床鼓瑟，谁弹湘月。消得青鸾下，分明是、绛台紫阙。何时约、姑射仙人，试手回剪雪。

253. 一萼红　（一体）

正体　双调一百八字，上阕十一句五平韵，下阕十句四平韵

姜　夔

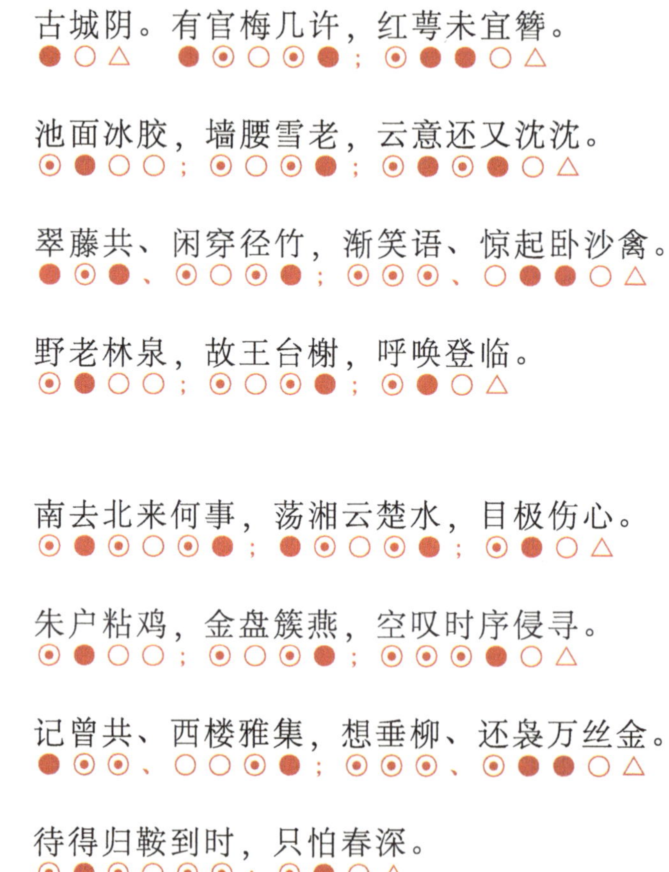

古城阴。有官梅几许，红萼未宜簪。
池面冰胶，墙腰雪老，云意还又沈沈。
翠藤共、闲穿径竹，渐笑语、惊起卧沙禽。
野老林泉，故王台榭，呼唤登临。
南去北来何事，荡湘云楚水，目极伤心。
朱户粘鸡，金盘簇燕，空叹时序侵寻。
记曾共、西楼雅集，想垂柳、还袅万丝金。
待得归鞍到时，只怕春深。

（上下阕第二句例用一字领。刘天迪词下结读作四字、六字各一句。尹济翁词下阕第八句少一字，无名氏词改为仄韵，不予校订。）

一萼红（宋词）

詹　玉

泊沙河。月钩儿挂浪，惊起两鱼梭。浅碧依痕，嫩凉生润，山色轻染修蛾。钓船在、绿杨阴下，蓦听得、扇底有吴歌。一段风情，西湖和靖，赤壁东坡。　往事水流云去，叹山川良是，富贵人多。老树高低，疏星明淡，只有今古销磨。是几度、潮生潮落，甚人海、空只恁风波。闲著江湖尽宽，谁肯渔蓑。

一萼红（宋词）

王沂孙

红梅

占芳菲。趁东风妩媚，重拂淡燕支。青凤衔丹，琼奴试酒，惊换玉质冰姿。甚春色、江南太早，有人怪、和雪杏花飞。藓珮萧疏，茜裙零乱，山意霏霏。　空惹别愁无数，照珊瑚海影，冷月枯枝。吴艳离魂，蜀妖浥泪，孤负多少心期。岁寒事、无人共省，破丹雾、应有鹤归时。可惜鲛绡碎剪，不寄相思。

一萼红 （宋词）

王沂孙

前题（红梅）

剪丹云。怕江皋路冷，千叠护清芬。弹泪绡单，凝妆枕重，惊认消瘦冰魂。为谁趁、东风换色，任绛雪、飞满绿罗裙。吴苑双身，蜀城高髻，忽到柴门。　　欲寄故人千里，恨燕支太薄，寂寞春痕。玉管难留，金樽易泣，几度残醉纷纷。谩重记、罗浮梦觉，步芳影、如宿杏花村。一树珊瑚淡月，独照黄昏。

一萼红 （金元词）

陶宗仪

赋红梅，次郭南湖韵

水云乡。又南枝逗暖，绰约汉宫妆。春艳浓分，朱铅浅试，翠袖独倚修篁。想应道东风料峭，翦霞彩，零乱补绡裳。勾漏尊真，丹丘授诀，傲睨冰霜。　　毕竟孤标还在，纵天桃繁杏，难侣寒香。玛瑙坡头，珊瑚树底，江南别是春光。且莫倚、高楼玉管，怕轻盈飞处误刘郎。依旧小窗疏影，淡月昏黄。

254. 一斛珠　（一体）

正体　**又名一斛夜明珠、醉落魄、醉落拓、怨春风，双调五十七字，上下阕各五句，四仄韵**

李　煜

晚妆初过。沈檀轻注些儿个。
⊙○⊙▲　⊙○⊙●○○▲

向人微露丁香颗。一曲清歌，暂引樱桃破。
⊙○⊙●○○▲　⊙●○○；⊙●⊙○▲

罗袖裛残殷色可。杯深旋被香醪涴。
⊙●⊙○○●▲　⊙○⊙●○○▲

绣床斜凭娇无那。烂嚼红茸，笑向檀郎唾。
⊙○⊙●○○▲　⊙●○○；⊙●⊙○▲

（上阕第二句可读作三、四。下起平仄有作：⊙○⊙●⊙○▲。黄庭坚别首，上结平仄有不拘，不予校订。）

一斛珠 （宋词）

苏　轼

洛城春晚。垂杨乱掩红楼半。小池轻浪纹如篆。烛下花前，曾醉离歌宴。　　自惜风流云雨散。关山有限情无限。待君重见寻芳伴。为说相思，目断西楼燕。

一斛珠 （宋词）

王　质

桃园赏雪

寒江凝碧。是谁翦作梨花出。花心犹带江痕湿。轻注香腮，却是桃花色。　　飞来飞去何曾密。疏疏全似新相识。横吹小弄梅花笛。看你飘零，不似江南客。

一斛珠 （宋词）

朱敦儒

泊舟津头有感

海山翠叠。夕阳殷雨云堆雪。鹧鸪声里蛮花发。我共扁舟，江上两萍叶。　　东风落酒愁难说。谁教春梦分胡越。碧城芳草应销歇。曾识刘郎，惟有半弯月。

一斛珠 （宋词）

赵　信

预赏景龙门追悼明节皇后

无言哽噎。看灯记得年时节。行行指月行行说。愿月常圆，休要暂时缺。　　今年华市灯罗列。好灯争奈人心别。人前不敢分明说。不忍抬头，羞见旧时月。

一斛珠 （宋词）

张元幹

云鸿影落。风吹小艇欹沙泊。津亭古木浓阴合。一枕滩声，客睡何曾著。　　天涯万里情怀恶。年华垂暮犹离索。佳人想见猜疑错。莫数归期，已负当时约。

一斛珠 （宋词）

李　石

春云

天低日暮。清商一曲行人住。著人意态如飞絮。才泊春衫，却被风吹去。　　朝期暮约浑无据。同心结尽千千缕。今宵魂梦知何处。翠竹芭蕉，又下黄昏雨。

一斛珠 （宋词）

赵长卿

初夜感怀

伤离恨别。愁肠又似丁香结。不应斗顿音书绝。烟水连天，何处认红叶。　　残更数尽银缸灭。边城画角声呜咽。罗衾泪滴相思血。花影移来，摇碎半窗月。

一斛珠 （宋词）

程　垓

晚凉时节。翠梧风定蝉声歇。有人睡起香浮颊。倚著阑干，笑拣青荷叶。　　如今往事愁难说。曲池依旧闲风月。田田翠盖香罗叠。留得露痕，都是泪珠结。

一斛珠 （宋词）

石孝友

空庭草积。吹花风去春无迹。锁鸾深处应相忆。红染罗巾，颦损眉山碧。　　曲屏尘暗双鸂鶒。醉衾不暖炉烟湿。一帘暝色人孤寂。梦里灯残，心上雨声滴。

一斛珠 （宋词）

周　密

洪仲鲁之江西，书以为别

寒侵径叶。雁风击碎珊瑚屑。砚凉闲试霜晴贴。颂菊骚兰，秋事正奇绝。　　故人又作江西别。书楼虚度中秋节。碧阑倚遍愁谁说。愁是新愁，月是旧时月。

一斛珠 （宋词）

仇　远

水西云北。锦苞泫露无颜色。夜寒花外眠双鹣。莫唱江南，谁是鹧鸪客。　　薄情青女司花籍。粉愁红怨啼螿急。月明倦听山阳笛。渺渺征鸿，千里楚天碧。

一斛珠 （宋词）

张　炎

题赵霞谷所藏吴梦窗亲书词卷

镂花镌叶。满枝风露和香撷。引将芳思归吟箧。梦与魂同，闲了弄香蝶。　　小楼帘卷歌声歇。幽篁独处泉呜咽。短笺空在愁难说。霜角寒梅，吹碎半江月。

一斛珠 （宋词）

无名氏

赏梅

梅花似雪。赏花记得同欢悦。列阑犹自贪攀折。不怯春寒，须要待明月。　　如今月上花争发。疏枝冷蕊对离缺。人心只道花争别。不道人心，不似旧时节。

255. 一剪梅　（三体）

正体　又名腊梅香、玉簟秋，双调六十字，上下阕各六句，三平韵

周邦彦

一剪梅花万样娇。斜插梅枝，略点眉梢。
⊙●○○⊙●△　⊙●○○；⊙●○△

轻盈微笑舞低回，何事尊前，拍手相招。
⊙○⊙●●○○；⊙●○○；⊙●○△

夜渐寒深酒渐消。袖里时闻，玉钏轻敲。
⊙●⊙○⊙●△　⊙●○○；⊙●○△

城头谁恁促残更，银漏何如，且慢明朝。
⊙○⊙●●○○；⊙●○○；⊙●○△

（上下阕第四、五句可押韵，更有句句用韵者。上下阕第二句平仄有作：⊙○⊙●。两结有叠一字、两字或三字者。）

变体一 **又名腊梅香、玉箪秋，双调五十八字，上下阕各六句，三平韵**

李 石

忆别

红映阑干绿映阶。闲闷闲愁，独自徘徊。

天涯消息几时归，别后无书有梦来。

后院棠梨昨夜开。雨急风忙次第催。

罗衣消瘦却春寒，莫管红英，一任苍苔。

（上结和下阕第二、第三两四字句均减一字并为七字句，余同正体。）

变体二 **又名腊梅香、玉篴秋，双调五十九字，上下阕各六句，三平韵**

蔡 伸

甲辰除夜，夜永虚堂烛影寒。
⊙●○○；⊙●△⊙●○○；

斗转春来，又是明年。异乡怀抱只凄然。
⊙●○△ ⊙○⊙●；⊙●○○⊙●△

天际孤云云外山。梦绕觚棱，日下长安。
⊙●⊙○⊙●△ ⊙●○○；⊙●○△

功名已觉负初心，羞对菱花，绿鬓成斑。
⊙○⊙●●○○；⊙●○○；⊙●○△

（唯上结两四字句减一字并为七字句，余同正体。）

一剪梅 （宋词）

周紫芝

送杨师醇赴官

无限江山无限愁。两岸斜阳，人上扁舟。阑干吹浪不多时，酒在离尊，情满沧洲。　　早是霜华两鬓秋。目送飞鸿，那更难留。问君尺素几时来，莫道长江，不解西流。

一剪梅 （宋词）

李清照

红藕香残玉簟秋。轻解罗裳，独上兰舟。云中谁寄锦书来，雁字回时，月满西楼。　　花自飘零水自流。一种相思，两处闲愁。此情无计可消除，才下眉头，却上心头。

一剪梅 （宋词）

辛弃疾

记得同烧此夜香。人在回廊。月在回廊。而今独自睚昏黄。行也思量。坐也思量。　　锦字都来三两行。千断人肠。万断人肠。雁儿何处是仙乡。来也恓惶。去也恓惶。

一剪梅 （宋词）

辛弃疾

独立苍茫醉不归。日暮天寒，归去来兮。探梅踏雪几何时。今我来思。杨柳依依。　　白石岗头曲岸西。一片闲愁，芳草萋萋。多情山鸟不须啼。桃李无言，下自成蹊。

一剪梅 （宋词）

刘克庄

余赴广东，实之夜饯于风亭

束緼宵行十里强。挑得诗囊。抛了衣囊。天寒路滑马蹄僵。元是王郎。来送刘郎。　　酒酣耳热说文章。惊倒邻墙。推倒胡床。旁观拍手笑疏狂。疏又何妨。狂又何妨。

一剪梅 （宋词）

蒋　捷

舟过吴江

一片春愁待酒浇。江上舟摇。楼上帘招。秋娘度与泰娘娇。风又飘飘。雨又萧萧。　　何日归家洗客袍。银字笙调。心字香烧。流光容易把人抛。红了樱桃。绿了芭蕉。

一剪梅 （宋词）

李　石

忆别

红映阑干绿映阶。闲闷闲愁，独自徘徊。天涯消息几时归，别后无书有梦来。　　后院棠梨昨夜开。雨急风忙次第催。罗衣消瘦却春寒，莫管红英，一任苍苔。

一剪梅 （宋词）

赵长卿

秋雨感悲

霁霭迷空晓未收。羁馆残灯，永夜悲秋。梧桐叶上三更雨，别是人间一段愁。　　睡又不成梦又休。多愁多病，当甚风流。真情一点苦萦人，才下眉尖，恰上心头。

一剪梅 （宋词）

无名氏

恨入椒觞暖未拈。春葱微蘸，谁是纤纤。别来愁夜不胜长，明日从教一线添。　　夜久寒深睡未忺。旧愁新恨，占断眉尖。一钩斜月却知人。直到天明，不下疏帘。

一剪梅 （金元词）

谢应芳

三首寓意寄故人之三

一天和气盎春晖。桃也芳菲。李也芳菲。若教风打雨淋漓。红也尘泥。白也尘泥。　　花前把酒插花枝。歌也相宜。舞也相宜。鹤长凫短总休提。长也天知。短也天知。

一剪梅 （金元词）

虞　集

春别

豆蔻梢头春色阑。风满前山。雨满前山。杜鹃啼血五更残。花不禁寒。人不禁寒。　　离合悲欢事几般。离有悲欢。合有悲欢。别时容易见时难。怕唱阳关。莫唱阳关。

（花草粹编七）

256. 一落索　（五体）

正体　**又名一络索、洛阳春、玉连环，双调四十六字，上下阕各四句，三仄韵**

舒　亶

正是看花天气。为春一醉。

醉来却不带花归，诮不解、看花意。
●○◉●●○○；◉◉●、○○▲

试问此花明媚。将花谁比。
◉●◉○◉▲　◉○◉▲

只应花好似年年，花不似、人憔悴。
◉○◉●●○○；◉◉●、○○▲

（上下阕句式似同。王之道别首下结不作破读。辛弃疾别首起两句重组为五字两句，吕渭老两首上结皆少一字，无名氏词上下结皆少一字，不予校订。）

变体一 **又名一络索、洛阳春、玉连环，双调四十八字，上下阕各四句，三仄韵**

程　垓

门外莺寒杨柳。正减欢疏酒。

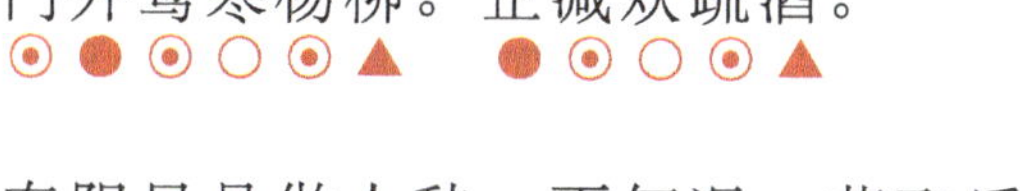

春阴早是做人愁，更何况、花飞后。

莫倚东风消瘦。有酴醾入手。

尽偎香玉醉何妨，任花落、愁依旧。

（上下阕第二句例用一字领。晁端礼别首下阕第三句多一衬字，严仁词上结多一字，下阕第二句少一字，不予校订。）

变体二 又名一络索、洛阳春、玉连环，双调五十字，上下阕各四句，三仄韵

王之道

送蘧、著、迈三子庚辰年省试

照人何处双瞳碧。欲去江城北。
⊙○⊙●⊙○▲　●⊙○⊙▲

过江风顺莫迟留，快雁序、飞联翼。
⊙○⊙●●○○；⊙⊙●、○○▲

西湖花柳传消息。知是东君客。
⊙○⊙●⊙○▲　⊙⊙○⊙▲

家书须办写泥金，报科名、题淡墨。
⊙○⊙●●○○；⊙⊙●、○○▲

（黄庭坚词起句平仄不同：⊙●⊙○○●▲，且上下阕第二句皆用一字领。王之道别首下阕第二句多一字，贺铸别首上下阕第二句皆少一字，不予校订。）

变体三　又名一络索、洛阳春、玉连环，双调四十七字，上下阕各四句，三仄韵

吕渭老

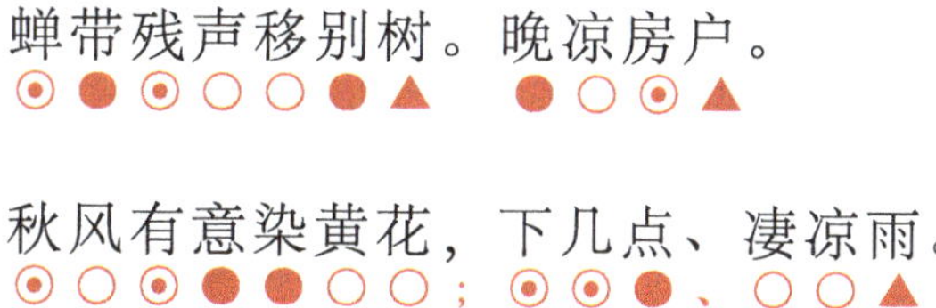

蝉带残声移别树。晚凉房户。
⊙●⊙○○●▲　●○⊙▲

秋风有意染黄花，下几点、凄凉雨。
⊙○⊙●●○○；⊙⊙●、○○▲

渺渺双鸿飞去。乱云深处。
⊙●⊙○⊙▲　●○⊙▲

一山红叶为谁愁，供不尽、相思句。
⊙○⊙●●○○；⊙⊙●、○○▲

（起句可作：○○⊙●○○▲。张先别首结句多一字，不予校订。）

变体四 又名一络索、洛阳春、玉连环，双调四十九字，上下阕各四句，三仄韵

欧阳修

小桃风撼香红碎。满帘笼花气。

看花何事却成愁，悄不会、春风意。

窗在梧桐叶底。更黄昏雨细。

枕前前事上心来，独自个、怎生睡。

（李吕词字数、句读迥异，不予校订。）

一落索 （宋词）

舒亶

蒋园和李朝奉

正是看花天气。为春一醉。醉来却不带花归，诮不解、看花意。　　试问此花明媚。将花谁比。只应花好似年年，花不似、人憔悴。

一落索 （宋词）

周邦彦

双调

杜宇思归声苦。和春催去。倚阑一霎酒旗风，任扑面、桃花雨。　　目断陇云江树。难逢尺素。落霞隐隐日平西，料想是、分携处。

一落索 （宋词）

朱敦儒

一夜雨声连晓。青灯相照。旧时情绪此时心，花不见、人空老。　　可惜春光闲了。阴多晴少。江南江北水连云，问何处、寻芳草。

一落索 （宋词）

朱敦儒

惯被好花留住。蝶飞莺语。少年场上醉乡中，容易放、春归去。　　今日江南春暮。朱颜何处。莫将愁绪比飞花，花有数、愁无数。

一落索 （宋词）

陆　游

识破浮生虚妄。从人讥谤。此身恰似弄潮儿，曾过了、千重浪。　　且喜归来无恙。一壶春酿。雨蓑烟笠傍渔矶，应不是、封侯相。

一落索 （金元词）

邵亨贞

新柳

陌上东风初转。暗黄犹浅。金鞭拂雪记章台，是几度、朱门掩。　　千缕柔丝迎面。吹笙人远。妆楼妒冷绣帘垂，恐误了、双双燕。

257. 忆江南　（一体）

正体　又名望江南、梦江南、江南好、梦江口、梦仙游、望江梅、望蓬莱、安阳好、步虚声、壶山好、春去也、归塞北、谢秋娘，单调二十七字，五句三平韵

白居易

江南好，风景旧曾谙。
○⊙●；⊙●●○△

日出江花红胜火，春来江水绿如蓝。
⊙●⊙○○●●；⊙○⊙●●○△

能不忆江南。
⊙●●○△

（重复一叠可得双调，宋后大抵如此。）

双调五十四字，上下阕各五句三平韵

欧阳修

江南蝶，斜日一双双。
○⊙●；⊙●●○△

身似何郎曾傅粉，心如韩寿爱偷香。
⊙●⊙○○●●；⊙○○●●○△

天赋与轻狂。
○●●○△

微雨过，薄翅腻烟光。
○⊙●；⊙●●○△

才伴游蜂来小苑，又随飞絮过东墙。
⊙●⊙○○●●；⊙○○●●○△

长是为花忙。
⊙●●○△

忆江南 （唐词）

白居易

江南忆，最忆是杭州。山寺月中寻桂子，郡亭枕上看潮头。何日更重游。

忆江南 （唐词）

温庭筠

梳洗罢，独倚望江楼。过尽千帆皆不是，斜晖脉脉水悠悠。肠断白蘋洲。

忆江南 （五代词）

李　煜

多少恨，昨夜梦魂中。还似旧时游上苑，车如流水马如龙。花月正春风。

忆江南 （五代词）

李　煜

闲梦远，南国正清秋。千里江山寒色远，芦花深处泊孤舟。笛在月明楼。

忆江南 （五代词）

无名氏

湖上水，流绕禁园中。斜日暖摇清翠动，落花香缓众纹红。蘋末起清风。　　闲纵目，鱼跃小莲东。泛泛轻摇兰棹稳，沈沈寒影上仙宫。远意更重重。

忆江南 （敦煌曲子词）

天上月，遥望似一团银。夜久更阑风渐紧，为奴吹散月边云。照见负心人。

忆江南 （宋词）

张　先

隋堤远，波急路尘轻。今古柳桥多送别，见人分袂亦愁生。何况自关情。　　斜照后，新月上西城。城上楼高重倚望，愿身能似月亭亭，千里伴君行。

忆江南 （宋词）

王 琪

江景

江南雨，风送满长川。碧瓦烟昏沉柳岸，红绡香润入梅天。飘洒正潇然。　朝与暮，长在楚峰前。寒夜愁欹金带枕，暮江深闭木兰船。烟浪远相连。

忆江南 （宋词）

王 琪

江乡

江南岸，云树半晴阴。帆去帆来天亦老，潮生潮落日还沉。南北别离心。　兴废事，千古一沾襟。山下孤烟渔市晓，柳边疏雨酒家深。行客莫登临。

忆江南 （宋词）

王 琪

柳

江南柳，烟穗拂人轻。愁黛空长描不似，舞腰虽瘦学难成。天意与风情。　攀折处，离恨几时平。已纵柔条萦客棹，更飞狂絮扑旗亭。三月乱莺声。

忆江南 （宋词）

苏 轼

超然台作

春未老，风细柳斜斜。试上超然台上望，半壕春水一城花。烟雨暗千家。　寒食后，酒醒却咨嗟。休对故人思故国，且将新火试新茶。诗酒趁年华。

忆江南 （宋词）

李 纲

烟艇稳，浦溆正清秋。风细波平宜进楫，月明江静好沉钩。横笛起汀洲。　鲈鳜美，新酿蚁醅浮。休问六朝兴废事，白蘋红蓼正凝愁。千古一渔舟。

忆江南 （宋词）

赵长卿

霜天有感

山又水，云岫插峰峦。断雁飞时霜月冷，乱鸦啼处日衔山。疑在画图间。　　金乌转，游子损朱颜。别泪盈襟双袖湿，春心不放两眉闲。此去几时还。

忆江南 （宋词）

吴文英

三月暮，花落更情浓。人去秋千闲挂月，马停杨柳倦嘶风。堤畔画船空。　　恹恹醉，长日小帘栊。宿燕夜归银烛外，啼莺声在绿阴中。无处觅残红。

忆江南 （宋词）

陈允平

烟漠漠，湖外绿杨堤。满地落花春雨后，一帘飞絮夕阳西。梁燕落香泥。　　流水恨，和泪入桃蹊。鹦鹉洲边鹦鹉恨，杜鹃枝上杜鹃啼。归思越凄凄。

忆江南 （宋词）

陶明淑

秋夜永，月影上阑干。客枕梦回燕塞冷，角声吹彻五更寒。无语翠眉攒。　天渐晚，把酒泪先弹。塞北江南千万里，别君容易见君难。何处是长安。

忆江南 （宋词）

梅顺淑

风渐软，暖气满天涯。莫道穷阴春不透，今朝楼上见桃花。花外碾香车。　围步帐，羯鼓杂琵琶。压酒燕姬骑细马，秋千高挂彩绳斜。知是阿谁家。

忆江南　（宋词）

仲　殊

多景楼

南徐好，多景在楼前。京口万家寒食日，淮南千里夕阳天。天际几重山。　莺啼处，人倚画阑干。西寨烟深晴后色，东风春减夜来寒。花满过江船。

忆江南　（金元词）

殷　恕

秋怀

秋光好，爽气动幽情。红蓼白苹江岸阔，淡烟疏柳月华清。西风落叶轻。

258. 忆旧游　（一体）

正体　**又名忆旧游慢，双调一百二字，上阕十一句四平韵，下阕十一句五平韵**

周邦彦

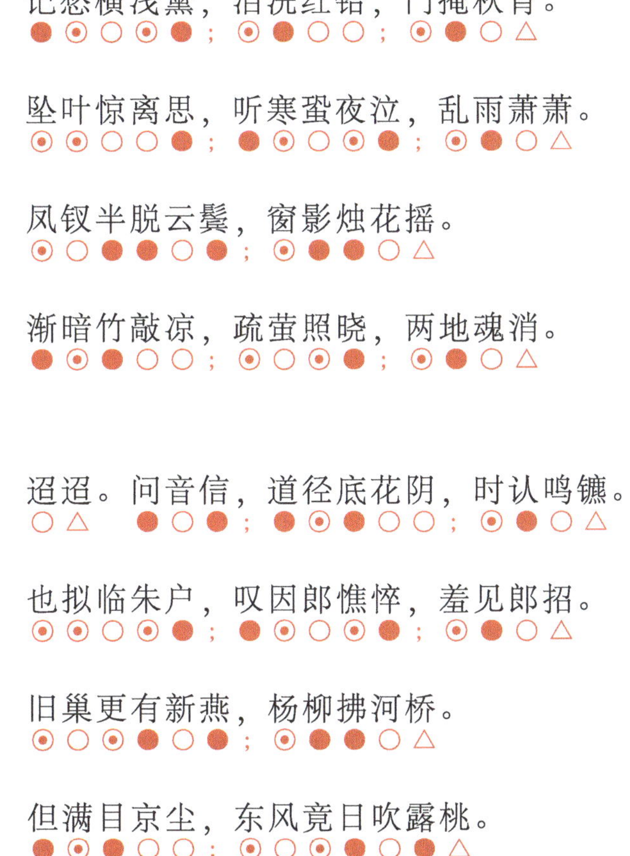

记愁横浅黛，泪洗红铅，门掩秋宵。
● ◉ ○ ◉ ●；◉ ● ○ ○；◉ ● ○ △

坠叶惊离思，听寒蛩夜泣，乱雨萧萧。
◉ ◉ ○ ○ ●；● ◉ ○ ◉ ●；◉ ● ○ △

凤钗半脱云鬟，窗影烛花摇。
◉ ○ ● ● ○ ●；◉ ● ● ○ △

渐暗竹敲凉，疏萤照晓，两地魂消。
● ◉ ● ○ ○；◉ ○ ◉ ●；◉ ● ○ △

迢迢。问音信，道径底花阴，时认鸣镳。
○ △　● ○ ●；● ◉ ● ○ ○；◉ ● ○ △

也拟临朱户，叹因郎憔悴，羞见郎招。
◉ ◉ ○ ◉ ●；● ◉ ○ ◉ ●；◉ ● ○ △

旧巢更有新燕，杨柳拂河桥。
◉ ○ ◉ ● ○ ●；◉ ● ● ○ △

但满目京尘，东风竟日吹露桃。
● ◉ ● ○ ○；◉ ○ ◉ ● ○ ● △

（起句例用一字领。下起可不用短韵。彭元逊、刘应几词下阕第五句少一字，刘辰翁词上阕第五句少一字，刘将孙词上阕第四、第五句多一字重组为七字、四字各一句，周密两首下结多一字拆为四字两句，皆不予校订。张炎及周密别首上下阕第七句平仄作：◉●●○○●，或：◉○●○○●。）

忆旧游 （宋词）

仇 远

忆寒烟古驿，淡月孤舟，无限江山。落叶牵离思，到秋来，夜夜梦入长安。故人剪烛清话，风雨半窗寒。甚宦海漂流，客毡寂寞，忍说闲关。　　征衫。赋归去，喜故里西湖，不厌重看。莫待青春晚，趁莺花未老，觅醉寻欢。故园更有松竹，富贵不如闲。却指顾斜阳，长歌李白行路难。

忆旧游 （宋词）

张 炎

新朋故侣，诗酒迟留，吴山苍苍，渺渺兮余怀也。寄沈尧道诸公

记开帘过酒，隔水悬灯，款语梅边。未了清游兴，又飘然独去，何处山川。淡风暗收榆荚，吹下沈郎钱。叹客里光阴，消磨艳冶，都在尊前。　　留连。殢人处，是镜曲窥莺，兰阜围泉。醉拂珊瑚树，写百年幽恨，分付吟笺。故乡几回飞梦，江雨夜凉船。纵忘却归期，千山未必无杜鹃。

忆旧游 （宋词）

张 炎

寓毗陵有怀澄江旧友

笑铭崖笔倦，访雪舟寒，觅里寻邻。半掩闲门草，看长松落荫，旧榻悬尘。自怜此来何事，不为忆鲈莼。但回首当年，芙蓉城里，胜友如云。　　思君。度遥夜，谩疑是梅花，檐下空巡。蝶与周俱梦，折一枝聊寄，古意殊真。渺然望极来雁，传与异乡春。尚记得行歌，阳关西出无故人。

忆旧游 （金元词）

邵亨贞

追和魏彦文清明韵

记乌衣巷口，灞水桥边，问柳寻花。竟日追游处，尽挥鞭绣陌，弭棹晴沙。酒阑美人归去，香拥碧油车。自彩笔题情，金灯款醉，几度年华。　　天涯。故人远，料对景相思，应念无家。又见分榆火，柰移根换叶，往事堪嗟。小楼倚遍残照，长羡暮栖鸦。赖伴我消魂，遥岑寸碧三四丫。

忆旧游 （金元词）

袁　易

元夕雨

记笙歌茂苑，绣锦吴歈，京样风流。夜弛金吾令，正笼纱竟陌，雾暖春柔。翠蓬阆府移下，花影一天浮。任画管催更，玉绳挂晓，犹醉西楼。　　回头事如梦，奈杜牧多情，难忘扬州。小雨重门闭，但檐花敲句，灯影笼愁。黛云暗锁妆镜，不是玉娥羞。怕倦客今宵，凭栏见月怀旧游。

忆旧游 （金元词）

张　翥

重到金陵

怅麟残废井，凤去荒台。烟树攲斜。再到登临处，渺秦淮自碧，目断云沙。后庭谩有遗曲，玉树已无花。向宛寺裁诗，江亭把酒，暗换年华。　　双双旧时燕，问巷陌归来，王谢谁家。自昔西州泪，等生存零落，何事兴嗟。庾郎似我憔悴，回首又天涯。但满耳西风，关河冷落凝暮笳。

259. 忆秦娥　（二体）

正体　**又名秦楼月、双荷叶、蓬莱阁、碧云深、花深深，双调四十六字，上下阕各五句，四仄韵**

李　白

箫声咽。秦娥梦断秦楼月。
⊙⊙▲　⊙○⊙●○○▲

秦楼月。年年柳色，灞陵伤别。
○○▲　⊙○⊙●；⊙○○▲

乐游原上清秋节。咸阳古道音尘绝。
⊙○⊙●⊙○▲　⊙○⊙●○○▲

音尘绝。西风残照，汉家陵阙。
○○▲　⊙○⊙●；⊙○○▲

（多用入声韵。上下阕第三句例用叠句。张仲素、冯延巳、毛滂词及张先别首字数、句读迥异，不予校订。上阕第四句李之仪词作：○●○○，不予参校。上下结李之仪、朱敦儒、李清照、蔡伸、曾觌、曾协、沈端节、杨冠卿、高观国词平仄有异：⊙●○▲。）

变体　又名秦楼月、双荷叶、蓬莱阁、碧云深、花深深，双调四十六字，上下阕各五句，四仄韵　　　贺　铸

晓朦胧。前溪百鸟啼匆匆。
●○△　⊙○⊙●⊙○△

啼匆匆。凌波人去，拜月楼空。
⊙○△　⊙○⊙●；⊙●○△

去年今日东门东。鲜妆辉映桃花红。
⊙○⊙●⊙○△　⊙○⊙●○○△

桃花红。吹开吹落，一任东风。
○○△　⊙○⊙●；⊙●○△

（唯汪元量别首上阕第二句平仄异：七字皆作平声！不予参校。）

忆秦娥 （宋词）

贺　铸

子夜歌

三更月。中庭恰照梨花雪。梨花雪。不胜凄断，杜鹃啼血。　王孙何许音尘绝。柔桑陌上吞声别。吞声别。陇头流水，替人呜咽。

忆秦娥 （宋词）

万俟咏

天如洗。金波冷浸冰壶里。冰壶里。一年得似，此宵能几。　等闲莫把阑干倚。马蹄去便三千里。三千里。几重云岫，几重烟水。

忆秦娥 （宋词）

朱敦儒

吴船窄。吴江岸下长安客。长安客。惊尘心绪，转蓬踪迹。　征鸿也是关河隔。孤飞万里谁相识。谁相识。三更月落，斗横西北。

忆秦娥 （宋词）

向子諲

芳菲歇。故园目断伤心切。伤心切。无边烟水，无穷山色。　　可堪更近乾龙节。眼中泪尽空啼血。空啼血。子规声外，晓风残月。

忆秦娥 （宋词）

王千秋

云破碧。作霜天气西风急。西风急。一行征雁，数声横笛。　　挑灯试问今何夕。柔肠底事愁如织。愁如织。紫苔庭院，悄无人迹。

忆秦娥 （宋词）

范成大

楼阴缺。阑干影卧东厢月。东厢月。一天风露，杏花如雪。　　隔烟催漏金虬咽。罗帏暗淡灯花结。灯花结。片时春梦，江南天阔。

忆秦娥（宋词）

程　垓

愁无语。黄昏庭院黄梅雨。黄梅雨。新愁一寸，旧愁千缕。　杜鹃叫断空山苦。相思欲计人何许。人何许。一重云断，一重山阻。

忆秦娥（宋词）

黄　机

秋萧索。梧桐落尽西风恶。西风恶。数声新雁，数声残角。　离愁不管人飘泊。年年孤负黄花约。黄花约。几重庭院，几重帘幕。

忆秦娥（宋词）

刘克庄

暮春

游人绝。绿阴满野芳菲歇。芳菲歇。养蚕天气，采茶时节。　枝头杜宇啼成血。陌头杨柳吹成雪。吹成雪。淡烟微雨，江南三月。

忆秦娥 （宋词）

何梦桂

伤离别。江南雁断音书绝。音书绝。两行珠泪，寸肠千结。　　伤心长记中秋节。今年还似前年月。前年月。那知今夜，月圆人缺。

忆秦娥 （宋词）

刘辰翁

为曹氏胭脂阁叹

春如昨。晓风吹透胭脂阁。胭脂阁。满园茅草，冷烟城郭。　　青衫泪尽楼头角。佳人梦断花间约。花间约。黄昏细雨，一枝零落。

忆秦娥 （宋词）

汪元量

水悠悠。长江望断无归舟。无归舟。欲携斗酒，怕上高楼。　　当年出塞拥貂裘。更听马上弹箜篌。弹箜篌。万般哀怨，一种离愁。

忆秦娥 （金元词）

刘秉忠

斜阳暮。西风落叶关山路。关山路。归鸿巢燕，笑人来去。　　我歌一曲君听取。人生聚散如今古。如今古。湘江秋水，渭川春树。

忆秦娥 （金元词）

完颜璹

寒仍暑。春来秋去无今古。无今古。梁台风月，汴堤烟雨。　　水涵天影秋如许。夕阳低处征帆举。征帆举。一行惊雁，数声柔橹。

260. 忆少年　（二体）

正体　又名陇首山、十二时、桃花曲，双调四十六字，上阕五句两仄韵，下阕四句三仄韵

晁补之

无穷官柳，无情画舸，无根行客。
⊙○⊙●；⊙○⊙●；⊙○⊙▲

南山尚相送，只高城人隔。
○○●○●；●⊙○○▲

罨画园林溪绀碧。算重来、尽成陈迹。
●●○○○●▲　⊙⊙⊙、●⊙○▲

刘郎鬓如此，况桃花颜色。
⊙○●⊙●；●⊙○⊙▲

（两结例用一字领。起三句多用排比。）

变体　又名陇首山、十二时、桃花曲，双调四十七字，上阕五句两仄韵，下阕四句三仄韵

曹　组

年时酒伴，年时去处，年时春色。
⊙○⊙●；⊙○⊙●；⊙○⊙▲

清明又近也，却天涯为客。
○○●⊙●；●⊙○○▲

念过眼、光阴难再得。想前欢、尽成陈迹。
●●●、○○○●▲　⊙⊙⊙、●⊙○▲

登临恨无语，把阑干暗拍。
⊙○●⊙●；●⊙○⊙▲

（较正体，唯下起添一字读作三、五。）

忆少年 （宋词）

朱敦儒

连云衰草，连天晚照，连山红叶。西风正摇落，更前溪呜咽。　　燕去鸿归音信绝。问黄花、又共谁折。征人最愁处，送寒衣时节。

忆少年 （宋词）

谢　懋

寒食

池塘绿遍，王孙芳草，依依斜日。游丝卷晴昼，系东风无力。　　蝶趁幽香蜂酿蜜。秋千外、卧红堆碧。心情费消遣，更梨花寒食。

忆少年 （宋词）

万俟咏

陇首山

陇云溶泄，陇山峻秀，陇泉呜咽。行人暂驻马，已不胜愁绝。　　上陇首、凝眸天四阔。更一声、塞雁凄切。征书待寄远，有知心明月。

261. 忆王孙　（一体）

正体　**又名怨王孙、忆君王、独脚令、豆叶黄、画娥眉、阑干万里心，单调三十一字，五句五平韵**

李　煜

萋萋芳草忆王孙。柳外楼高空断魂。杜宇声声不忍闻。

欲黄昏。雨打梨花深闭门。

（第三、第五句亦可叶仄韵。一题李重元著，下两首例词同。）

忆王孙 （五代词）

李 煜

飕飕风冷荻花秋。明月斜侵独倚楼。十二珠帘不上钩。黯凝眸，一点渔灯古渡头。

忆王孙 （五代词）

李 煜

同云风扫雪初晴。天外孤鸿三两声。独拥寒衾不忍听。月笼明，窗外梅花瘦影横。

忆王孙 （宋词）

程 垓

萧萧梅雨断人行。门掩残春绿荫生。翠被寒灯枕自横。梦初惊。窗外啼鹃催五更。

忆王孙 （宋词）

张 辑

小楼柳色未春深。湘月牵情入苦吟。翠袖风前冷不禁。怕登临。几曲阑干万里心。

忆王孙 （宋词）

汪元量

上阳宫里断肠时。春半如秋意转迷。独坐沙窗刺绣迟。泪沾衣。不见人归见燕归。

忆王孙 （宋词）

姚　宽

春情

毵毵杨柳绿初低。澹澹梨花开未齐。楼上情人听马嘶。忆郎归。细雨春风湿酒旗。

忆王孙 （宋词）

陈　克

秋千人散小庭空。麝冷灯昏愁杀侬。独有闲阶两袖风。月胧胧。一树梨花细雨中。

忆王孙 （金元词）

谢应芳

和熊元修苏州感兴

铜驼泪湿翠苔茵。落地花如堕玉人。可是东君不惜春。问花神。海变桑田几度新。

262. 忆瑶姬　（二体）

正体　又名别素质、别瑶姬慢，双调一百五字，上阕十一句五平韵，下阕十一句四平韵

万俟咏

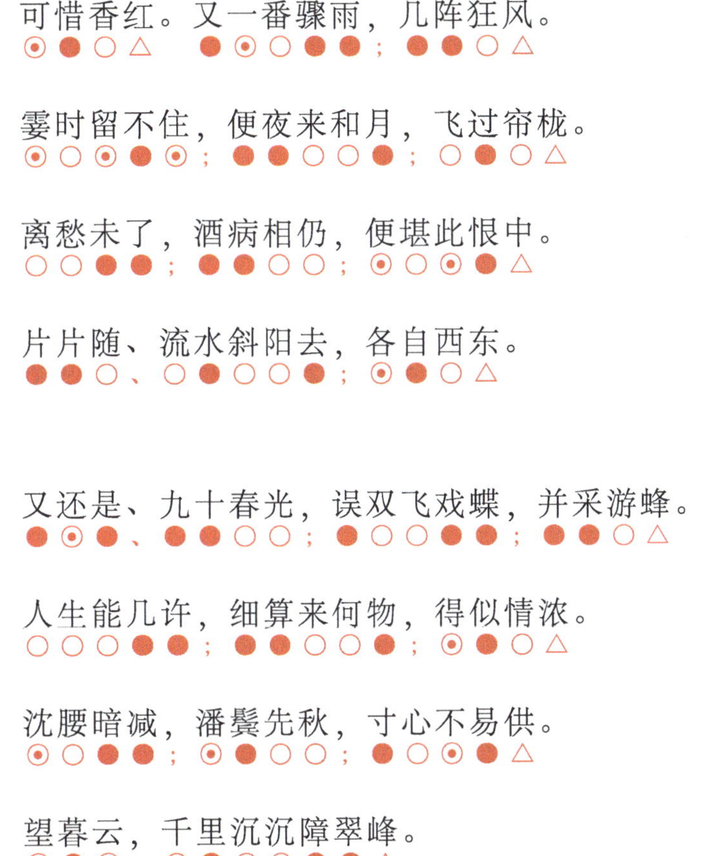

可惜香红。又一番骤雨，几阵狂风。
霎时留不住，便夜来和月，飞过帘栊。
离愁未了，酒病相仍，便堪此恨中。
片片随、流水斜阳去，各自西东。

又还是、九十春光，误双飞戏蝶，并采游蜂。
人生能几许，细算来何物，得似情浓。
沈腰暗减，潘鬓先秋，寸心不易供。
望暮云，千里沉沉障翠峰。

（上起可不用韵，下起可用韵。上下阕第二、第五句例用一字领。史达祖词上结多字、句读异，下阕字数、句读、平仄相异较多，无名氏词下阕多脱漏，不予校订。）

变体 **又名别素质、别瑶姬慢，双调一百三字，上阕九句五仄韵，下阕九句六仄韵**

曹 组

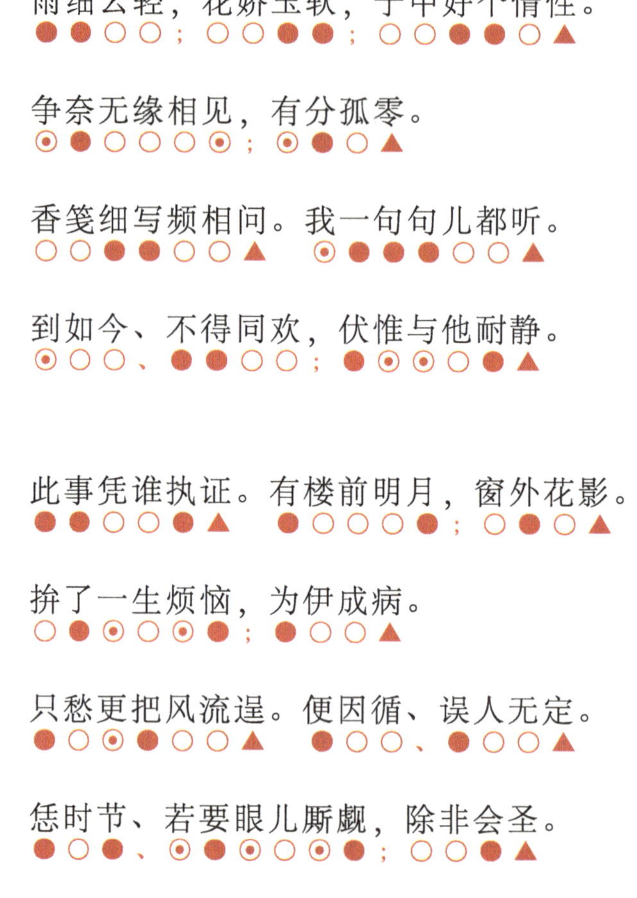

雨细云轻，花娇玉软，于中好个情性。
争奈无缘相见，有分孤零。
香笺细写频相问。我一句句儿都听。
到如今、不得同欢，伏惟与他耐静。

此事凭谁执证。有楼前明月，窗外花影。
拚了一生烦恼，为伊成病。
只愁更把风流逞。便因循、误人无定。
恁时节、若要眼儿厮觑，除非会圣。

（王质词字数、句读、平仄有异，不予校订。）

忆瑶姬 （宋词）

蔡　伸

南徐连沧观赏月

微雨初晴。洗瑶空万里，月挂冰轮。广寒宫阙近，望素娥缥缈，丹桂亭亭。金盘露冷，玉树风轻。倍觉秋思清。念去年，曾共吹箫侣，同赏蓬瀛。　奈此夜、旅泊江城。谩花光眩目，绿酒如渑。幽怀终有恨，恨绮窗清影，虚照娉婷。蓝桥路杳，楚馆云深。拟凭归梦去，强就枕，无奈孤衾梦易惊。

263. 意难忘　　（一体）

正体　双调九十二字，上下阕各九句，六平韵

苏　轼

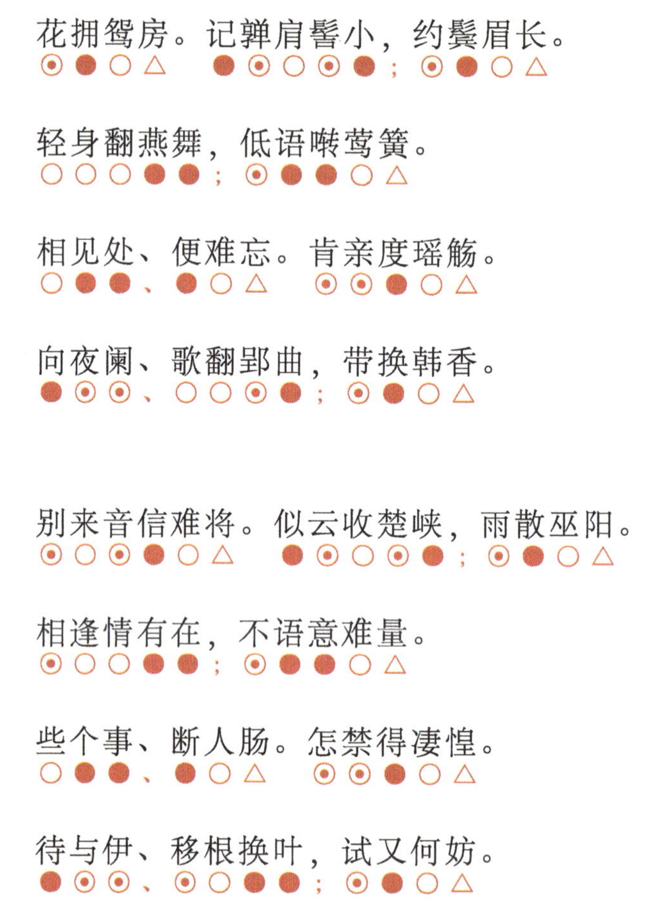

花拥鸳房。记駊肩髻小，约鬓眉长。
⊙●○△　●⊙○⊙●；⊙●○△

轻身翻燕舞，低语啭莺簧。
○○○●●；⊙●●○△

相见处、便难忘。肯亲度瑶觞。
○●●、●○△　⊙⊙●○△

向夜阑、歌翻郢曲，带换韩香。
●⊙⊙、○○⊙●；⊙●○△

别来音信难将。似云收楚峡，雨散巫阳。
⊙○⊙●○△　●⊙○⊙●；⊙●○△

相逢情有在，不语意难量。
⊙○○●●；⊙●●○△

些个事、断人肠。怎禁得凄惶。
○●●、●○△　⊙⊙●○△

待与伊、移根换叶，试又何妨。
●⊙⊙、⊙○●●；⊙●○△

（除下起多两字外，上下阕句式似同。第二句例用一字领。）

意难忘 （宋词）

林正大

李白蜀道难：噫嘘嚱、危乎高哉，蜀道之难难于上青天！蚕丛及鱼凫，开国何茫然。尔来四万八千岁，不与秦塞通人烟。西当太白有鸟道，可以横绝峨眉巅。地崩山摧壮士死，然后天梯石栈相句连。上有横河断海之浮云，下有冲波逆折之回川。黄鹤之飞尚不能过，猿猱欲度愁攀缘。青泥何盘盘，百步九折萦岩峦，扪参历井仰胁息，以手拊膺坐长叹。问君西游何当还，畏涂巉岩不可攀。　　但见悲鸟号古木，雄飞呼雌达林间。又闻子规啼夜月，愁空山。蜀道之难难于上青天，使人听此凋朱颜。连峰去天不盈尺，枯松倒挂倚绝壁。飞湍瀑流争喧豗，砯崖转石万壑雷。其险也若此，嗟尔远道之人，胡为乎来哉！剑阁峥嵘而崔嵬，一夫当关，万夫莫开。所守或匪亲，化为狼与豺。朝避猛虎，夕避长蛇。磨牙吮血，杀人如麻。锦城虽云乐，不如早还家。蜀道之难难于上青天，侧身西望长咨嗟！

括意难忘

蜀道登天。望峨眉横绝，石栈相连。西来当鸟道，逆浪俯回川。猿与鹤，莫攀缘。九折耸岩峦。算咫尺、扪参历井，回首长叹。　　西游何日当还。听子规啼月，愁减朱颜。连峰天一握，飞瀑壑争喧。排剑阁，越天关。豺虎乱朝昏。问锦城，虽云乐土，何似家山。

意难忘　（宋词）

范晞文

清泪如铅。叹咸阳送远，露冷铜仙。岩花纷堕雪，津柳暗生烟。寒食后，暮江边。草色更芊芊。四十年，留春意绪，不似今年。　　山阴欲棹归船。暂停杯雨外，舞剑灯前。重逢应未卜，此别转堪怜。凭急管，倩繁弦。思苦调难传。望故乡，都将往事，付与啼鹃。

意难忘　（金元词）

宋　远

同滕玉霄、周秋阳、刘尚友、萧高峰邂逅古洪，流连数月。北鸿南雁，感意气之相期，转羽移宫，写情词以为别。托光华之日月，纵挥洒之云烟，岂无知言，为我回首。以重与细论文为韵，题樟镇华光阁誌别。分韵得重字

鸡犬云中。笑种桃道士，虚费春风。山城看过雁，春水梦为龙。云上下，燕西东。久别各相逢。向夜深，江声浦树，灯影渔篷。　旧游新恨重重。便十分谈笑，一样飘蓬。元经摧意气，丹鼎赚英雄。年未老，世无穷。春事苦匆匆。更与谁，题诗药市，沽酒新丰。

264. 应天长令　（三体）

正体　又名应天长，双调五十字，上下阕各五句，四仄韵

韦　庄

绿槐阴里黄鹂语。深院无人春昼午。

画帘垂，金凤舞。寂寞绣屏香一炷。

碧天云，无定处。空有梦魂来去。

夜夜绿窗风雨。断肠君信否。

变体一 又名应天长，双调四十九字，上阕五句五仄韵，下阕四句四仄韵

李 璟

一钩初月临妆镜，蝉鬓凤钗慵不整。
⊙○⊙●○○▲ ⊙●⊙○○●▲

重帘静。层楼迥。惆怅落花风不定。
⊙○▲ ⊙⊙▲ ⊙●⊙○○●▲

柳堤芳草径。梦断辘轳金井。
●○○●▲ ⊙●⊙○○▲

昨夜更阑酒醒。春愁过却病。
⊙●⊙○⊙▲ ⊙○○●▲

（上阕第三句可不用韵。较正体，唯下起两句减一字并为五字一句。顾夐词上起平仄为：⊙●⊙○○●▲。）

变体二　又名应天长，双调五十字，上下阕各四句，四仄韵

牛　峤

玉楼春望晴烟灭。舞衫斜卷金条脱。
⊙○⊙●○○▲　⊙○⊙●○○▲

黄鹂娇啭声初歇。杏花飘尽龙山雪。
⊙○⊙●○○▲　⊙○⊙●○○▲

凤钗低赴节。筵上王孙愁绝。
●○○●▲　⊙●⊙○○▲

鸳鸯对衔罗结。两情深夜月。
⊙●⊙○⊙▲　⊙○○●▲

（毛文锡词上结平仄作：⊙●⊙○○●▲，下结平仄作：○●●○▲，不予参校。）

应天长令 （唐词）

韦 庄

别来半岁音书绝。一寸离肠千万结。难相见，易相别。又是玉楼花似雪。　　暗相思，无处说。惆怅夜来烟月。想得此时情切。泪沾红袖黦。

应天长令 （五代词）

冯延巳

石城山下桃花绽。宿雨初收云未散。南去棹，北归雁。水阔天遥肠欲断。　　倚楼情绪懒。惆怅春心无限。忍泪蒹葭风晚。欲归愁满面。

应天长令 （五代词）

冯延巳

朱颜日日惊憔悴。多少离愁谁得会。人事改，空追悔。枕上夜长只如岁。　　红绡三尺泪。双结解时心醉。魂梦万重云水。觉来还不睡。

应天长令 （宋词）

毛千干

曲栏十二闲亭沼。履迹双沉人悄悄。被池寒，香烬小。梦短女墙莺唤晓。　　柳风轻袅袅。门外落花多少。日日离愁萦绕。不知春过了。

265. 应天长　（二体）

正体　双调九十八字，上下阕各十一句，五仄韵

周邦彦

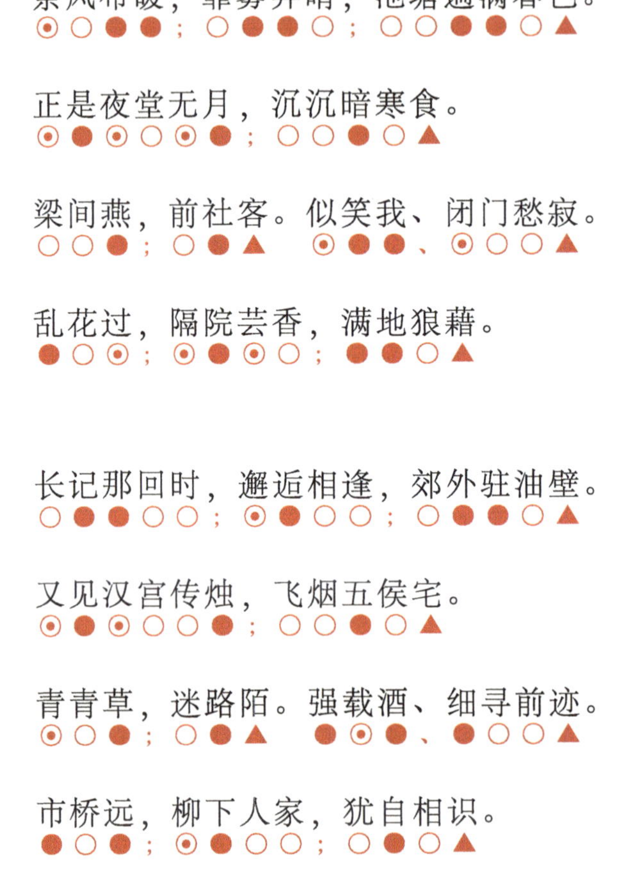

条风布暖，霏雾弄晴，池塘遍满春色。
正是夜堂无月，沉沉暗寒食。
梁间燕，前社客。似笑我、闭门愁寂。
乱花过，隔院芸香，满地狼藉。
长记那回时，邂逅相逢，郊外驻油壁。
又见汉宫传烛，飞烟五侯宅。
青青草，迷路陌。强载酒、细寻前迹。
市桥远，柳下人家，犹自相识。

（下阕起句可用韵。上下阕第六句可不破读。杨泽民词上结重组为五字、六字各一句。）

变体　双调九十四字，上阕十句六仄韵，下阕十句七仄韵

柳　永

残蝉声断绝。傍碧砌修梧，败叶微脱。
○○○●▲　●●●⊙○；●⊙○▲

风露凄清，正是登高时节。
⊙●⊙⊙；⊙●⊙○○▲

东篱霜乍结。绽金蕊、嫩香堪折。
⊙○○●▲　●⊙●、⊙○○▲

聚宴处，落帽风流，未饶前哲。
⊙●●；⊙●○○；●⊙○▲

把酒与君说。恁好景良辰，怎忍虚设。
⊙●●○▲　●●⊙○○；●⊙⊙▲

休效牛山，空对江天凝咽。
○●○○；⊙●⊙○○▲

尘劳无暂歇。遇良会、剩偷欢悦。
○○○●▲　●⊙●、●○○▲

歌未阕。杯兴方浓，莫便中辍。
⊙●▲　○●○○；⊙⊙○▲

（上阕第八句可用韵，下阕第八句可不用韵。）

应天长 （宋词）

陈允平

流莺唤梦，芳草带愁，东风料峭寒色。又见杏浆饧粥，家家禁烟食。江湖几年倦客。曾惯识、凄凉岑寂。苦吟瘦，萧索诗肠，空愧郊籍。　　春事正溪山，柳雾花尘，深映翠萝壁。更谢多情双燕，归来旧庭宅。情丝乱游巷陌。怅容易、万红陈迹。酒旗直，绿水桥边，犹记曾识。

应天长 （宋词）

康与之

闺思

管弦绣陌，灯火画桥，尘香旧时归路。肠断萧娘，旧日风帘映朱户。莺能舞，花解语。念后约、顿成轻负。缓雕辔、独自归来，凭栏情绪。　　楚岫在何处。香梦悠悠，花月更谁主。惆怅后期，空有鳞鸿寄纨素。枕前泪，窗外雨。翠幕冷、夜凉虚度。未应信、此度相思，寸肠千缕。

应天长 （宋词）

王沂孙

疏帘蝶粉，幽径燕泥，花间小雨初足。又是禁城寒食，轻舟泛晴渌。寻芳地，来去熟。尚仿佛、大堤南北。望杨柳、一片阴阴，摇曳新绿。　　重访艳歌人，听取春声，犹是杜郎曲。荡漾去年春色，深深杏花屋。东风曾共宿。记小刻、近窗新竹。旧游远，沉醉归来，满院银烛。

266. 莺啼序　（一体）

正体　又名丰乐楼，四段二百四十字，第一段九句四仄韵，第二段十句四仄韵，第三、第四段十四句四仄韵

吴文英

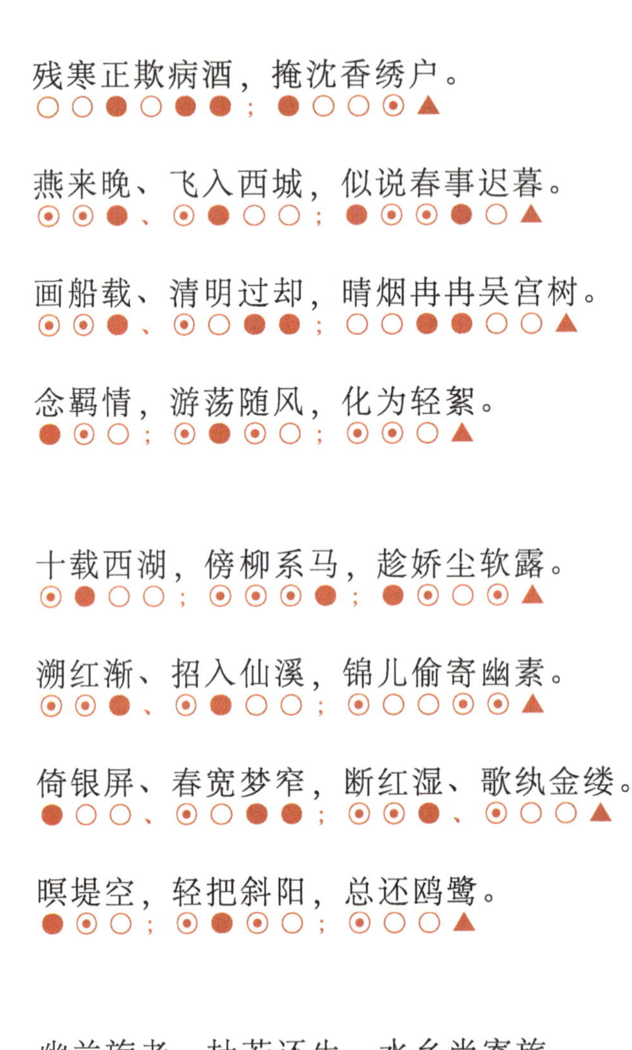

残寒正欺病酒，掩沈香绣户。
燕来晚、飞入西城，似说春事迟暮。
画船载、清明过却，晴烟冉冉吴宫树。
念羁情，游荡随风，化为轻絮。

十载西湖，傍柳系马，趁娇尘软露。
溯红渐、招入仙溪，锦儿偷寄幽素。
倚银屏、春宽梦窄，断红湿、歌纨金缕。
暝堤空，轻把斜阳，总还鸥鹭。

幽兰旋老，杜若还生，水乡尚寄旅。
别后访、六桥无信，事往花萎，

瘗玉埋香，几番风雨。
●●○○；●⊙⊙▲

长波妒盼，遥山羞黛，渔灯分影春江宿，
⊙○⊙●；○○⊙●；⊙○⊙●○○●；

记当时、短楫桃根渡。
●⊙○、⊙●⊙○▲

青楼仿佛，临分败壁题诗，泪墨惨淡尘土。
○○●●；○○⊙●○○；●⊙⊙●○▲

危亭望极，草色天涯，叹鬓侵半苎。
⊙○⊙●；⊙●○○；●●○⊙▲

暗点检、离痕欢唾，尚染鲛绡，亸凤迷归，破鸾慵舞。
●⊙●、⊙○⊙●；●●○○；⊙●○⊙；⊙⊙⊙▲

殷勤待写，书中长恨，蓝霞辽海沉过雁，
○○●●；○○○●；⊙○⊙●⊙⊙●；

漫相思、弹入哀筝柱。
●○○、⊙●○○▲

伤心千里江南，怨曲重招，断魂在否。
⊙○⊙●○○；⊙●○○；●○⊙▲

（第二段较第一段，唯起句添两字；第四段较第三段，唯结句减两字。第一段第七句以及第四段第九句、第十句可用韵，第四段第四句可不用韵。第一段结句可重组为五字、六字各一句，第二段第四、第七句及第三段第十一句可不破读。第三段第四、第五、第六句可重组为九字、六字各一句。刘辰翁别首，第三段句读迥异，不予校订。赵文别首，第三段少两字，汪元量词两首，一首少两字，另一首少四字，叶润词多三字，不予校订。）

莺啼序　（宋词）

徐宝之

茶醾一番过雨，洒残花似雪。向清晓、步入东风，细拾苔砌馀馤。有数片、飞沾翠柳，萦回半著双归蝶。悄无人共立，幽禽呢呢能说。　　因念年华，最苦易失，对春愁暗结。叹自古、曾有佳人，长门深闭修洁。寄么弦、千言万语，闷满眼、欲弹难彻。靠珠珑，风雨微收，落花时节。　　春工渐老，绿草连天，别浦共一色。但暮霭、朝烟无际，尽日目极，江北江南，杜鹃叫裂。此时此意，危魂黯黯，渭城客舍青青树，问何人、把酒来看别。思量怎向，迟回独掩青扉，夕阳犹照南陌。　　春应记得，旧日疏狂，等受今磨折。便永谢、五湖烟艇，只有吟诗，曲坞煎茶，小窗眠月。春还自省，把融和事，长留芳昼人间世，与羁臣恨妾销离侧。自题蕙叶回春，坐听蓬壶，漏声细咽。

莺啼序 （宋词）

赵 文

春晚

东风何许红紫，又匆匆吹去。最堪惜、九十春光，一半情绪听雨。到昨日、看花去处，如今尽是相思树。倚斜阳脉脉，多情燕子能语。　　自怪情怀，近日顿懒，忆刘郎前度。断桥外、小院重帘，那人正柳边住。问章台、青青在否。芳信隔、□魂无据。想行人，折尽柔条，滚愁成絮。　　闲将杯酒，苦劝羲和，揽辔更少驻。怎忍把、芳菲容易委路。春还倒转归来，为君起舞。寸肠万恨，何人共说，十年暗洒铜仙泪，是当时、滴滴金盘露。思量万事成空，只有初心，英英未化为土。　　浮生似客，春不怜人，人更怜春暮。君不见、青楼朱阁，舞女歌童，零落山丘，便房幽户。长门词赋，沉香乐府，悠悠谁是知音者，且绿阴多处修花谱。殷勤更倩啼莺，传语风光，后期莫误。

267. 迎春乐　（三体）

正体　双调五十二字，上阕四句四仄韵，下阕四句三仄韵

周邦彦

清池小圃开云屋。结春伴、往来熟。
⊙○⊙●○○▲　⊙⊙⊙、⊙○▲

忆年时纵酒杯行速。看月上、归禽宿。
●○○●●○○▲　⊙●●、○○▲

墙里修篁森似束。记名字、曾刊新绿。
⊙●⊙○○●▲　⊙⊙●、●○○▲

见说别来长，沿翠藓、封寒玉。
⊙●●○○；⊙⊙●、○○▲

（上阕第三句例用一字领。）

变体一　双调五十一字，上阕四句四仄韵，下阕四句三仄韵

贺　铸

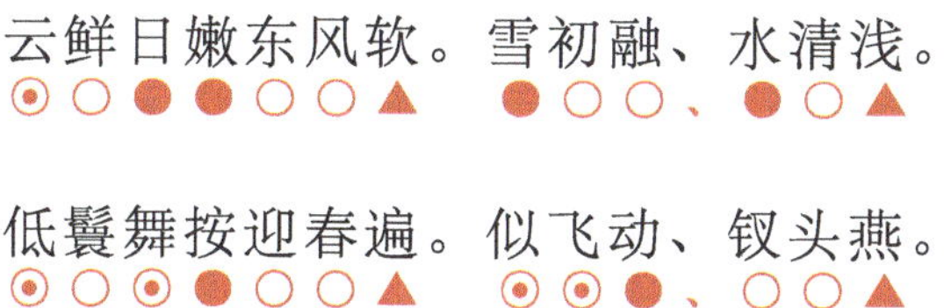

云鲜日嫩东风软。雪初融、水清浅。

低鬟舞按迎春遍。似飞动、钗头燕。

漫折梅花曾寄远。问谁为、倚楼凄怨。

身伴未归鸿，犹顾恋、江南暖。

（上阕第三句亦可不用韵。秦观词下起读作三、四，下结重组为六字、五字各一句，张先词下起少一字读作三、三，不予参校。）

变体二　双调五十三字，上阕四句四仄韵，下阕四句三仄韵

柳　永

近来憔悴人惊怪。为别后、相思煞。
⊙○⊙●○○▲　⊙⊙⊙、⊙○▲

我前生负你愁烦债。便苦恁、难开解。
●○○●●⊙○▲　⊙●●、○○▲

良夜永、牵情无计奈。锦被里、馀香犹在。
⊙●●、○○○●▲　⊙⊙●、⊙○○▲

怎得依前灯下，恣意怜娇态。
●●○○⊙●；●●○○▲

（上阕第三句例用一字领。欧阳修词上阕第三句少一领字。）

迎春乐 （宋词）

晏　殊

长安紫陌春归早。亸垂杨、染芳草。被啼莺语燕催清晓。正好梦、频惊觉。　　当此际、青楼临大道。幽会处、两情多少。莫惜明珠百琲，占取长年少。

迎春乐 （宋词）

秦　观

菖蒲叶叶知多少。惟有个、蜂儿妙。雨晴红粉齐开了。露一点、娇黄小。　　早是被、晓风力暴。更春共、斜阳俱老。怎得香香深处，作个蜂儿抱。

迎春乐 （宋词）

方千里

红深绿暗春无迹。芳心荡、冶游客。记摇鞭跋马铜驼陌。凝睇认、珠帘侧。　　絮满愁城风卷白。递多少、相思消息。何处约欢期，芳草外、高楼北。

迎春乐 （宋词）

陈允平

依依一树多情柳。都未识、行人手。对青青、共结同心就。更共饮、旗亭酒。　　褥上芙蓉铺软绣。香不散、彩云春透。今岁又相逢，是燕子、归来后。

迎春乐 （金元词）

宇文虚中

立春

宝幡彩胜堆金缕。双燕钗头舞。人间要识春来处。天际雁，江边树。　　故国莺花又谁主。念憔悴、几年羁旅。把酒祝东风，吹取人归去。

（碧鸡漫志卷二）

268. 永遇乐　（一体）

正体　又名消息，双调一百四字，上下阕各十二句，四仄韵

苏　轼

明月如霜，好风如水，清景无限。
曲港跳鱼，圆荷泻露，寂寞无人见。
紞如三鼓，铿然一叶，黯黯梦云惊断。
夜茫茫，重寻无处，觉来小园行遍。

天涯倦客，山中归路，望断故园心眼。
燕子楼空，佳人何在，空锁楼中燕。
古今如梦，何曾梦觉，但有旧欢新怨。
异时对，黄楼夜景，为余浩叹。

（上阕第三句与结句互换，则上下阕句式似同。上下阕第十、第十一句可并为三、四一句。王仲甫、晁端礼、史浩、危夏之、李太古及无名氏数首，字数略有增减，不予校订。陈允平改用平韵，唯其一首，亦不予校订。）

永遇乐 （宋词）

解　昉

春情

风暖莺娇，露浓花重，天气和煦。院落烟收，垂杨舞困，无奈堆金缕。谁家巧纵，青楼弦管，惹起梦云情绪。忆当时、纹衾粲枕，未尝暂孤鸳侣。　　芳菲易老，故人难聚。到此翻成轻误。阆苑仙遥，蛮笺纵写，何计传深诉。青山绿水，古今长在，惟有旧欢何处。空赢得、斜阳暮草，淡烟细雨。

永遇乐 （宋词）

叶梦得

寄怀张敏叔、程致道

蘋芷芳洲，故人回首，云海何处。五亩荒田，殷勤问我，归计真成否。洞庭波冷，秋风袅袅，木叶乱随风舞。记扁舟、横斜载月，目极暮涛烟渚。　　传声试问，垂虹千顷，兰棹有谁重驻。雪溅雷翻，潮头过后，帆影欹前浦。此中高兴，何人解道，天也未应轻付。且留取、千钟痛饮，与君共赋。

永遇乐 （宋词）

李　纲

秋夜有感

秋色方浓，好天凉夜，风雨初霁。缺月如钩，微云半掩，的烁星河碎。爽来轩户，凉生枕簟，夜永悄然无寐。起徘徊，凭栏凝伫，片时万情千意。　　江湖倦客，年来衰病，坐叹岁华空逝。往事成尘，新愁似锁，谁是知心底。五陵萧瑟，中原杳杳，但有满襟清泪。烛兰缸，呼童取酒，且图径醉。

永遇乐 （宋词）

李清照

落日熔金，暮云合璧，人在何处。染柳烟浓。吹梅笛怨，春意知几许。元宵佳节，融和天气，次第岂无风雨。来相召、香车宝马，谢他酒朋诗侣。　　中州盛日，闺门多暇，记得偏重三五。铺翠冠儿，捻金雪柳，簇带争济楚。如今憔悴，风鬟霜鬓，怕见夜间出去。不如向、帘儿底下，听人笑语。

永遇乐 （宋词）

辛弃疾

京口北固亭怀古

千古江山，英雄无觅，孙仲谋处。舞榭歌台，风流总被，雨打风吹去。斜阳草树，寻常巷陌，人道寄奴曾住。想当年，金戈铁马，气吞万里如虎。　　元嘉草草，封狼居胥，赢得仓皇北顾。四十三年，望中犹记，烽火扬州路。可堪回首，佛狸祠下，一片神鸦社鼓。凭谁问，廉颇老矣，尚能饭否。

永遇乐 （宋词）

洪　瑹

送春

歌雪徘徊，梦云溶曳，欲劝春住。薄幸杨花，无端杜宇，抵死催教去。参差烟岫，千回百匝，不解禁春归路。病厌厌，那堪更听，小楼一夜风雨。　　金钗鬥草，玉盘行菜，往事了无凭据。合数松儿，分香帕子，总是牵情处。小桃朱户，题诗在否，尚忆去年崔护。绿阴中，莺莺燕燕，也应解语。

永遇乐 （金元词）

元好问

梦中有以王正之乐府相示者。予但记其末云，莫嫌满镜，星星白发，中有利名千丈。待明朝有酒如川，自歌自放。然正之未尝有此作也，明日以示友人希颜、钦叔，谓可作永遇乐补成之。因为赋此，二公亦曾同作

绝壁孤云，冷泉高竹，茅舍相忘。留滞三年，相思千里，归梦风烟上。天公老大，依然儿戏，困我世间羁鞅。此身似、扁舟一叶，浩浩拍天风浪。　中台黄散，官仓红腐，换得尘容俗状。枕上哦诗，梦中得句，笑了还惆怅。可怜满镜，星星白发，中有利名千丈。问何时、有酒如川，自歌自放。

269. 于飞乐　(二体)

正体　又名鸳鸯怨曲，双调七十二字，上阕八句四平韵，下阕八句三平韵

晏几道

晓日当帘，睡痕犹占香腮。轻盈笑倚鸾台。

●●○○；●○○●○△　⊙○●●○△

晕残红，匀宿翠，满镜花开。

●○○；○●●；⊙●○△

娇蝉鬓畔，插一枝、淡蕊疏梅。

⊙○⊙●；⊙⊙⊙、⊙●○△

每到春深，多愁饶恨，妆成懒下香阶。

●●○○；○○○●；○○●●○△

意中人，从别后，萦系情怀。

●○○；○●●；⊙●○△

良辰好景，相思字、唤不归来。

⊙○⊙●；⊙○⊙、⊙●○△

（贺铸词下起少一字，下阕第四、第五、第六句重组为五字两句，李流谦词较贺铸词上阕第二句少两字、第七句少一字，不予参校。）

变体 **又名鸳鸯怨曲，双调七十六字，上下阕各九句，四平韵**

毛　滂

水边山，云畔水，新出烟林。送秋来、双桧寒阴。
●○○；○●●；⊙●○△　⊙○⊙、⊙●○△

桧堂寒，香雾碧，帘箔清深。
●⊙○；○●●；⊙●○△

放衙隐几，谁知共、云水无心。
⊙○●●；⊙○⊙、○●○△

望西园，飞盖夜，月到清尊。为诗翁、露冷风清。
●⊙○；○●●；⊙●○△　⊙○⊙、●●○△

褪红裙，袪碧袖，花草争春。
●○○；○●●；⊙●○△

劝翁强饮，莫孤负、风月留人。
⊙○⊙●；●⊙⊙、⊙●○△

（上下阕句式似同。张先词下阕迥异，不予校订。）

于飞乐 （宋词）

张 先

宝奁开，菱鉴静，一掬清蟾。新妆脸、旋学花添。蜀红衫，双绣蝶，裙缕鹣鹣。寻思前事，小屏风、巧画江南。　　怎空教，草解宜男。柔桑暗、又过春蚕。正阴晴天气，更暝色相兼。幽期消息，曲房西、碎月筛帘。

于飞乐 （宋词）

贺 铸

日薄云融。满城罗绮芳丛。一枝粉淡香浓。几销魂，偏健羡，紫蝶黄蜂。繁华梦断，酒醒来、扫地春空。　　武陵原、回头何处，情随流水无穷。寄两行清泪，想几许残红。惜花人老，年年奈、依旧东风。

于飞乐 （宋词）

毛 滂

代人作别后曲

记瞢腾，浓睡里，一片行云。未多时、梦破云惊。听辘轳，声断也，井底银瓶。不如罗带，等闲便、结得同心。　　系画船，杨柳岸，晓月亭亭。记阳关、断韵残声。被西风，吹玉枕，酒魄还清。有些言语，独自个、说与谁应。

270. 鱼游春水　（一体）

正体　双调八十九字，上下阕各八句，五仄韵

无名氏

秦楼东风里。燕子还来寻旧垒。
○○○⊙▲　⊙●⊙○○●▲

余寒犹峭，红日薄侵罗绮。
⊙○⊙●；⊙●⊙○⊙▲

嫩筍才抽碧玉簪，媚柳轻窣黄金蕊。
⊙●⊙○⊙●⊙；⊙●○⊙○⊙▲

莺啭上林，鱼游春水。
○●●○；⊙○○▲

几曲阑干遍倚。又是一番新桃李。
⊙●○○●▲　⊙●⊙○○⊙▲

佳人应怪归迟，梅妆泪洗。
○○⊙●○○；○○●▲

凤箫声绝沈孤雁，望断清波无双鲤。
●○⊙●○○●；⊙●○○⊙⊙▲

云山万重，寸心千里。
○⊙●⊙；●○○▲

（上下阕句式似同，第五句可用韵。上阕第五句卢祖皋作：○○⊙●○○●。下阕第五句，张元干、吕胜己、赵闻礼词作：⊙●⊙○○●●。）

鱼游春水　（宋词）

赵闻礼

青楼临远水。楼上东风飞燕子。玉钩珠箔，密密锁红藏翠。剪胜裁幡春日戏。簇柳簪梅元夜醉。闲忆旧欢，暗弹新泪。　　罗帕啼痕未洗。愁见同心双凤翅。长安十日轻寒，春衫未试。过尽征鸿知几许，不寄萧娘书一纸。愁肠断也，那人知未。

鱼游春水　（金元词）

梁　寅

避乱还家，见桃花盛开

家临千峰翠。幽径重开荆棘里。小桃花艳，春日盈盈霞绮。香入骚人碧玉杯，色映游女青螺髻。带露更娇，迎风尤媚。　　古有墙东避世。况似武陵风光美。时时独酌花间，别有天地。不教扫迳看尤好，意欲寻仙从兹始。岩前白云，石边流水。

271. 渔歌子 (三体)

正体 又名渔父、渔父乐，单调二十七字，五句四平韵

张志和

西塞山前白鹭飞。桃花流水鳜鱼肥。
⊙●○○●●△ ⊙○⊙●●○△

青箬笠，绿蓑衣。斜风细雨不须归。
⊙⊙●；●○△ ⊙○⊙●●○△

（第一、二句平仄必须相对。第一、二句平仄可互换，第四句平仄可同第一句。）

变体一　又名渔父、渔父乐，双调五十字，上下阕各六句四仄韵

顾　敻

晓风清，幽沼绿。倚阑凝望珍禽浴。
●○○；○⊙▲　⊙○⊙●○⊙▲

画帘垂，翠屏曲。满袖荷香馥郁。
⊙⊙⊙；⊙⊙▲　⊙●⊙○⊙▲

好摅怀，堪寓目。身闲心静平生足。
●⊙○；○●▲　⊙○⊙●○○▲

酒杯深，光影促。名利无心较逐。
⊙⊙⊙；⊙⊙▲　⊙●⊙○⊙▲

（上下阕句式似同，第五句可不用韵。）

变体二 又名渔父、渔父乐，单调二十五字，五句三仄韵

苏 轼

渔父饮，谁家去。鱼蟹一时分付。
○●●；○○▲ ⊙●●○○▲

酒无多少醉为期，彼此不论钱数。
⊙○○●●○○；●●⊙○○▲

（此体唯见东坡四首。）

渔歌子 （唐词）

无名氏

远山重叠水萦纡。水碧山青画不如。山水里，有岩居。谁道侬家也钓鱼。

渔歌子 （唐词）

无名氏

雪色髭须一老翁。时开短棹拨长空。微有雨，正无风。宜在五湖烟水中。

渔歌子 （唐词）

无名氏

洞庭湖上晚风生。风触湖心一叶横。兰棹快，草衣轻。只钓鲈鱼不钓名。

渔歌子 （唐词）

无名氏

垂杨湾外远山微。万里晴波浸落晖。击楫去，本无机。惊起鸳鸯扑鹿飞。

渔歌子 （宋词）

徐　积

渔父乐

水曲山隈四五家。夕阳烟火隔芦花。渔唱歇，醉眠斜。纶竿蓑笠是生涯。

渔歌子 （宋词）

周紫芝

三（共六首）

解印归来暂结庐。有时同钓水西鱼。闲着屐，醉骑驴。分明人在辋川图。

渔歌子 （宋词）

陆　游

长安拜免几公卿。渔父横眠醉未醒。烟艇小，钓竿腥。遥指梅山一点青。

渔歌子 （宋词）

王　谌

其六（共七首）

白髮鬔鬆不记年。扁舟泊在荻花边。天上月，水中天。夜夜烟波得意眠。

渔歌子 （宋词）

蒲寿宬

琉璃为地水精天。一叶渔舟浪满颠。风肃肃，露娟娟。家在芦花何处边。

渔歌子 （宋词）

赵处澹

丁山烟雨晚濛濛。柳岸苍波着短蓬。飞鸟白，断云红。一曲清歌淡月中。

渔歌子 （金元词）

完颜璹

钓得鱼来卧看书。船头稳置酒葫芦。烟际柳，雨中蒲。乞与人间作画图。

（中州集五）

渔歌子 （金元词）

赵孟頫

渺渺烟波一叶舟。西风落木五湖秋。盟鸥鹭，傲王侯。管甚鲈鱼不上钩。

272. 渔家傲　（一体）

正体　双调六十二字，上下阕各五句，五仄韵

晏　殊

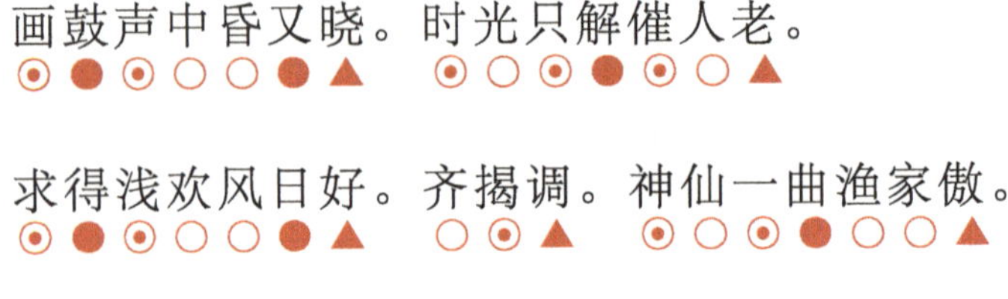
画鼓声中昏又晓。时光只解催人老。
求得浅欢风日好。齐揭调。神仙一曲渔家傲。

绿水悠悠天杳杳。浮生岂得长年少。
莫惜醉来开口笑。须信道。人间万事何时了。

（上下阕第四句可用叠韵。可旻词数十首，每首前以七绝做引子。蔡伸词上下阕第二句多两字拆为四字、五字各一句，杜安世词两首间入平韵，不予校订。）

渔家傲 （宋词）

范仲淹

秋思

塞下秋来风景异。衡阳雁去无留意。四面边声连角起。千嶂里。长烟落日孤城闭。　　浊酒一杯家万里。燕然未勒归无计。羌管悠悠霜满地。人不寐。将军白发征夫泪。

渔家傲 （宋词）

秦　观

刚过淮流风景变。飞沙四面连天卷。霜拆冻髭如利剪。情莫遣。素衣一任缁尘染。　　回首家山云渐远。离肠暗逐车轮转。古木荒烟鸦点点。人不见。平原落日吟羌管。

渔家傲 （宋词）

谢　逸

秋水无痕清见底。蓼花汀上西风起，一叶小舟烟雾里。兰棹舣，柳条带雨穿双鲤。　　自叹直钩无处使。笛声吹彻云山翠，鲙落霜刀红缕细，新酒美。醉来独枕莎衣睡。

渔家傲 （宋词）

朱敦儒

谁转琵琶弹侧调。征尘万里伤怀抱。客散黄昏庭院悄。灯相照。春寒燕子归来早。　可惜韶光虚过了。多情人已非年少。只恐莺啼春又老。知音少。人间何处寻芳草。

渔家傲 （宋词）

周紫芝

夜饮木芙蓉下

月黑天寒花欲睡。移灯影落清尊里。唤醒妖红明晚翠。如有意。嫣然一笑知谁会。　露湿柔柯红压地。羞容似替人垂泪。著意西风吹不起。空绕砌。明年花共谁同醉。

渔家傲 （宋词）

李清照

天接云涛连晓雾。星河欲转千帆舞。仿佛梦魂归帝所。闻天语。殷勤问我归何处。　我报路长嗟日暮。学诗谩有惊人句。九万里风鹏正举。风休住。蓬舟吹取三山去。

渔家傲　（宋词）

张元幹

楼外天寒山欲暮。溪边雪后藏云树。小艇风斜沙觜露。流年度。春光已向梅梢住。　　短梦今宵还到否。苇村四望知何处。客里从来无意绪。催归去。故园正要莺花主。

渔家傲　（宋词）

侯　寘

小舟发临安

本是潇湘渔艇客。钱塘江上铺帆席。两处烟波天一色。云幂幂。吴山不似湘山碧。　　休费精神劳梦役。鸥凫难上铜驼陌。扰扰红尘人似织。山头石。潮生月落今如昔。

渔家傲　（宋词）

陆　游

寄仲高

东望山阴何处是。往来一万三千里。写得家书空满纸。流清泪。书回已是明年事。　　寄语红桥桥下水。扁舟何日寻兄弟。行遍天涯真老矣。愁无寐。鬓丝几缕茶烟里。

渔家傲 （宋词）

吕胜已

沅州作

长记浔阳江上宴。庾公楼上凭阑遍。北望淮山连楚甸。真伟观。中原气象依稀见。　　漂泊江湖波浪远。依然身在蛮溪畔。愁里不知时节换。春早晚。杜鹃声里飞花满。

渔家傲 （宋词）

程　垓

彭门道中早起

野店无人霜似水。清灯照影寒侵被。门外行人催客起。因个事。老来方有思家泪。　　寄问梅花开也未。爱花只有归来是。想见小乔歌舞地。浑含喜。天涯不念人憔悴。

渔家傲 （宋词）

方千里

冷叶啼螿声恻恻。银床晓起清霜积。魂断江南烟水国。书难得。想思此意无人识。　　绿鬓金钗年少客。愁来懒傍菱花仄。雾阁云窗闲枕席。情何适。杯盈珠泪还偷滴。

渔家傲 （宋词）

丁羲叟

十里寒塘初过雨。采莲舟上谁家女。秋水接云迷远树。天光暮。船头忘了回来路。　　却系兰舟深处住。歌声惊散鸳鸯侣。波上清风花上雾。无计去。月明肠断双栖去。

渔家傲 （金元词）

许　桢

鸿雁翩翩云路杳。芦花如雪迷红蓼。荷叶不禁风雨倒。秋意早。诗怀清似霜天晓。　　独掩柴扉谁得到。高台日暮宜瞻眺。清致日多尘事少。歌古调。新声移入渔家傲。

渔家傲 （金元词）

张　翥

舟行自西溪至秦川，荷花一望，百里云锦中

红白芙蕖千万朵。水仙恰试新梳裹。缟袂霞衣争婀娜。香霞堕。凌波忽载行云过。　　正好玩芳停画舸。尊前自唱无人和。惟有沙鸥三两个。飞近我。夜凉同向花间卧。

273. 虞美人　（二体）

正体　**又名虞美人令、玉壶冰、忆柳曲、一江春水，双调五十六字，上下阕各四句，两仄韵、两平韵**

李　煜

风回小院庭芜绿。柳眼春相续。

凭阑半日独无言。依旧竹声新月、似当年。

笙歌未散尊罍在。池面冰初解。

烛明香暗画阑深。满鬓清霜残雪、思难禁。

（上下阕句式似同。两结句可作四、五破读。下阕亦可只换平韵或皆不换韵。）

变体 **又名虞美人令、玉壶冰、忆柳曲、一江春水，双调五十八字，上下阕各五句，两仄韵、三平韵**

毛文锡

宝檀金缕鸳鸯枕。绶带盘宫锦。

夕阳低映小窗明。南园绿树语莺莺。梦难成。

玉炉香暖频添注。满地飘轻絮。

珠帘不卷度沈烟。庭前闲立画秋千。艳阳天。

（上下阕句式似同。下阕亦可不换韵。或上阕皆用平韵，下阕皆换平韵。或上阕皆用平韵，下阕依旧。）

虞美人 （五代词）

顾　敻

碧梧桐映纱窗晚。花谢莺声懒。小屏屈曲掩青山。翠帏香粉玉炉寒。两蛾攒。　　颠狂年少轻离别。辜负春时节。画罗红袂有啼痕。魂销无语倚闺门。欲黄昏。

虞美人 （五代词）

冯延巳

碧波帘幕垂朱户。帘下莺莺语。薄罗衣旧泣青春。野花芳草逐年新。事难论。　　凤笙何处高楼月。幽怨凭谁说。须臾残照上梧桐。一时弹泪与东风。恨重重。

虞美人 （五代词）

冯延巳

玉钩鸾柱调鹦鹉。宛转留春语。云屏冷落画堂空。薄晚春寒、无奈落花风。　　搴帘燕子低飞去。拂镜尘鸾舞。不知今夜月眉弯。谁佩同心双结、倚阑干。

虞美人 （五代词）

李　煜

春花秋月何时了。往事知多少。小楼昨夜又东风。故国不堪回首、月明中。　雕阑玉砌依然在。只是朱颜改。问君都有几多愁。恰似一江春水、向东流。

虞美人 （宋词）

晏几道

湿红笺纸回纹字。多少柔肠事。去年双燕欲归时。还是碧云千里、锦书迟。　南楼风月长依旧。别恨无端有。倩谁横笛倚危阑。今夜落梅声里、怨关山。

虞美人 （宋词）

秦　观

其三（三首）

行行信马横塘畔。烟水秋平岸。绿荷多少夕阳中。知为阿谁、凝恨背西风。　红妆艇子来何处。荡桨偷相顾。鸳鸯惊起不无愁。柳外一双、飞去却回头。

虞美人 （宋词）

周邦彦

淡云笼月松溪路。长记分携处。梦魂连夜绕松溪。此夜相逢、恰似梦中时。　　海山陡觉风光好。莫惜金尊倒。柳花吹雪燕飞忙。生怕扁舟、归去断人肠。

虞美人 （宋词）

谢　逸

碧梧翠竹交加影。角簟纱厨冷。疏云淡月媚横塘。一阵荷花风起、隔帘香。　　雁横天末无消息。水阔吴山碧。刺桐花上蝶翩翩。唯有夜深清梦、到郎边。

虞美人 （宋词）

吴则礼

送晁適道

夜寒闲倚西楼月。消尽江南雪。东风明日木兰船。想见阳关声彻、雁连天。　　斜斜洲渚溶溶水。端负青春醉。平安小字几时回。空有暗香疏影、陇头梅。

虞美人 （宋词）

叶梦得

逋堂睡起，同吹洞箫

绿阴初过黄梅雨。隔叶闻莺语。睡馀谁遣夕阳斜。时有微凉风动、入窗纱。　　天涯走遍终何有。白髮空搔首。未须锦瑟怨年华。为寄一声长笛、怨梅花。

虞美人 （宋词）

叶梦得

赠蔡子因

梅花落尽桃花小。春事馀多少。新亭风景尚依然。白髮故人相遇、且留连。　　家山应在层林外。怅望花前醉。半天烟雾尚连空。唤取扁舟归去、与君同。

虞美人 （宋词）

蔡　伸

瑶琴一弄清商怨。楼外桐阴转。月会澄淡露华浓。寂寞小池烟水、冷芙蓉。　　攀花撷翠当时事。绿叶同心字。有情还解忆人无。过尽寒沙新雁、甚无书。

虞美人 （宋词）

蔡　伸

飞梁石径关山路。惨淡秋容暮。一行新雁破寒空。肠断碧云千里、水溶溶。　　鸾衾欲展谁堪共。帘幕霜华重。鸭炉香尽锦屏中。幽梦今宵何许、与君同。

虞美人 （宋词）

李弥逊

咏古

上阳迟日千门锁。花外流莺过。一番春去又经秋。惟有深宫明月、照人愁。　　暗中白髮随芳草。却恨容颜好。更无魂梦到昭阳。肠断一双飞燕、在雕梁。

虞美人 （宋词）

王以宁

宿龟山夜登秋汉亭

归来峰下霜如水。明月三千里。幽人独立瞰长淮。谁棹扁舟一叶、趁潮来。　　洞庭湖上银涛观。忆我烟蓑伴。此身天地一浮萍。去国十年华鬓、欲星星。

虞美人 （宋词）

陈与义

亭下桃花盛开，作长短句咏之

十年花底承朝露。看到江南树。洛阳城里又东风。未必桃花、得似旧时红。　　胭脂睡起春才好。应恨人空老。心情虽在只吟诗。白髮刘郎、孤负可怜枝。

虞美人 （宋词）

张元幹

广寒蟾影开云路。目断愁来处。菊花轻泛玉杯空。醉后不知星斗、乱西东。　　今宵入梦阳台雨。谁忍先归去。酒醒长是五更钟。休念旧游吹帽、几秋风。

虞美人 （宋词）

洪　适

芭蕉滴滴窗前雨。望断江南路。乱云重叠几多山。不似倦飞鸥鹭、便知还。　　角声更听谯门弄。夜夜思归梦。鄱江楼下水含漪。孤负钓滩烟艇、绿蓑衣。

虞美人 （宋词）

沈端节

去年寒食初相见。花上双飞燕。今年寒食又花开。垂下重帘、不许燕归来。　　隔帘听燕呢喃语。似说相思苦。东君都不管闲愁。一任落花飞絮、雨悠悠。

虞美人 （宋词）

沈端节

暮云衰草连天远。不记离人怨。可怜无处不关情。梦断孤鸿哀怨、两三声。　　恨眉醉眼何时见。夜夜相思遍。梧桐叶落候蛩秋。唯有一江烟雨、替人愁。

虞美人 （宋词）

程　垓

轻红短白东城路。忆得分襟处。柳丝无赖舞春柔。不系离人、只解系离愁。　　如今花谢春将老。柳下无人到。月明门外子规啼。唤得人愁、争似唤人归。

虞美人 （宋词）

陈允平

疏林远带寒山小。月落霜天晓。棹歌初发浦烟中。自叹疏狂踪迹、似萍蓬。　　江边衰柳迷津堠。归兴浓于酒。断烟流水自寒塘。十里蒹葭鸥鹭、两三双。

虞美人 （宋词）

刘辰翁

天香国色辞脂粉。肯爱红衫嫩。翛然自取玉为衣。似是银河水皱、织成机。　　寒欺薄薄春无力。月浸霓裳湿。一窠香雪世间稀。可惜不教留到、布衣时。

虞美人 （宋词）

蒋　捷

听雨

少年听雨歌楼上。红烛昏罗帐。壮年听雨客舟中。江阔云低、断雁叫西风。　　而今听雨僧庐下。鬓已星星也。悲欢离合总无情。一任阶前、点滴到天明。

虞美人 （宋词）

萧允之

朱楼曾记回娇盼。满坐春风转。红潮生面酒微醺。一曲清歌、留住半窗云。　　大都咫尺无消息。望断青鸾翼。夜长香短烛花红。多少思量、只在雨声中。

虞美人 （宋词）

刘天迪

春残念远

子规解劝春归去。春亦无心住。江南风景正堪怜。到得而今、不去待何年。　　无端往事萦心曲。两鬓先惊绿。蔷薇花发望春归。谢了蔷薇、又见楝花飞。

虞美人 （宋词）

无名氏

咏八月梅

悲商吹尽枝间绿。绛萼含冰玉。为谁搀早冒寒开。应念天涯憔悴、挽春回。　　玉壶自酌清漪满。又识东风面。夜深斜月印窗纱。好在数枝疏瘦、两三花。

虞美人 （宋词）

无名氏

咏双海棠

当年合德并飞燕。涎涎无人见。清魂沦入海棠枝。料想天寒同著、翠罗衣。　　同心珮带连环玉。并髻云鬟绿。谁教红萼自成双。恰似新荷叶里、睡鸳鸯。

虞美人 （宋词）

张　先

画堂新霁情萧索。深夜垂珠箔。洞房人睡月婵娟。梧桐双影上珠轩。立阶前。　　高楼何处连宵宴。塞管声幽怨。一声已断别离心。旧欢抛弃杳难寻。恨沉沉。

虞美人 （宋词）

黄时龙

卷帘人出身如燕。烛底粉妆明艳。羯鼓初催按六么。无限春娇都上、舞裙腰。　　画堂深窈亲曾见。宛转楚波如怨。小立花心曲未终。一把柳丝无力、倚东风。

虞美人 （金元词）

李　晏

佳人酒晕红生颊。滟滟霞千叠。雨馀红泪湿黄昏。误认当年人面、倚朱门。　　飘零又送青春暮。怅望刘郎去。教人不恨五更风。只恨马蹄、无处避残红。

虞美人 （金元词）

元好问

花心苦被春摇荡。粉艳娇相向。隔帘微雨送幽香。未羡寒梅、疏影月昏黄。　　芳温一念何时忘。笑了还惆怅。无端开近宋东墙。真个晓人、情思断人肠。

虞美人 （金元词）

赵孟頫

浙江舟中作

潮生潮落何时了。断送行人老。消沉万古意无穷。尽在长空、淡淡鸟飞中。　　海门几点青山小。望极烟波渺。何当驾我以长风。便欲乘桴、浮到日华东。

274. 雨霖铃　（一体）

正体　**双调一百三字，上阕十句五仄韵，下阕八句五仄韵**

柳　永

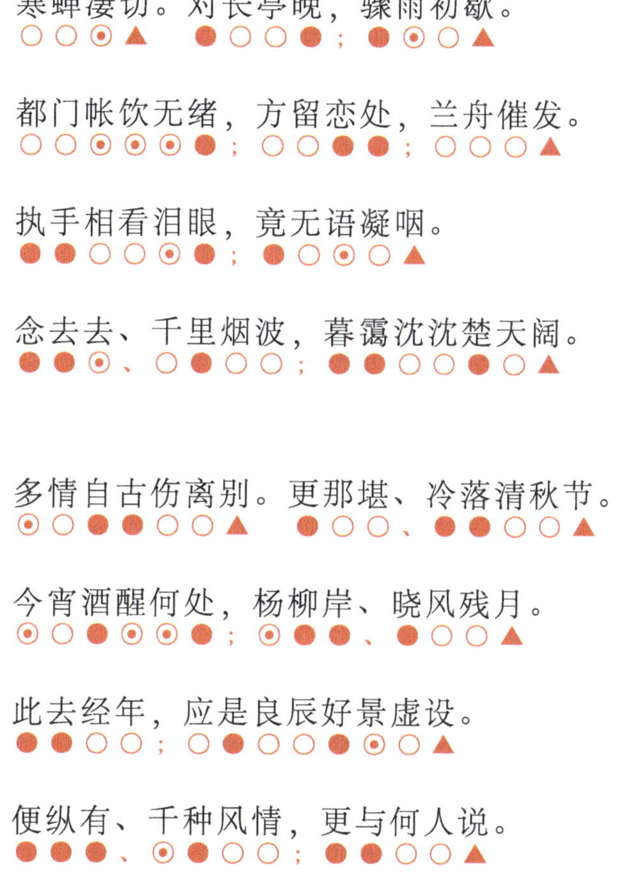

寒蝉凄切。对长亭晚，骤雨初歇。
都门帐饮无绪，方留恋处，兰舟催发。
执手相看泪眼，竟无语凝咽。
念去去、千里烟波，暮霭沈沈楚天阔。

多情自古伤离别。更那堪、冷落清秋节。
今宵酒醒何处，杨柳岸、晓风残月。
此去经年，应是良辰好景虚设。
便纵有、千种风情，更与何人说。

（多用入声韵。上阕第二、第八句例用一字领，下阕第六句例用两字领。上阕第二、第三句可重组为三字、五字各一句。李纲词上阕第二句多一字，王庭珪词下阕第五、第六句重组为六字两句，第七句少一字，晁端礼词上阕第五、第六、第七句各少一字，杜龙沙词作平韵，皆不予参校。）

雨霖铃 （宋词）

黄　裳

送客还浙东

天南游客。甚而今，却送君南国。薰风万里无限，吟蝉暗续，离情如织。秣马脂车，去即去、多少人惜。为惠爱、烟惨云山，送两城愁作行色。　　飞帆过、浙西封城。到秋深、且舣荷花泽。就船买得鲈鳜，新谷破、雪堆香粒。此兴谁同，须记东秦，有客相忆。愿听了、一阕歌声，醉倒拚今日。

275. 雨中花令　（二体）

正体　又名送将归，双调五十四字，上下阕各五句，三仄韵

程　垓

旧日爱花心未了。紧峭得、花时一笑。

几日春寒，连宵雨闷，不道幽欢少。
⊙●○○；⊙○⊙●；⊙●○○▲

记得去年深院悄。画梁畔、一枝香袅。
●●⊙○○●▲　⊙⊙⊙、⊙○⊙▲

说与西楼，后来明月，莫把梨花照。
●●○○；⊙○⊙●；●●○○▲

（起句亦可作三、四破读：⊙●⊙、○○⊙▲。扬无咎词三首起句少一字，赵长卿词两结皆多一字，贺铸词下起多一字，王观词上下阕第三句皆多一领字，不予参校。）

变体　**又名送将归，双调五十一字，上下阕各四句，三仄韵**

晏　殊

剪翠妆红欲就。折得清香满袖。
⊙●⊙○⊙▲　⊙⊙⊙○⊙▲

一对鸳鸯眠未足，叶下长相守。
⊙●○○○⊙●；⊙●○○▲

莫傍细条寻嫩藕。怕绿刺、罥衣伤手。
⊙●⊙○○●▲　●⊙●、●⊙○▲

可惜许、月明风露好，恰在人归后。
⊙⊙●、⊙○○●●；⊙●○○▲

（毛滂词两首下阕第三句少一字，欧阳修词上阕第三句多一字折为四字两句，下阕第二句少一字，第三句多一字，李之仪词两首字数、句读有异，不予参校。）

雨中花令 （宋词）

程　垓

闻说海棠开尽了。怎生得、夜来一笑。颦绿枝头，落红点里，问有愁多少。　小园闭门春悄悄。禁不得、瘦腰如袅。豆蔻浓时，酴醾香处，试把菱花照。

雨中花令 （宋词）

赵长卿

初夏远思

绿锁窗纱梧叶底。麦秋时、晓寒慵起。宿酒厌厌，残香冉冉，浑似那时天气。　别日不堪频屈指。回头早、一年不啻。搔首无言，栏干十二，倚了又还重倚。

雨中花令 （宋词）

欧阳修

千古都门行路。能使离歌声苦。送尽行人，花残春晚，又到君东去。　醉藉落花吹暖絮。多少曲堤芳树。且携手留连，良辰美景，留作相思处。

276. 雨中花慢　（三体）

正体　双调九十六字，上下阕各十句，四平韵

蔡　伸

寓目伤怀，逢欢感旧，年来事事疏慵。
●⊙○⊙；○⊙●●；⊙○⊙●○△

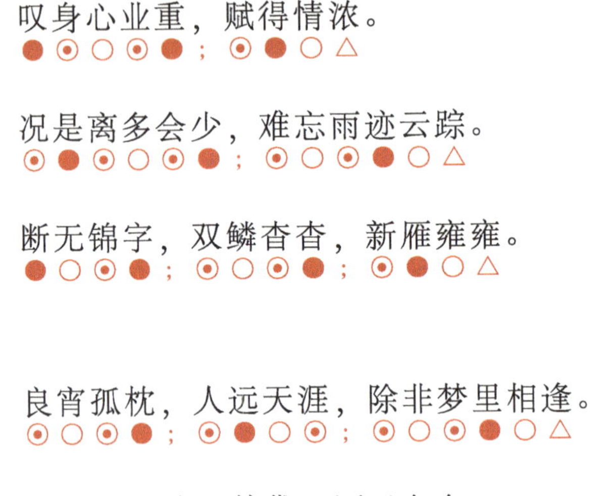

叹身心业重，赋得情浓。
●⊙○⊙●；⊙●○△

况是离多会少，难忘雨迹云踪。
⊙●⊙○⊙●；⊙○⊙●○△

断无锦字，双鳞杳杳，新雁雍雍。
●○⊙●；⊙○⊙●；⊙●○△

良宵孤枕，人远天涯，除非梦里相逢。
⊙○⊙●；⊙●○⊙；⊙○⊙●○△

相逢处、愁红敛黛，还又匆匆。
⊙●●、○○⊙●；⊙●○△

回首绿窗朱户，可怜明月清风。
⊙●⊙○⊙●；⊙○⊙●○△

断肠风月，关河有尽，此恨无穷。
⊙○⊙●；⊙○⊙●；⊙●○△

（上阕第四句例用一字领。起三句可组为六字、四字、四字，或四字、六字、四字各一句。上阕第六、第七句可重组为四字三句。百兰词上阕第四句少一字。）

变体一　双调九十七字，上阕十一句四平韵，下阕十句四平韵

晁端礼

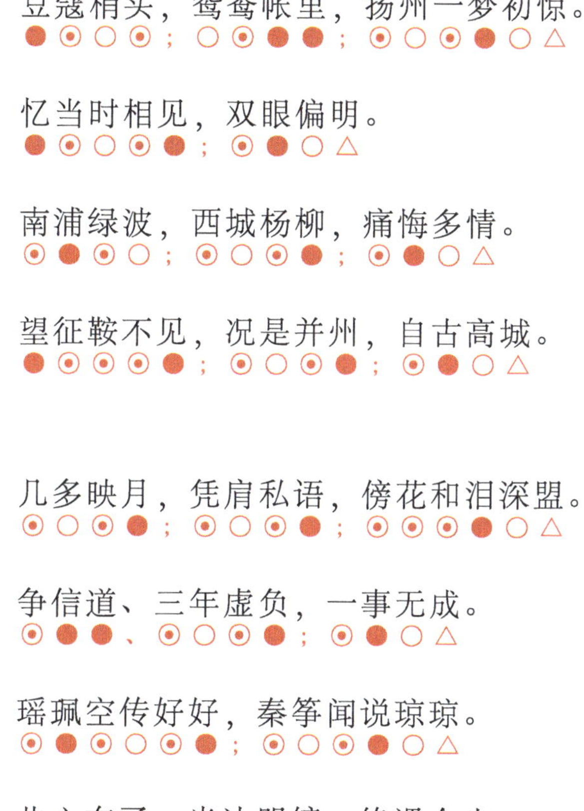

豆蔻梢头，鸳鸯帐里，扬州一梦初惊。

忆当时相见，双眼偏明。

南浦绿波，西城杨柳，痛悔多情。

望征鞍不见，况是并州，自古高城。

几多映月，凭肩私语，傍花和泪深盟。

争信道、三年虚负，一事无成。

瑶珮空传好好，秦筝闻说琼琼。

此心在了，半边明镜，终遇今生。

（与正体校，下阕第六、第七句重组为四字三句，第八句添一领字。上阕第四、第五句可重组为四字、五字各一句。刘褒词上阕第四句多两字。）

变体二　双调九十八字，上阕十一句四平韵，下阕十句四平韵

苏　轼

今岁花时深院，尽日东风，荡飏茶烟。
●⊙○⊙○⊙；●●⊙○；⊙●○△

但有绿苔芳草，柳絮榆钱。
●●⊙○○●；⊙●○△

闻道城西，长廊古寺，甲第名园。
⊙●⊙○；⊙○⊙●；⊙●○△

有国艳带酒，天香染袂，为我留连。
●⊙⊙⊙●；⊙○⊙●；⊙●○△

清明过了，残红无处，对此泪洒尊前。
⊙○⊙●；⊙○⊙●；⊙⊙⊙●○△

秋向晚、一枝何事，向我依然。
⊙●●、⊙○⊙●；⊙●○△

高会聊追短景，清商不暇馀妍。
⊙●⊙○⊙●；⊙○⊙●○△

不如留取，十分春态，付与明年。
⊙○⊙●；⊙○⊙●；⊙●○△

（与变体一校，起三句重组为四字两句，六字一句，上阕第四、第五句可重组为四字、六字各一句。东坡、赵长卿别首上阕第九句少一领字。叶梦得词上阕第四、第七句多一字。）

雨中花慢 （宋词）

苏 轼

嫩脸羞蛾，因甚化作行云，却返巫阳。但有寒灯孤枕，皓月空床。长记当初，乍谐云雨，便学鸾凰。又岂料、正好三春桃李，一夜风霜。　　丹青□画，无言无笑，看了漫结愁肠。襟袖上，犹存残黛，渐减馀香。一自醉中忘了，奈何酒后思量。算应负你，枕前珠泪，万点千行。

雨中花慢 （宋词）

刘 褒

春日旅况

缥蒂缃枝，玉叶翡英，百梢争赴春忙。正雨后、蜂黏落絮，燕扑晴香。遗策谁家荡子，唾花何处新妆。想流红有恨，拾翠无心，往事凄凉。　　春愁如海，客思翻空，带围只看东阳。更那堪、玉笙度曲，翠羽传觞。红泪不胜闺怨，白云应老他乡。梦回羁枕，风惊庭树，月在西厢。

雨中花慢　（金元词）

赵　可

代州南楼

云朔南陲，全赵幕府，河山襟带名藩。有朱楼缥缈，千雉回旋。云度飞孤绝险，天围紫塞高寒。吊兴亡遗迹，咫尺西陵，烟树苍然。　　时移事改，极目伤心，不堪独倚危阑。惟是年年飞雁，霜雪知还。楼上四时长好，人生一世谁闲。故人有酒，一尊高兴，不减东山。

277. 玉蝴蝶　（一体）

正体　又名玉蝴蝶慢，双调九十九字，上阕十句五平韵，下阕十一句六平韵

柳　永

望处雨收云断，凭阑悄悄，目送秋光。
⊙●⊙○⊙●；⊙⊙⊙●；⊙●○△

晚景萧疏，堪动宋玉悲凉。
⊙●○○；⊙●⊙●○△

水风清、苹花渐老，月露冷、梧叶飘黄。
⊙○⊙、⊙○⊙●；⊙⊙●、⊙●○△

遣情伤。故人何在，烟水茫茫。
●○△　⊙○⊙●；⊙●○△

难忘。文期酒会，几辜风月，屡变星霜。
⊙△　⊙○⊙●；⊙○⊙●；⊙●○△

海阔山遥，未知何处是潇湘。
●●○○；⊙○⊙●●○△

念双燕、难凭远信，指暮天、空识归航。
●⊙⊙、⊙○⊙●；⊙⊙⊙、⊙●○△

黯相望。断鸿声里，立尽斜阳。
●○△　⊙○⊙●；⊙●○△

（上阕第四、第五句可重组为六字、四字各一句。陈德武词下阕第三句多一字，李纲词下阕脱漏较多，不予校订。）

玉蝴蝶 （宋词）

晁冲之

目断江南千里，灞桥一望，烟水微茫。尽锁重门，人去暗度流光。雨轻轻、梨花院落，风淡淡、杨柳池塘。恨偏长。佩沈湘浦，云散高唐。　　清狂。重来一梦，手搓梅子，煮酒初尝。寂寞经春，小桥依旧燕飞忙。玉钩栏、凭多渐暖，金缕枕、别久犹香。最难忘。看花南陌，待月西厢。

玉蝴蝶 （宋词）

潘　汾

睡起日高莺啭，画帘低卷，花影重重。醉眼羞抬，娇困犹自未惺忪。绣床近、强来描翠，妆镜掩、不肯匀红。锦屏空。对花无语，独怨春风。　　匆匆。庾郎去后，香销玉减，是事疏慵。纵蛮笺封了，何处问鳞鸿。眼中泪、万行难尽，眉上恨、一点偏浓。杳无踪。夜来惟有，幽梦相逢。

玉蝴蝶 （宋词）

仇　远

野树昏鸦归尽，素烟如练，低罩平芜。断壁飞楼，红翠似有还无。女墙矮、月笼粉雉，娃馆静、尘暗金铺。问清都。广寒仙子，别后何如。　　愁予。十年梦境，浅歌短酒，总是欢娱。寂寞秦郎，不堪离镜照鸾孤。记曲径、共携素手，向闲窗、频捻吟须。怕西湖。少年游伴，说著当初。

玉蝴蝶 （宋词）

陈德武

雨中对紫薇

好是春光秋色，天工巧处，都上花枝。更值云情雨态，净沐芳姿。醉相扶、霓裳舞困，眠未得、宫锦淋漓。有谁知。眼空相对，心系相思。　　相思。鲛绡帕上，珠悬红泪，水洗胭脂。寂寞阑干，无言暗忆旧游时。五花骢、载将郎去，双喜鹊、报道郎归。卜佳期。梦回巫峡，春在瑶池。

玉蝴蝶 （宋词）

晁端礼

淡淡春阳天气，夜来一霎，微雨初晴。向暖犹寒，时候又是清明。乱沾衣、桃花雨闹，微弄袖、杨柳风轻。晓莺声。唤回幽梦，犹困春酲。　　牵萦。伤春怀抱，东郊烟暖，南浦波平。况有良朋，载酒同放彩舟行。劝人归、啼禽有意，催棹去、烟水无情。黯销凝。暮云回首，何处高城。

玉蝴蝶 （金元词）

无名氏

为甚夜来添病，强临宝鉴，憔悴娇慵。一任钗横鬓乱，永日薰风。恼脂消、榴花径里，羞玉减、蝶粉丛中。思悠悠，垂帘独坐，倚遍熏笼。　　朦胧。玉人不见，罗裁囊寄，锦写笺封。约在春归，夏来依旧各西东。粉墙花、影来疑是，罗帐雨、梦断成空。最难忘，屏边瞥见，野外相逢。

玉蝴蝶 （金元词）

张玉娘

离情

极目天空树远，春山蹙损，倚遍雕阑。翠竹参差声戛，环佩珊珊。雪肌香、荆山玉莹，蝉鬓乱、巫峡云寒。拭啼痕。镜光羞照，孤负青鸾。　　何时星前月下，重将清冷，细与温存。蓟燕秋劲，玉郎应未整归鞍。数新鸿、欲传佳信，阁兔毫、难写悲酸。到黄昏。败荷疏雨，几度销魂。

278. 玉楼春 （二体）

正体 又名玉楼春令、木兰花、惜春容、西湖曲、归朝欢令，双调五十六字，上下阕各四句，三仄韵

李 煜

晚妆初了明肌雪。春殿嫔娥鱼贯列。
凤箫声断水云间，重按霓裳歌遍彻。
临风谁更飘香屑。醉拍阑干情未切。
归时休放烛花红，待踏马蹄清夜月。

（宋后，多填此体。）

变体 **又名玉楼春令、惜春容、西湖曲、归朝欢令，双调五十六字，上下阕各四句，三仄韵**

顾　敻

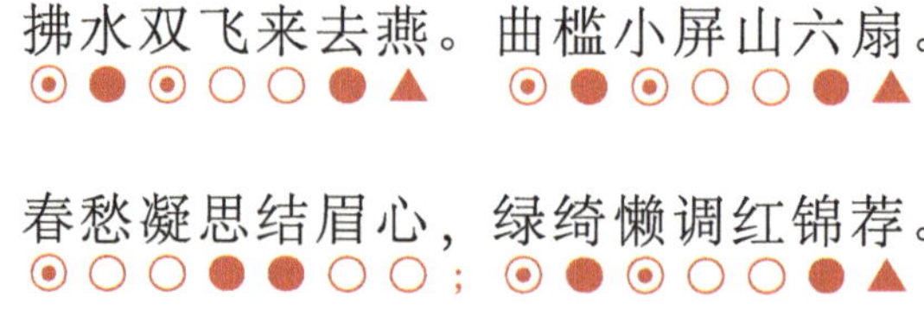
拂水双飞来去燕。曲槛小屏山六扇。
⊙●⊙○○●▲　⊙●⊙○○●▲
春愁凝思结眉心，绿绮懒调红锦荐。
⊙○○●●○○；⊙●⊙○○●▲

话别多情声欲战。玉箸痕留红粉面。
⊙●⊙○○●▲　⊙●⊙○○●▲
镇长独立到黄昏，却怕良宵频梦见。
⊙○⊙●●○○；⊙●⊙○○●▲

（玉楼春乃失粘仄韵八句七言诗。少数词作平仄偶有变动，不予校订。）

玉楼春　（唐词）

温庭筠

绿杨芳草长亭路。年少抛人容易去。楼头残梦五更锺，花底离情三月雨。　　无情不似多情苦。一寸还成千万缕。天涯地角有穷时，只有相思无尽处。

玉楼春 （五代词）

孟　昶

与花蕊夫人夜起（避暑摩诃池上）

冰肌玉骨清无汗。水殿风来暗香满。帘开明月独窥人，攲枕钗横云鬓乱。　　起来琼户启无声，时见疏星渡河汉。屈指西风几时来，只恐流年暗中换。

玉楼春 （宋词）

张　先

乙卯吴兴寒食

龙头舴艋吴儿竞。笋柱秋千游女并。芳洲拾翠暮忘归，秀野踏青来不定。　　行云去后遥山暝。已放笙歌池院静。中庭月色正清明，无数杨花过无影。

玉楼春 （宋词）

晏几道

秋千院落重帘暮。彩笔闲来题绣户。墙头丹杏雨馀花，门外绿杨风后絮。　　朝云信断知何处。应作襄王春梦去。紫骝认得旧游踪，嘶过画桥东畔路。

玉楼春 （宋词）

晏几道

初心已恨花期晚。别后相思长在眼。兰衾犹有旧时香，每到梦回珠泪满。　　多应不信人肠断。几夜夜寒谁共暖。欲将恩爱结来生，只恐来生缘又短。

玉楼春 （宋词）

苏　庠

江云叠叠遮鸳浦。江水无情流薄暮。归帆初张苇边风，客梦不禁篷背雨。　　渚花不解留人住。只作深愁无尽处。白沙烟树有无中，雁落沧洲何处所。

玉楼春 （宋词）

周紫芝

江头雨后山如髻。催送新凉风有意。月来杨柳绿阴中，秋在梧桐疏影外。　　小窗纹簟凉如水。岁岁年年同此味。眼前不忍对西风，梦里更堪追往事。

玉楼春 （宋词）

陈允平

长江浩渺山明秀。宛转西风惊客袖。相逢才系柳边舟，相别又倾花下酒。　　怪得新来诗骨瘦。都在秋娘相识后。一天明月照相思，芦荻汀洲霜满首。

玉楼春 （宋词）

晏　殊

春恨

绿杨芳草长亭路。年少抛人容易去。楼头残梦五更钟，花底离情三月雨。　　无情不似多情苦。一寸还成千万缕。天涯地角有穷时，只有相思无尽处。

玉楼春 （宋词）

宋　祁

春景

东城渐觉风光好。縠皱波纹迎客棹。绿杨烟外晓寒轻，红杏枝头春意闹。　　浮生长恨欢娱少。肯爱千金轻一笑。为君持酒劝斜阳，且向花间留晚照。

玉楼春 （宋词）

欧阳修

尊前拟把归期说。未语春容先惨咽。人生自是有情痴，此恨不关风与月。　　离歌且莫翻新阕。一曲能教肠寸结。直须看尽洛城花，始共春风容易别。

玉楼春 （宋词）

欧阳修

别后不知君远近。触目凄凉多少闷。渐行渐远渐无书，水阔鱼沉何处问。　　夜深风竹敲秋韵。万叶千声皆是恨。故欹单枕梦中寻，梦又不成灯又烬。

玉楼春 （宋词）

毛　滂

至盱眙作

长安回首空云雾。春梦觉来无觅处。冷烟寒雨又黄昏，数尽一堤杨柳树。　　楚山照眼青无数。淮口潮生催晓渡，西风吹面立苍茫，欲寄此情无雁去。

玉楼春 （宋词）

辛弃疾

风前欲劝春光住。春在城南芳草路。未随流落水边花，且作飘零泥上絮。　　镜中已觉星星误。人不负春春自负。梦回人远许多愁，只在梨花风雨处。

玉楼春 （宋词）

石孝友

小桃破尽风前萼。草草年华闲过却。十分清瘦有谁知，一点相思无处著。　　书凭雁字应难托。花与泪珠相对落。万红千翠尽春光，若比此情犹自薄。

玉楼春　（宋词）

王武子

闻笛

红楼十二春寒恻。楼角何人吹玉笛。天津桥上旧曾听，三十六宫秋草碧。　　昭华人去无消息。江上青山空晚色。一声落尽短亭花，无数行人归未得。

玉楼春　（宋词）

刘克庄

戏林推

年年跃马长安市。客舍似家家似寄。青钱换酒日无何，红烛呼卢宵不寐。　　易挑锦妇机中字。难得玉人心下事。男儿西北有神州，莫滴水西桥畔泪。

玉楼春　（宋词）

陈允平

柳丝挽得秋光住。肠断驿亭离别处。斜阳一片水边楼，红叶满天江上路。　　来鸿去雁知何数。欲问归期朝复暮。晚风亭院倚阑干，两岸芦花飞雪絮。

玉楼春 （金元词）

元好问

吹台萧瑟行云暮。一带雨声连禁树。正当潘岳感秋时，又到杜陵怀古处。　　百年同是红尘路。行近醉乡差有趣。坐中谁是独醒人，我醉欲眠卿可去。

玉楼春 （金元词）

张玉娘

春暮

凭楼试看春何处。帘卷空青淡烟雨。竹将翠影画屏纱，风约乱红依绣户。　　小莺弄柳翻金缕。紫燕定巢衔舞絮。欲凭新句破新愁，笑问落花花不语。

279. 玉漏迟　（一体）

正体　**又名双瑞莲，双调九十四字，上阕十句五仄韵，下阕九句五仄韵**

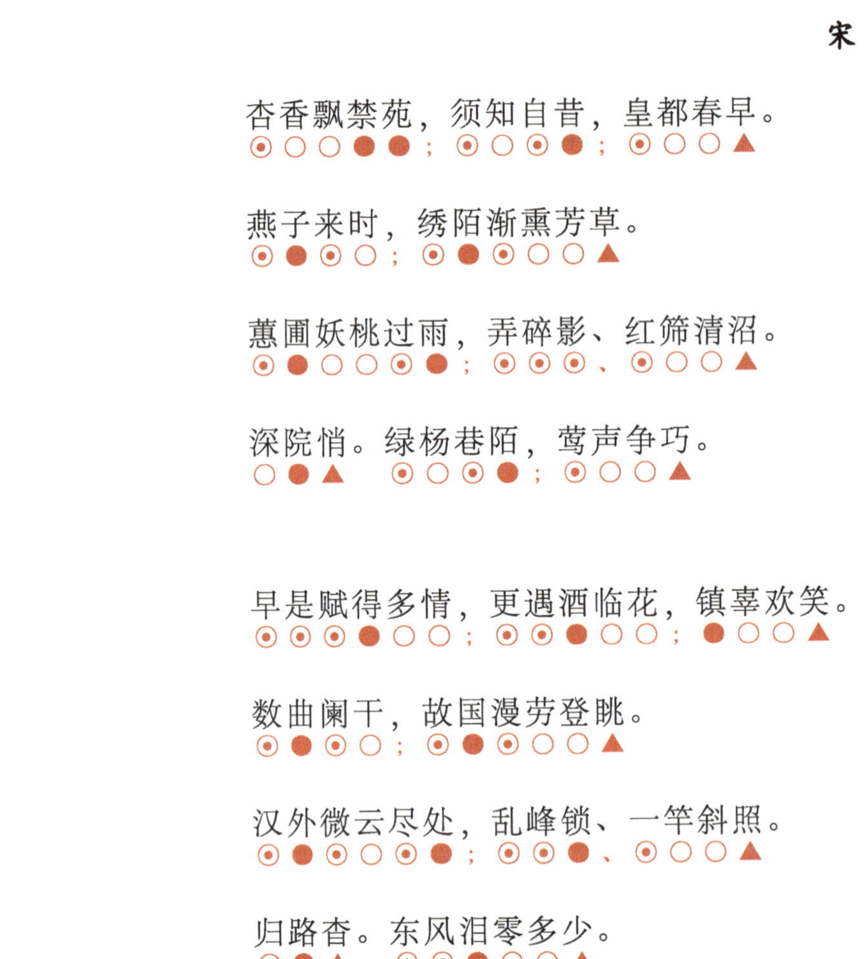
宋　祁

杏香飘禁苑，须知自昔，皇都春早。
燕子来时，绣陌渐熏芳草。
蕙圃妖桃过雨，弄碎影、红筛清沼。
深院悄。绿杨巷陌，莺声争巧。

早是赋得多情，更遇酒临花，镇辜欢笑。
数曲阑干，故国漫劳登眺。
汉外微云尽处，乱峰锁、一竿斜照。
归路杳。东风泪零多少。

（上下阕第三至第八句句式似同。下阕第二句例用一字领。起句多用韵。赵以夫词题为“双瑞莲”，上阕第二句添一领字，何梦桂词两首上起重组为四字、九字各一句。史深词下阕第五句少一字，程垓词下阕第七句少一字，下结多两字拆为四字两句，不予参校。上下阕第四句平仄赵以夫词有异，上阕倒数第二句平仄唯张炎词作：○●●○，不予校订。）

玉漏迟 （宋词）

程　垓

一春浑不见，那堪又是，花飞时节。忍对危栏数曲，暮云千叠。门外星星柳眼，看还似、当时风月。愁万结。凭谁为我，殷勤低说。　　不是惯却春心，奈新燕传情，旧莺饶舌。冷篆余香，莫放等闲消歇。纵使繁缃褪尽，犹有酴醾堪折。魂梦切。如今不奈，飞来蝴蝶。

玉漏迟 （宋词）

何梦桂

和自寿

自怜翠袖，向天寒、独倚孤篁吟啸。半世虚名，孤负白云多少。欲问梅翁旧约，怕误我、沙头鸥鸟。时一笑。行行且止，人间蜀道。　　休怪岁月无情，叹尘世浮生，闲忙闲老。待趁黑头，万里封侯都了。今古勋名一梦，听未彻、钧天还觉。羌管晓。楼角曙星稀小。

玉漏迟 （宋词）

张　炎

登无尽上人山楼

竹多尘自扫。幽通径曲，禅房深窈。空翠吹衣，坐对闲云舒啸。寒木犹悬故叶，又过了、一番残照。经院悄。诗梦正迷，独怜衰草。　　幽趣尽属闲僧，浑未识人间，落花啼鸟。呼酒凭高，莫问四愁三笑。可惜秦山晋水，甚却向、此时登眺。清趣少。那更好游人老。

玉漏迟 （金元词）

白　朴

题阙

故园风物好。芳樽日日，花前倾倒。南浦伤心，望断绿波春草。多少相思泪点，算只有、青衫知道。残梦觉。无人解我，厌厌怀抱。　　懊恼。楚峡行云，便赋尽高唐，后期谁报。玉杵玄霜，着意且须重捣。转眼梅花过也，又屈指、春残灯闹。妆镜晓。应念画眉人老。

玉漏迟　（金元词）

元好问

壬辰围城中有怀淅江别业

淅江归路杳。西南仰羡，投林高鸟。升斗微官，世累苦相萦绕。不入麒麟画里，又不与、巢由同调。时自笑。虚名负我，平生吟啸。　　扰扰马足车尘，被岁月无情，暗消年少。钟鼎山林，一事几时曾了。四壁秋虫夜语，更一点、残灯斜照。青镜晓。白发又添多少。

280. 玉女摇仙佩　（一体）

正体　双调一百三十七字，上阕十四句六仄韵，下阕十三句七仄韵

柳　永

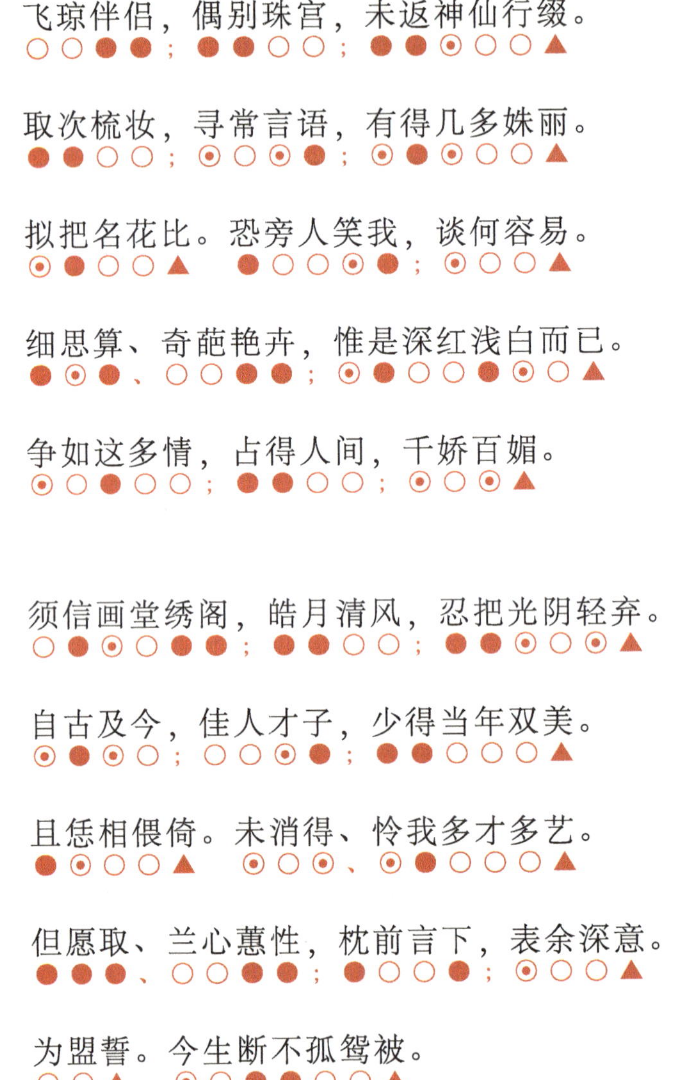

飞琼伴侣，偶别珠宫，未返神仙行缀。

取次梳妆，寻常言语，有得几多姝丽。

拟把名花比。恐旁人笑我，谈何容易。

细思算、奇葩艳卉，惟是深红浅白而已。

争如这多情，占得人间，千娇百媚。

须信画堂绣阁，皓月清风，忍把光阴轻弃。

自古及今，佳人才子，少得当年双美。

且恁相偎倚。未消得、怜我多才多艺。

但愿取、兰心蕙性，枕前言下，表余深意。

为盟誓。今生断不孤鸳被。

（上阕第八句、下阕第七句例用一字领。上阕第十一句可折为四字两句。张玉娘词下阕末五句字数、句读、平仄有异，不予校订。）

玉女摇仙佩 （宋词）

朱　雍

灰飞嶰谷，佩解江干，庾岭寒轻梅瘦。水面吞蟾，山光暗斗。物色盈枝依旧。凭暖危阑久。有清香旖旎，却沾襟袖。赋多情、窥人艳冷，更是殷勤，忍重回首。谁知道春归，院落缤纷，雪飞鸳甃。　　须谢化机爱惜，碎璧铺酥，肯把飞英僝僽。念念瑶珂，乘飙烟浦，送别犹携纤手。馥郁盈芳酒。临妆罢、一点眉峰伤皱。又只恐、□收梦断，管凄风怨，晓催银漏。残金兽。参横月堕归时候。

玉女摇仙佩 （金元词）

张玉娘

秋情

霜天破夜，一阵寒风，乱淅入帘穿户。醉觉珊瑚，梦回湘浦，隔水晓钟声度。不作高唐赋。笑巫山神女，行云朝暮。细思算、从前旧事，总为无情，顿相孤负。正多病多愁，又听山城，戍笳悲诉。　　强起推残绣褥，独对菱花，瘦减精神三楚。为甚月楼，歌亭花院，酒债诗怀轻阻。待伊趋前路。争如我、双驾香车归去。任春融、翠阁画堂，香霭席前，为我翻新句。依然京兆成眉妩。

281. 玉烛新　　(一体)

正体　双调一百一字，上阕九句五仄韵，下阕九句六仄韵

周邦彦

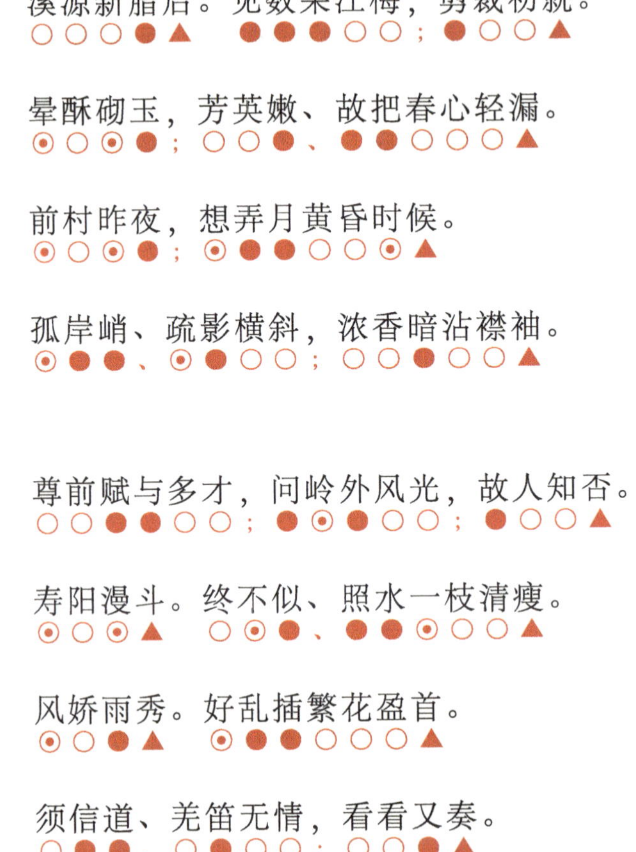
溪源新腊后。见数朵江梅，剪裁初就。
晕酥砌玉，芳英嫩、故把春心轻漏。
前村昨夜，想弄月黄昏时候。
孤岸峭、疏影横斜，浓香暗沾襟袖。

尊前赋与多才，问岭外风光，故人知否。
寿阳漫斗。终不似、照水一枝清瘦。
风娇雨秀。好乱插繁花盈首。
须信道、羌笛无情，看看又奏。

（上阕第四、六句亦可用韵。上下阕第二句例用一字领，上下阕第七句用一字领，亦有读作三、四者。）

玉烛新 （宋词）

史达祖

疏云萦碧岫。带晚日摇光，半江寒皱。越溪近远，空频向、过雁风边回首。酸心一缕。念水北寻芳归后。轻醉醒、堤月笼沙，鞍松宝轮飞骤。　　秦楼屡约芳春，记扇背题诗，帕罗沾酒。瘦愁易就。因惊断、梦里桃源难又。临风话旧。想日暮梅花孤瘦。还静倚、修竹相思，盈盈翠袖。

玉烛新 （宋词）

赵以夫

和方时父并怀孙季蕃

寒宽一雁落。正万里相思，被渠惊觉。春风字字吹香雪，唤起西湖盟约。当时醉处，仿佛记、青楼珠箔。又不是、南国花迟，徘徊酒边慵酌。　　家山月色依然，想竹外横枝，玉明冰薄。而今话昨。空对景、怅望美人天角。清尊淡薄。便翠羽殷勤难托。休品入、三叠琴心，教人瘦却。

282. 御街行　（三体）

正体　又名孤雁儿，双调七十八字，上下阕各七句，四仄韵

范仲淹

纷纷堕叶飘香砌。夜寂静、寒声碎。
⊙○⊙●○○▲　⊙●●、○○▲

真珠帘卷玉楼空，天淡银河垂地。
⊙○⊙●●○○；⊙●⊙○⊙▲

年年今夜，月花如练，长是人千里。
⊙○⊙●；⊙○⊙●；⊙●○○▲

愁肠已断无由醉。酒未到、先成泪。
⊙○⊙●○○▲　⊙●●、○○▲

残灯明灭枕头欹。谙尽孤眠滋味。
⊙○⊙●●○○；⊙●⊙○⊙▲

都来此事，眉间心上，无计相回避。
⊙○⊙●；⊙○⊙●；⊙●○○▲

（高观国词两首及秦观词，上下阕第四句各多一字，上结亦多一字读作三、三；无名氏词下结多两字。皆不予校订。）

变体一　又名孤雁儿，双调七十六字，上下阕各七句，四仄韵

晁端礼

柳条弄色梅飘粉。还是元宵近。

小楼深巷月胧明，记得恁时风景。

庭花影转，珠帘人静，依旧厌厌闷。

如今对酒翻成恨。春瘦罗衣褪。

王孙何处草萋萋，辜负小欢幽兴。

谁知此际，有人灯下，偷把归期问。

（柳永别首上结重组为六字、七字各一句。蔡伸词下结多一字，无名氏词两结少字，不予校订。）

变体二 **又名孤雁儿，双调七十七字，上下阕各七句，四仄韵**

张　先

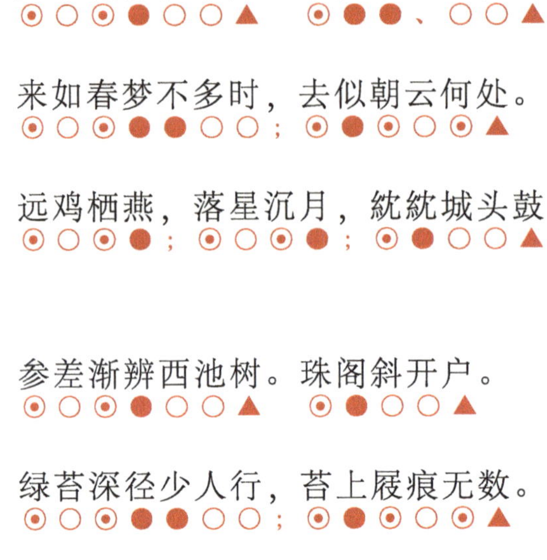

夭非花艳轻非雾。来夜半、天明去。

来如春梦不多时，去似朝云何处。

远鸡栖燕，落星沉月，紞紞城头鼓。

参差渐辨西池树。珠阁斜开户。

绿苔深径少人行，苔上屐痕无数。

余香遗粉，剩衾闲枕，天把多情付。

（赵长卿别首上阕第四句多一字读作三、四。）

御街行（宋词）

杨无咎

平生厌见花时节。惟只爱、梅花发。破寒迎腊吐幽姿，占断一番清绝。照溪印月，带烟和雨，傍竹仍藏雪。　松煤淡出宜孤洁。最嫌把、铅华说。暗香销尽欲飘零，须得笛声呜咽。这些风味，自家领略，莫与傍人说。

御街行（宋词）

无名氏

霜风渐紧寒侵被。听孤雁、声嘹唳。一声声送一声悲，云淡碧天如水。披衣起。告雁儿略住，听我些儿事。　塔儿南畔城儿里。第三个、桥儿外。濒河西岸小红楼，门外梧桐雕砌。请教且与，低声飞过，那里有、人人无寐。

（结句若为“那里人无寐”，则合体例，多两衬字也。）

御街行 （金元词）

王　沂

送王君冕二首之一

烟中列岫青无数。遮不断、长安路。杜鹃谁道等闲啼，迤逦得人归去。陇云秦树，周台汉苑，满眼相思处。　停杯莫放离歌举。至剪烛、西窗语。元都燕麦又东风，自是刘郎迟暮。纫兰结佩，裁冰斫句，细和闲情赋。

（四库珍本伊滨集卷十二）

283. 月宫春　（二体）

正体　又名月中行，双调四十九字，上阕四句四平韵，下阕四句两平韵

毛文锡

水晶宫里桂花开。神仙探几回。
●○○●●○△　⊙○⊙●△

红芳金蕊绣重台。低倾玛瑙杯。
⊙○○●●○△　⊙○⊙●△

玉兔银蟾争守护，姮娥姹女戏相偎。
⊙●⊙○○●●；○○⊙●●○△

遥听钧天九奏，玉皇亲看来。
⊙●○○●●；●○○●△

变体 又名月中行，双调五十字，上阕四句四平韵，下阕四句三平韵

周邦彦

蜀丝趁日染乾红。微暖面脂融。
⊙○⊙●●○△　⊙●●○△

博山细篆霭房栊。静看打窗虫。
⊙○⊙●●○△　⊙●●○△

愁多胆怯疑虚幕，声不断、暮景疏钟。
○○●●○○●；○⊙●、●●○△

团围四壁小屏风。泪尽梦魂中。
⊙○⊙●●○△　⊙●●○△

月宫春 （宋词）

韩 滮

和吴尉

柳娇花妒燕莺喧。断肠空眼穿。一春风雨夜厌厌。不闻钟鼓传。　　香冷曲屏罗帐掩，园林谁与上秋千。忆得年时凤枕，日高犹醉眠。

月宫春 （宋词）

吴文英

和黄复庵

疏桐翠井早惊秋。叶叶雨声愁。灯前倦客老貂裘。燕去柳边楼。　　吴宫寂寞空烟水，浑不认、旧采菱洲。秋花旋结小盘虬。蝶怨夜香留。

284. 月华清　　（一体）

正体　**双调九十九字，上阕十句五仄韵，下阕十句六仄韵**

洪　瑹

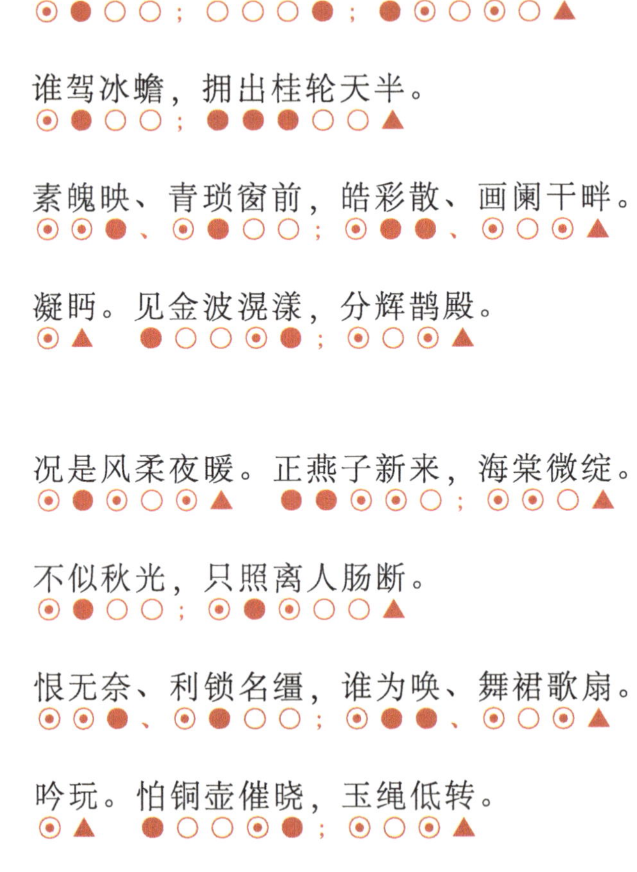

花影摇春，虫声吟暮，九霄云幕初卷。
谁驾冰蟾，拥出桂轮天半。
素魄映、青琐窗前，皓彩散、画阑干畔。
凝眄。见金波滉漾，分辉鹊殿。

况是风柔夜暖。正燕子新来，海棠微绽。
不似秋光，只照离人肠断。
恨无奈、利锁名缰，谁为唤、舞裙歌扇。
吟玩。怕铜壶催晓，玉绳低转。

（上下结及下阕第二句例用一字领。）

月华清 （宋词）

朱淑真

梨花

雪压庭春，香浮花月，揽衣还怯单薄。欹枕裴回，又听一声乾鹊。粉泪共、宿雨阑干，清梦与、寒云寂寞。除却。是江梅曾许，诗人吟作。　　长恨晓风漂泊。且莫遣香肌，瘦减如削。深杏夭桃，端的为谁零落。况天气、妆点清明，对美景、不妨行乐。拌著。向花时□取，一杯独酌。

月华清 （宋词）

马子严

忆别

瑟瑟秋声，萧萧天籁，满庭摇落空翠。数遍丹枫，不见叶间题字。人何处、千里婵娟，愁不断、一江流水。遥睇。见征鸿几点，碧天无际。　　怅望月中仙桂。问窃药佳人，谁与同岁。把镜当空，照尽别离情意。心里恨、莫结丁香，琴上曲、休弹秋思。怕里。又悲来老却，兰台公子。

月华清 （宋词）

无名氏

雨洗天开，风将云去，极目都无纤翳。当遇中秋，夜静月华如水。素光晃、金屋楼台，清气彻、玉壶天地。此际。比无常三五，婵娟特异。　　因念玉人千里。待尽把愁肠，分付沈醉。只恐难当漏尽，又还经岁。最堪恨、独守书帏，空对景、不成欢意。除是。问姮娥觅取，一枝仙桂。

月华清 （金元词）

蔡松年

楼倚明河，山蟠乔木，故国秋光如水。常记别时，月冷半山环佩。到而今、桂影寻人，端好在、竹西歌吹。如醉。望白苹风里，关山无际。　　可惜琼瑶千里。有年少玉人，吟啸天外。脂粉清辉，冷射藕花冰蕊。念老去、镜里流年，空解道、人生适意。谁会。更微云疏雨，空庭鹤唳。

285. 月上海棠　　（二体）

正体　又名玉关遥，双调七十字，上下阕各六句，四仄韵

陆　游

斜阳废苑朱门闭。吊兴亡、遗恨泪痕里。
○○⊙●○○▲　●○○、○●●○▲

淡淡宫梅，也依然、点酥剪水。
●●○○；●○○、●○⊙▲

凝愁处，似忆宣华旧事。
○○●；●●○○●▲

行人别有凄凉意。折幽香、谁与寄千里。
⊙○⊙●○○▲　●○○、⊙●●○▲

伫立江皋，杳难逢、陇头归骑。
●●○○；●○○、●○○▲

音尘远，楚天危楼独倚。
○○●；●○○○●▲

（无名氏词平仄有异，不予校订。）

变体 又名玉关遥，双调七十二字，上下阕各六句，五仄韵

张 侃

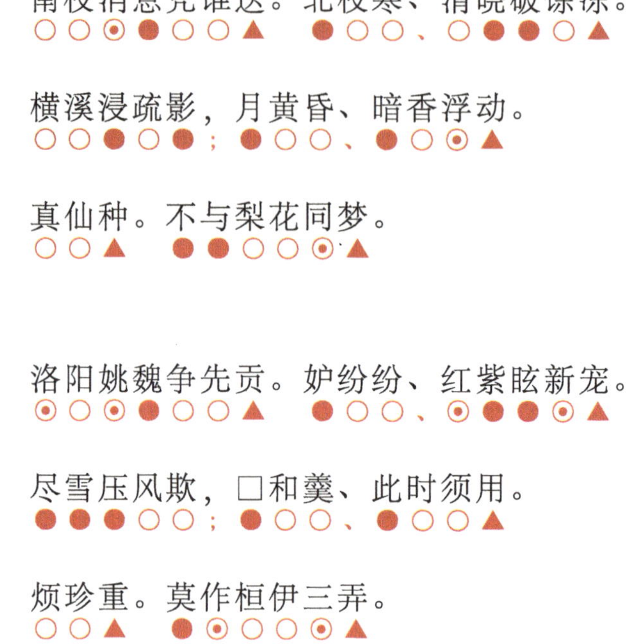
南枝消息凭谁送。北枝寒、清晓破馀冻。

横溪浸疏影，月黄昏、暗香浮动。

真仙种。不与梨花同梦。

洛阳姚魏争先贡。妒纷纷、红紫眩新宠。

尽雪压风欺，□和羹、此时须用。

烦珍重。莫作桓伊三弄。

（与正体校，上下阕第三句各添一字，第五句皆用韵。）

月上海棠 （金元词）

党怀英

用前人韵

傲霜枝袅团珠蕾。冷香霏、烟雨晚秋意。萧散绕东篱，尚仿佛、见山清气。西风外，梦到斜川栗里。　　断霞鱼尾明秋水。带三两、飞鸿点烟际。疏林飒秋声，似知人、倦游无味。家何处，落日西山紫翠。

286. 月上海棠慢　（一体）

正体　又名月上海棠，双调九十一字，上阕十句四仄韵，下阕十句五仄韵

陈允平

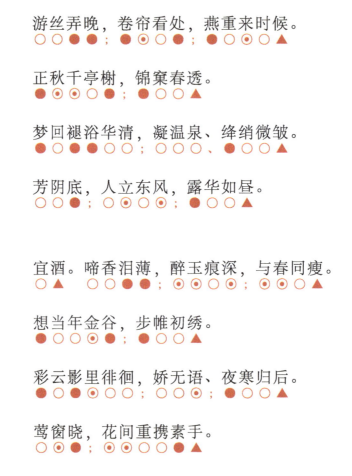

游丝弄晚，卷帘看处，燕重来时候。
○○●●；●⊙○●；●○⊙○▲

正秋千亭榭，锦窠春透。
●⊙⊙○●；●○○▲

梦回褪浴华清，凝温泉、绛绡微皱。
●○●●○○；○○○、●○○▲

芳阴底，人立东风，露华如昼。
○○●；○⊙○⊙；●○○▲

宜酒。啼香泪薄，醉玉痕深，与春同瘦。
○▲　○○●●；⊙⊙○⊙；⊙⊙○▲

想当年金谷，步帏初绣。
●○○⊙●；●○○▲

彩云影里徘徊，娇无语、夜寒归后。
●○●⊙○○；○○⊙；●○○▲

莺窗晓，花间重携素手。
○⊙●；⊙⊙○○●▲

（上阕第四句，下阕第五句例用一字领。姜夔词上阕第二、第三句重组为五字、四字各一句，上结少一字重组为四字、六字各一句，下阕第二、第三、第四句重组为三字两句、六字一句，不予参校。）

月上海棠慢 （宋词）

曹　勋

咏题

东风飏暖，渐是春半，海棠丽烟径。似蜀锦晴展，翠红交映。嫩梢万点胭脂，移西溪、浣花真景。濛濛雨，黄鹂飞上，数声宜听。　　风定。朱阑夜悄，蟾华如水，初照清影。喜浓芳满池，暗香难并。悄如彩云光中，留翔鸾、静临芳镜。携酒去、何妨花边露冷。

月上海棠慢 （宋词）

姜　夔

夹钟商　　赋题

红妆艳色，照浣花溪影，绝代姝丽。弄轻风、摇荡满林罗绮。自然富贵天姿，都不比、等闲桃李。帘栊静悄，月上正贪春睡。　　长记。初开日，逞妖丽，如与人面争媚。过韶光一瞬，便成流水。对此日叹浮华，惜芳菲、易成憔悴。留无计。惟有花边尽醉。

287. 月下笛 （一体）

正体 双调九十九字，上阕十句五仄韵，下阕十一句七仄韵

张 炎

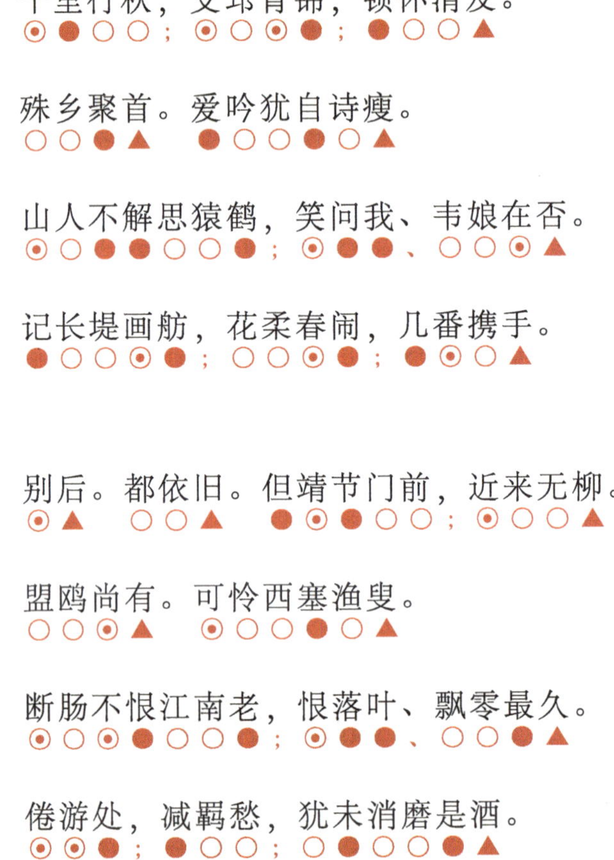

千里行秋，支筇背锦，顿怀清友。

殊乡聚首。爱吟犹自诗瘦。

山人不解思猿鹤，笑问我、韦娘在否。

记长堤画舫，花柔春闹，几番携手。

别后。都依旧。但靖节门前，近来无柳。

盟鸥尚有。可怜西塞渔叟。

断肠不恨江南老，恨落叶、飘零最久。

倦游处，减羁愁，犹未消磨是酒。

（七字句可读作三、四，反之亦然。上阕第五句可读作三、三。上结例用一字领。下阕末两句可重组为五字、四字各一句，或两字领七字。周邦彦词下起少一字，彭元逊词下起两句多一字做六字句，下阕第七句少一字，不予参校。）

月下笛 （宋词）

周邦彦

越调

小雨收尘，凉蟾莹彻，水光浮璧。谁知怨抑。静倚官桥吹笛。映宫墙、风叶乱飞，品高调侧人未识。想开元旧谱，柯亭遗韵，尽传胸臆。　阑干四绕，听折柳徘徊，数声终拍。寒灯陋馆，最感平阳孤客。夜沉沉、雁啼甚哀，片云尽卷清漏滴。黯凝魂，但觉龙吟万壑天籁息。

月下笛 （宋词）

曾允元

次韵

又老杨花，浮萍点点，一溪春色。闲寻旧迹。认溪头、浣纱碛。柔条折尽成轻别，向空外、瑶簪一掷。算无情更苦，莺巢暗叶，啼破幽寂。　凝立。阑干侧。记露饮东园，联镳西陌。容锁鬓减，相逢应自难识。东风吹得愁似海，谩点染，空阶自碧。独归晚，解说心中事，月下短笛。

288. 昭君怨　（二体）

正体　**又名洛妃怨、宴西园，双调四十字，上下阕各四句，两仄韵、两平韵**

苏　轼

谁作桓伊三弄。惊破绿窗幽梦。
⊙●⊙○⊙▲　⊙●⊙○⊙▲

新月与愁烟。满江天。
⊙●●○△　●○△

欲去又还不去。明日落花飞絮。
⊙●⊙○⊙◆　⊙●⊙○⊙▲

飞絮送行舟。水东流。
⊙●●○◇　●○△

（周紫芝词下起拆为三字两句且皆用韵，不予参校。）

变体 **又名洛妃怨、宴西园，双调三十九字，上下阕各四句，两仄韵、两平韵**

万俟咏

春到南楼雪尽。惊动灯期花信。
⊙●⊙○⊙▲ ⊙●⊙○⊙▲

小雨一番寒。倚阑干。
⊙●●○△ ●○△

莫把阑干倚。一望几重烟水。
⊙●⊙○◆ ⊙●⊙○⊙▲

何处是京华。暮云遮。
⊙●●○◇ ●○△

（与正体校，唯下起减一字耳。此体唯见万俟咏两首及蔡伸一首。）

昭君怨 （宋词）

程　过

试问愁来何处。门外山无重数。芳草不知人。翠连云。
欲看不忍重看。心事只堪肠断。肠断宿孤村。雨昏昏。

昭君怨 （宋词）

刘光祖

别恨

人在醉乡居住。记得旧曾来去。疏雨听芭蕉。梦魂遥。
惆怅柳烟何处。目送落霞江浦。明夜月当楼。照人愁。

昭君怨 （宋词）

刘克庄

牡丹

曾看洛阳旧谱。只许姚黄独步。若比广陵花。太亏他。
旧日王侯园圃。今日荆榛狐兔。君莫说中州。怕花愁。

昭君怨 （宋词）

吴　潜

小雨霏微如线。人在暮秋庭院。衣袂带轻寒。睡初残。
脉脉此情何限。惆怅光阴偷换。身世两沉浮。泪空流。

昭君怨 （宋词）

蔡　伸

一曲云和松响。多少离愁心上。寂寞掩屏帏。泪沾衣。
最是销魂处。夜夜绮窗风雨。风雨伴愁眠。夜如年。

昭君怨 （金元词）

完颜亮

雪

昨日樵村渔浦。今日琼川银渚。山色卷帘看。老峰峦。
锦帐美人贪睡。不觉天孙剪水。惊问是杨花。是芦花。

昭君怨 （金元词）

王　寂

江行

一曲清江环碧。两岸萧萧芦荻。烟雨暗西山。有无间。
有酒须当痛饮。百岁黄粱一枕。瞰莫放愁闲。上眉端。

289. 早梅芳　（一体）

正体　又名早梅芳近双调八十二字，上下阕各九句，五仄韵

周邦彦

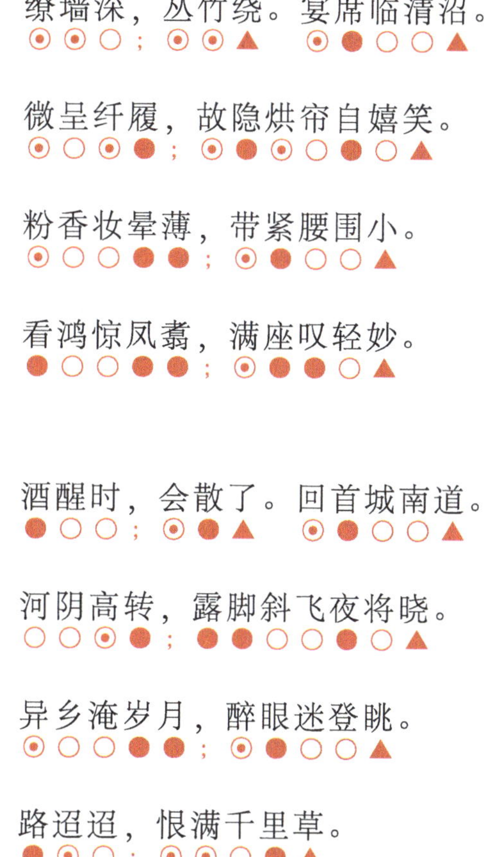
缭墙深，丛竹绕。宴席临清沼。
微呈纤履，故隐烘帘自嬉笑。
粉香妆晕薄，带紧腰围小。
看鸿惊凤翥，满座叹轻妙。

酒醒时，会散了。回首城南道。
河阴高转，露脚斜飞夜将晓。
异乡淹岁月，醉眼迷登眺。
路迢迢，恨满千里草。

（上结例用一字领。李之仪词上阕第二句多两字，倒数第二句少两字，不予参校。）

早梅芳 （宋词）

陈允平

凤钗横，鸾带绕。独步鸳鸯沼。阑干斜倚，自打精神对花笑。贴衣琼佩冷，衫袜金莲小。卷香茵缥缈，舞袖称纤妙。　　梦初成，欢未了。明日青门道。离云别雨，脉脉舞情画堂晓。柳边骄马去，翠阁空凝眺。渐春风、绿愁江上草。

早梅芳 （宋词）

仇　远

碧溪湾，疏竹外，正小春天气。绿珠羞涩，半吐椒红可人意。月香传瘦影，露脸凝清泪。笑倡条冶叶，怕冷尚贪睡。　　马行迟，雪未霁。还忆前村里。青禽啁晰，疑是当时梦初起。旧愁归塞管，远恨潇湘水。望江南，故人家万里。

290. 鹧鸪天　（一体）

正体　又名思越人、思佳客、醉梅花、剪朝霞、骊歌一叠，双调五十五字，上阕四句三平韵，下阕五句三平韵

晏几道

彩袖殷勤捧玉钟。当年拌却醉颜红。
⊙●○○⊙●△　⊙○⊙●●○△

舞低杨柳楼心月，歌尽桃花扇影风。
⊙○⊙●⊙○●；⊙●○○⊙●△

从别后，忆相逢。几回魂梦与君同。
⊙⊙●；●○△　⊙○⊙●●○△

今宵剩把银釭照，犹恐相逢是梦中。
⊙○⊙●○○●；⊙●○○⊙●△

（上阕末两句及下起两三字句，例作对仗。）

鹧鸪天 （五代词）

李 煜

塘水初澄似玉容。所思还在别离中。谁知九月初三夜，露似珍珠月似弓。　　深院静，小庭空。断续寒砧断续风。无奈夜长人不寐，数声和月到帘栊。

（下阕同李煜《捣练子》）

鹧鸪天 （宋词）

宋 祁

画毂凋鞍狭路逢。一声肠断绣帘中。身无彩凤双飞翼，心有灵犀一点通。　　金作屋，玉为笼。车如流水马游龙。刘郎已恨蓬山远，更隔蓬山几万重。

鹧鸪天 （宋词）

欧阳修

学画宫眉细细长。芙蓉出水鬥新妆。只知一笑能倾国，不信相看有断肠。　　双黄鹄，两鸳鸯。迢迢云水恨难忘。早知今日长相忆，不及从初莫作双。

鹧鸪天 （宋词）

晏几道

当日佳期鹊误传。至今犹作断肠仙。桥成汉渚星波外，人在鸾歌凤舞前。　欢尽夜，别经年。别多欢少奈何天。情知此会无长计，咫尺凉蟾亦未圆。

鹧鸪天 （宋词）

晏几道

十里楼台倚翠微。百花深处杜鹃啼。殷勤自与行人语，不似流莺取次飞。　惊梦觉，弄晴时。声声只道不如归。天涯岂是无归意，争奈归期未可期。

鹧鸪天 （宋词）

苏　轼

林断山明竹隐墙。乱蝉衰草小池塘。翻空白鸟时时见，照水红蕖细细香。　村舍外，古城旁。杖藜徐步转斜阳。殷勤昨夜三更雨，又得浮生一日凉。

鹧鸪天 （宋词）

贺　铸

半死桐

重过阊门万事非。同来何事不同归。梧桐半死清霜后，头白鸳鸯失伴飞。　　原上草，露初晞。旧栖新垅两依依。空床卧听南窗雨，谁复挑灯夜补衣。

鹧鸪天 （宋词）

贺　铸

紫府东风放夜时。步莲秾李伴人归。五更钟动笙歌散，十里月明灯火稀。　　香苒苒，梦依依。天涯寒尽减春衣。凤凰城阙知何处，寥落星河一雁飞。

鹧鸪天 （宋词）

晁补之

绣幕低低拂地垂。春风何事入罗帏。胡麻好种无人种，正是归时君未归。　　临晚景，忆当时。愁心一动乱如丝。夕阳芳草本无恨，才子佳人空自悲。

鹧鸪天 （宋词）

叶梦得

一曲青山映小池。绿荷阴尽雨离披。何人解识秋堪美，莫为悲秋浪赋诗。　　携浊酒，绕东篱。菊残犹有傲霜枝。一年好景君须记，正是橙黄橘绿时。

鹧鸪天 （宋词）

朱敦儒

西都作

我是清都山水郎。天教分付与疏狂。曾批给雨支风券，累上留云借月章。　　诗万首，酒千觞。几曾著眼看侯王。玉楼金阙慵归去，且插梅花醉洛阳。

鹧鸪天 （宋词）

朱敦儒

曾为梅花醉不归。佳人挽袖乞新词。轻红遍写鸳鸯带，浓碧争斟翡翠卮。　　人已老，事皆非。花前不饮泪沾衣。如今但欲关门睡，一任梅花作雪飞。

鹧鸪天 （宋词）

朱敦儒

画舫东时洛水清。别离心绪若为情。西风挹泪分携后，十夜长亭九梦君。　　云背水，雁回汀。只应芳草见离魂。前回共采芙蓉处，风自凄凄月自明。

鹧鸪天 （宋词）

周紫芝

一点残红欲尽时。乍凉秋气满屏帏。梧桐叶上三更雨，叶叶声声是别离。　　调宝瑟，拨金猊。那时同唱鹧鸪词。如今风雨西楼夜，不听清歌也泪垂。

鹧鸪天 （宋词）

周紫芝

花褪残红绿满枝。嫩寒犹透薄罗衣。池塘雨细双鸳睡，杨柳风轻小燕飞。　　人别后，酒醒时。午窗残梦子规啼。尊前心事人谁问，花底闲愁春又归。

鹧鸪天 （宋词）

李清照

寒日萧萧上锁窗。梧桐应恨夜来霜。酒阑更喜团茶苦，梦断偏宜瑞脑香。　　秋已尽，日犹长。仲宣怀远更凄凉。不如随分尊前醉，莫负东篱菊蕊黄。

鹧鸪天 （宋词）

赵　鼎

建康上元作

客路那知岁序移。忽惊春到小桃枝。天涯海角悲凉地，记得当年全盛时。　　花弄影，月流辉。水精宫殿五云飞。分明一觉华胥梦，回首东风泪满衣。

鹧鸪天 （宋词）

蔡　枏

病酒厌厌与睡宜。珠帘罗幕卷银泥。风来绿树花含笑，恨入西楼月敛眉。　　惊瘦尽，怨归迟。休将桐叶更题诗。不知桥下无情水，流到天涯是几时。

鹧鸪天　（宋词）

聂胜琼

寄李之问

玉惨花愁出凤城。莲花楼下柳青青。尊前一唱阳关后，别个人人第五程。　寻好梦，梦难成。况谁知我此时情。枕前泪共帘前雨，隔个窗儿滴到明。

鹧鸪天　（宋词）

张元干

不怕微霜点玉肌。恨无流水照冰姿。与君著意从头看，初见东南第一枝。　人散后，雪晴时。陇头春色寄来迟。使君本是花前客，莫怪殷勤为赋诗。

鹧鸪天　（宋词）

吕渭老

竹西从人去数年矣，今得归，偶以此烦全美达之

曾醉扬州十里楼。竹西歌吹至今愁。燕衔柳絮春心远，鱼入晴江水自流。　情渺渺，梦悠悠。重寻罗带认银钩。挂帆欲伴渔人去，只恐桃花误客舟。

鹧鸪天 （宋词）

朱淑真

独倚阑干昼日长。纷纷蜂蝶鬥轻狂。一天飞絮东风恶，满路桃花春水香。　　当此际，意偏长。萋萋芳草傍池塘。千钟尚欲偕春醉，幸有荼蘼与海棠。

鹧鸪天 （宋词）

李　吕

寄情

脸上残霞酒半消。晚妆匀罢却无聊。金泥帐小教谁共，银字笙寒懒更调。　　人悄悄，漏迢迢。琐窗虚度可怜宵。一从恨满丁香结，几度春深豆蔻梢。

鹧鸪天 （宋词）

陆　游

送叶梦锡

家住东吴近帝乡。平生豪举少年场。十千沽酒青楼上，百万呼卢锦瑟傍。　　身易老，恨难忘。尊前赢得是凄凉。君归为报京华旧，一事无成两鬓霜。

鹧鸪天 （宋词）

范成大

席上作

楼观青红倚快晴。惊看陆地涌蓬瀛。南园花影笙歌地，东岭松风鼓角声。　　山绕水，水萦城。柳边沙外古今情。坐中更有挥毫客，一段风流画不成。

鹧鸪天 （宋词）

李　洪

送客至汤泉

十月南闽未有霜。蕉林蔗圃郁相望。压枝橄榄浑如画，透甲香橙半弄黄。　　斟录醑，泛沧浪。白沙翠竹近温汤。分明水墨山阴道，只欠冰谿雪月光。

鹧鸪天 （宋词）

张孝祥

春情

日日青楼醉梦中。不知楼外已春浓。杏花未遇疏疏雨，杨柳初摇短短风。　　扶画鹢，跃花骢。涌金门外小桥东。行行又入笙歌里，人在珠帘第几重。

鹧鸪天 （宋词）

丘　密

采莲曲

两两维舟近柳堤。菱歌迤逦过前溪。曲中自诉衷肠事，岸上行人那得知。　　金齿屐，翠云篦。女萝为带蕙为衣。惜花贪折归时晚，急浆相呼入翠微。

鹧鸪天 （宋词）

赵长卿

咏燕

梁上双双海燕归。故人应不寄新诗。柳梧阴里高还下，帘幕中间去复回。　追盛事，忆乌衣。王家巷陌日沉西。兴亡无限惊心语，说向时人总不知。

鹧鸪天 （宋词）

辛弃疾

代人赋

陌上柔条初破芽。东邻蚕种已生些。平冈细草鸣黄犊，斜日寒林点暮鸦。　山远近，路横斜。青旗沽酒有人家。城中桃李愁风雨，春在溪头野荠花。

鹧鸪天 （宋词）

辛弃疾

点尽苍苔色欲空。竹篱茅舍要诗翁。花余歌舞欢娱外，诗在经营惨澹中。　　听软语，笑衰容。一枝斜坠翠鬟松。浅颦轻笑谁堪醉，看取萧然林下风。

鹧鸪天 （宋词）

陈三聘

指剥春葱去采蘋。衣丝秋藕不沾尘。眼波明处偏宜笑，眉黛愁来也解颦。　　巫峡路，忆行云。几番曾梦曲江春。相逢细把银釭照，犹恐今宵梦似真。

鹧鸪天 （宋词）

石孝友

旅中中秋

露叶披残露颗传。明星著地月流天。不辞独赏穷今夜，应为相逢忆去年。　　辜窈窕，负婵娟。谁知两处照孤眠。姮娥不怕离人怨，有甚心情独自圆。

鹧鸪天 （宋词）

赵师侠

壬辰豫章惠月佛阁

烟霭空濛江上春。夕阳芳草渡头情。飞红已逐东风远，嫩绿还因夜雨深。　　情脉脉，思沈沈。卷帘愁与暮云平。阑干倚遍东西曲，杜宇一声肠断人。

鹧鸪天 （宋词）

陈　亮

春感

花拂阑干柳拂空，花枝绰约柳鬟松。蝶翻淡碧低边影，莺啭浓香杪处风。　　深院落，小帘栊，寻芳犹忆旧相逢。桥边携手归来路，踏皱残花几片红。

鹧鸪天 （宋词）

史达祖

卫县道中有怀其人

雁足无书古塞幽。一程烟草一程愁。帽檐尘重风吹野，帐角香销月满楼。　情思乱，梦魂浮。缃裙多忆敝貂裘。官河水静阑干暖，徙倚斜阳怨晚秋。

鹧鸪天 （宋词）

李从周

绿色吴笺覆古苔。濡毫重拟赋幽怀。杏花帘外莺将老，杨柳楼前燕不来。　倚玉枕，坠瑶钗。午窗轻梦绕秦淮。玉鞭何处贪游冶，寻遍春风十二街。

鹧鸪天 （宋词）

卢祖皋

纤指轻拈小砑红。自调宫羽按歌童。寒馀芍药阑边雨，香落酴醾架底风。　闲意态，小房栊。丁宁须满玉西东。一春醉得莺花老，不似年时怨玉容。

鹧鸪天 （宋词）

卢祖皋

庭绿初圆结荫浓。香沟收拾旧梢红。池塘少歇鸣蛙雨，帘幕轻回舞燕风。　　春又老，笑谁同。澹烟斜日小楼东。相思一曲临风笛，吹过云山第几重。

鹧鸪天 （宋词）

刘学箕

发舟安康，朋游见留，往复三用韵之一

芳草萋萋入眼浓。一年花事又匆匆。吐舒桃脸今朝雨，零落梅妆昨夜风。　　云接野，水连空。画栏十二倚谁同。两眉新恨无分付，独立苍苔数落红。

鹧鸪天 （宋词）

黄　机

细听楼头漏箭移。客床寒枕不胜欹。凄凉夜角偏多恨，吹到梅花第几枝。　　人间阔，雁参差。相思惟有梦相知。谢他窗外芭蕉雨，叶叶声声伴别离。

鹧鸪天 （宋词）

严 仁

惜别

一曲危弦断客肠。津桥捩柂转牙樯。江心云带蒲帆重，楼上风吹粉泪香。　　瑶草碧，柳芽黄。载将离恨过潇湘。请君看取东流水，方识人间别意长。

鹧鸪天 （宋词）

黄 昇

张园作

雨过芙蕖叶叶凉。摩挲短髪照横塘。一行归鹭拖秋色，几树鸣蝉饯夕阳。　　花侧畔，柳旁相。微云澹月又昏黄。风流不在谈锋胜，袖手无言味最长。

鹧鸪天 （宋词）

陈允平

玉辔青骢去不归。锦中频织断肠诗。窗凭绣日莺声婉，帘卷香云雁影回。　　金缕扇，碧罗衣。蝶魂飞度画阑西。花开花落春多少，独有层楼双燕知。

鹧鸪天 （宋词）

周　密

清明

燕子时时度翠帘。柳寒犹未褪香绵。落花门巷家家雨，新火楼台处处烟。　　情默默，恨恹恹。东风吹动画秋千。拆桐开尽莺声老，无奈春何只醉眠。

鹧鸪天 （宋词）

周　密

相傍清明晴便悭。闭门空自惜花残。海棠半拆难禁雨，燕子初归不耐寒。　　金鸭冷，锦鹓闲。银釭空照小屏山。翠罗袖薄东风峭，独倚西楼第几阑。

鹧鸪天 （宋词）

仇　远

霜醉秋花锦覆堤。西风一舸小桥西。闲将窗下红兰梦，写入江南白苎词。　　芳绪断，旧游非。空遗香墨湿乌丝。碧云冉冉无穷恨，只有山阳短笛知。

鹧鸪天 （宋词）

陈德武

咏菊

三径芳根自不群。每于霜后播清芬。枝头蛱蝶如羞见，篱外征鸿不可闻。　情脉脉，思纷纷。绕窗吟咏理馀薰。卷帘人在西风里，知是新来瘦几分。

鹧鸪天 （宋词）

无名氏

冷落人间昼掩门，泠泠残粉縠成纹。几枝疏影溪边见，一拂清香马上闻。　冰作质，月为魂。萧萧细雨入黄昏。人间暂识东风信，梦绕江南云水村。

鹧鸪天 （宋词）

无名氏

梦草池塘春意回。巧传消息是寒梅。北枝休羡南枝暖，凭仗东风次第开。　酥点萼，粉匀腮。未攀已得好香来。西邻且莫吹羌笛，留待行春把酒杯。

鹧鸪天 （宋词）

无名氏

集曲名

烛影摇红玉漏迟。鹊桥仙子下瑶池。倾杯乐处笙歌沸，苏幕遮阑笑语随。　　醉落魄，阮郎归。传言玉女步轻移。凤凰台上深深愿，一日和鸣十二时。

鹧鸪天 （金元词）

段成己

豪气消磨百尺楼。忧来一日抵三秋。故人落落晨星少，新冢累累塞草稠。　　思往事，去悠悠。夕阳回首忽西流。叶声偏入愁人耳，声本无心人自愁。

鹧鸪天 （金元词）

段克己

九日寄彦衡济之、兼简仲坚景纯二弟

点检笙歌上小楼。西风帘幕卷清秋。绿醅轻泛红萸好。黄菊羞簪白发稠。　　今古恨，去悠悠。无情汾水自西流。澹烟衰草斜阳外，并作登临一段愁。

鹧鸪天 （金元词）

冯子振

赠珠帘秀

凭倚东风远映楼。流莺窥面燕低头。虾须瘦影纤纤织，龟背香纹细细浮。　红雾敛，彩云收。海霞为带月为钩。夜来卷尽西山雨，不着人间半点愁。

（青楼集）

鹧鸪天 （金元词）

刘仲尹

楼宇沈沈翠几重。辘轳亭下落梧桐。川光带晚虹垂雨，树影涵秋鹊唤风。　人不见，思何穷。断肠今古夕阳中。碧云犹作山头恨，一片西飞一片东。

鹧鸪天 （金元词）

蒲道源

和客中重九

冷落寒芳一径幽。无诗无酒若为酬。一生几得花前醉，两鬓难禁客里秋。　　思往事，泪盈眸。共嗟日月去如流。短歌谩寄乡邻友，写入新笺字字愁。

鹧鸪天 （金元词）

耶律楚材

题七真洞

花草倾颓事已迁。浩歌遥望意茫然。江山王气空千劫，桃李春风又一年。　　横翠嶂，架寒烟。野花平碧怨啼鹃。不知何限人间梦，并触沉思到酒边。

（词综卷三十三）

291. 折红梅　　（一体）

正体　**双调一百八字，上阕十一句五仄韵，下阕十一句六仄韵**

杜安世

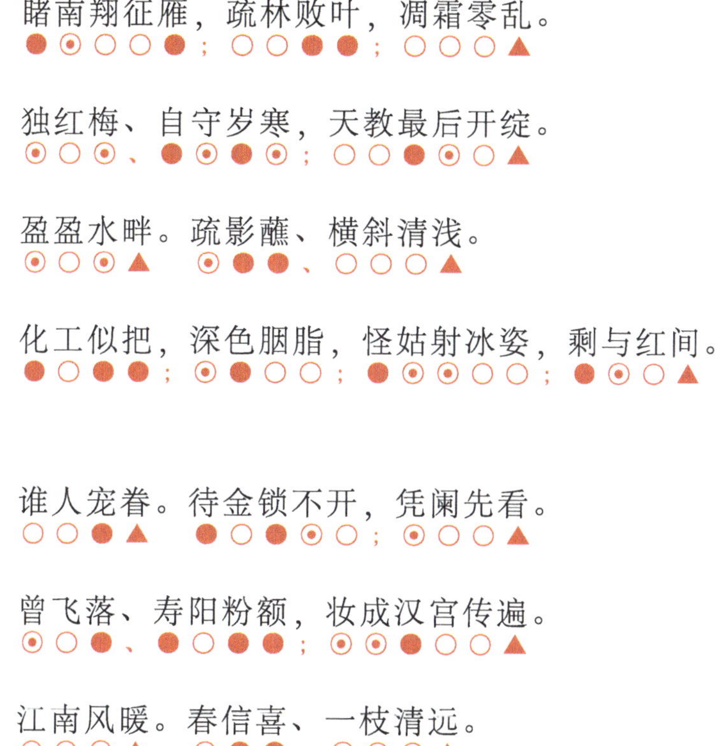

睹南翔征雁，疏林败叶，凋霜零乱。

独红梅、自守岁寒，天教最后开绽。

盈盈水畔。疏影蘸、横斜清浅。

化工似把，深色胭脂，怪姑射冰姿，剩与红间。

谁人宠眷。待金锁不开，凭阑先看。

曾飞落、寿阳粉额，妆成汉宫传遍。

江南风暖。春信喜、一枝清远。

对酒便好，折取奇葩，撚清香重嗅，举杯重劝。

（上下阕后九句句式似同。上阕第六句可不用韵。上阕第十句及下阕第二句、第十句例用一字领。下阕末两句可重组为三字、六字各一句。无名氏别首改用平韵，不予校订。）

折红梅 （宋词）

吴　感

梅花馆小鬟

喜冰澌初泮，微和渐入，东郊时节。春消息、夜来顿觉，红梅数枝争发。玉溪仙馆，不是个、寻常标格。化工别与，一种风情，似匀点胭脂，染成香雪。　　重吟细阅。比繁杏夭桃，品格真别。只愁共、彩云易散，冷落谢池风月。凭谁向说。三弄处、龙吟休咽。大家留取，时倚阑干，闻有花堪折，劝君须折。

折红梅 （宋词）

无名氏

陇上消残雪，曲水流断，淑气潜通。群花冷未吐，夜来梅萼，数枝繁红。光夺化工。鬓艳色、不染东风。信凭晓风，难压精神，占青春未上，别是标容。　　天香渐杳，似蓬阙玉妃，酒困娇慵。只愁恐、上阳爱惜，各种移向瑶宫。西归驿使，折赠处、瘐岭溪东。又须寄与，多感多情，道此花，开早未识游蜂。

折红梅 （宋词）

无名氏

忆笙歌筵上，匆匆见了，□□相别。红炉暖、画帘绣阁，曾共鬓边斜插。南枝向暖，北槛里、春风犹怯。也应别后，不减芳菲，念咫尺阑干，甚时重折。　　清风间髮，如天与浓香，粉匀檀颊。纱窗影、故人凝处，冷落暮天残雪。一轩明月。怅望□、花争清切。便教尽放，都不思量，也须有，蓦然上心时节。

292. 真珠帘　　（一体）

正体　**双调一百一字，上阕九句七仄韵，下阕九句六仄韵**

朱孙

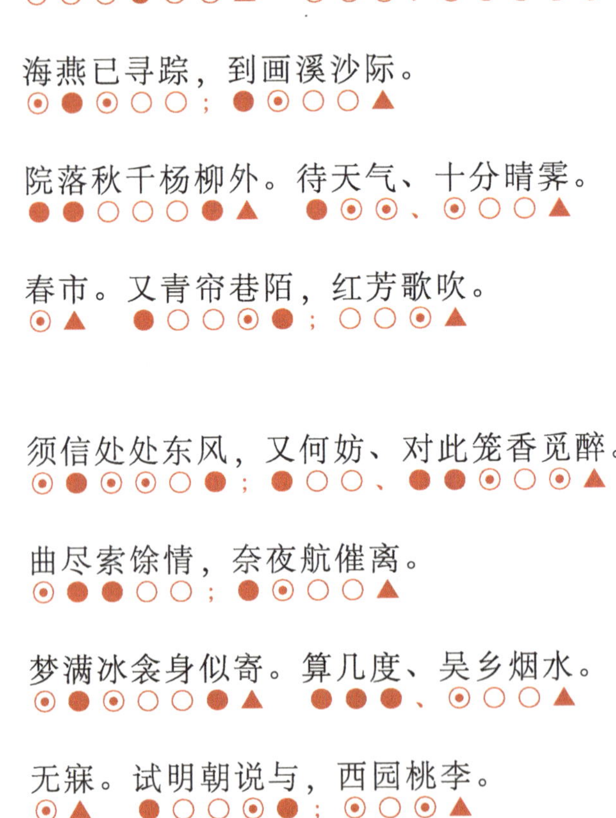
春云做冷春知未。春愁在、碎雨敲花声里。
◉○◉●○○▲　◉○◉、◉●○○○▲

海燕已寻踪，到画溪沙际。
◉●◉○○；●◉○○▲

院落秋千杨柳外。待天气、十分晴霁。
●●○○○●▲　●◉◉、◉○○▲

春市。又青帘巷陌，红芳歌吹。
◉▲　●○○◉●；○○◉▲

须信处处东风，又何妨、对此笼香觅醉。
◉●◉◉○●；●○○、●●◉○◉▲

曲尽索馀情，奈夜航催离。
◉●●○○；●◉○○▲

梦满冰衾身似寄。算几度、吴乡烟水。
◉●◉○○●▲　●●●、◉○○▲

无寐。试明朝说与，西园桃李。
◉▲　●○○◉●；◉○◉▲

（除起句外，上下阕句式似同。上下阕第五句、两结，例用一字领。上阕第三、第四句，陆游词两首重组为四字、六字各一句。下阕第二、第三句可重组为三字、六字各一句。上阕第二句葛长庚词少一字，陈楠词少两字，不予校订。上下阕倒数第二句平仄有作：●◉●○○。）

真珠帘 （宋词）

陆　游

山村水馆参差路。感羁游、正似残春风絮。掠地穿帘，知是竟归何处。镜里新霜空自悯，问几时、鸾台鳌署。迟暮。谩凭高怀远，书空独语。　　自古儒冠多误。悔当年、早不扁舟归去。醉下白蘋洲，看夕阳鸥鹭。菰菜鲈鱼都弃了，只换得、青衫尘土。休顾。早收身江上，一蓑烟雨。

真珠帘 （宋词）

徐　□

落红几阵清明雨。忆花期、半被晴悭寒阻。新柳著春浓，早翠池波妒。粉雨香去消息远，温旧日、秋千庭宇。凝伫。正春醒帘外，一声莺语。　　尘锁宝筝弦柱。自眉峰惹恨、六么慵舞。深院不成妆，有泪弹谁与。记得踏青归去后，细共说、花阴深处。心愫。怕当时飞燕，知人分付。

真珠帘 （宋词）

张　炎

梨花

绿房几夜迎清晓，光摇动、素月溶溶如水。惆怅一株寒，记东阑闲倚。近日花边无旧雨，便寂寞、何曾吹泪。烛外。谩羞得红妆，而今犹睡。　　琪树皎立风前，万尘空、独挹飘然清气。雅淡不成娇，拥玲珑春意。落寞云深诗梦浅，但一似、唐昌宫里。元是。是分明错认，当时玉蕊。

293. 徵 招　（一体）

正体　双调九十五字，上阕九句五仄韵，下阕八句五仄韵

赵以夫

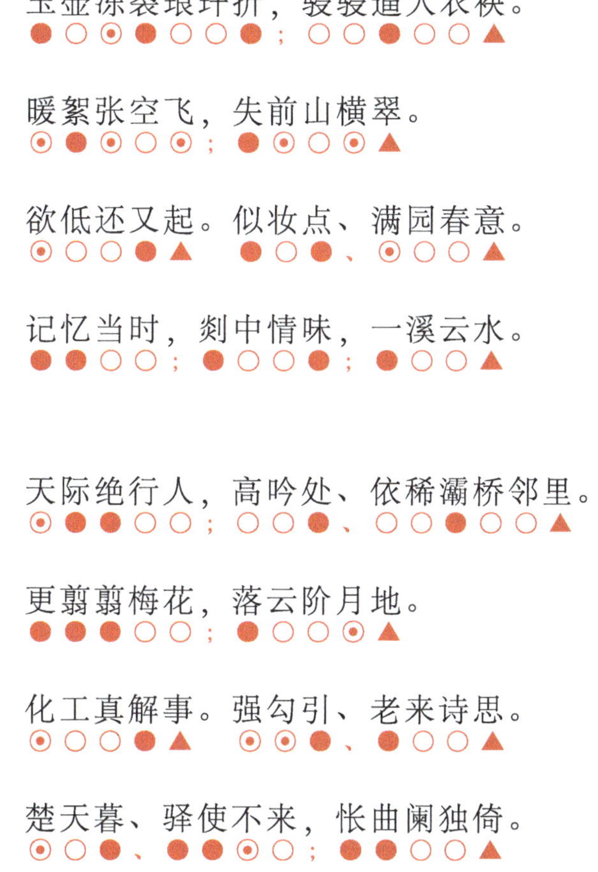

玉壶冻裂琅玕折，骎骎逼人衣袂。
暖絮张空飞，失前山横翠。
欲低还又起。似妆点、满园春意。
记忆当时，剡中情味，一溪云水。

天际绝行人，高吟处、依稀灞桥邻里。
更翦翦梅花，落云阶月地。
化工真解事。强勾引、老来诗思。
楚天暮、驿使不来，怅曲阑独倚。

（上阕第四句，下阕第四、第九句，例用一字领。上下阕第五句可不押韵。下起可用短韵。彭元逊词上阕第三、第四句重组为四字、六字各一句。）

徵招 （宋词）

张　辑

飞鸿又作秋空字，凄凄旧游湘浦。凉思带愁深，渺苍茫何许。岁华知几度。奈双鬓、不禁吟苦。独倚危楼，叶声摇暮，玉阑无语。　　尺素。欲传将，故人远、天涯屡惊回顾。心事只琴知，漫闲相尔汝。甚时江海去。算空负、白蘋鸥侣。更谁与、翦烛西窗，且醉听山雨。

徵招 （宋词）

周　密

九日登高

江蓠摇落江枫冷，霜空雁程初到。万景正悲凉，奈曲终人杳。登临嗟老矣，问今古、清愁多少。一梦东园，十年心事，恍然惊觉。　　肠断紫霞深，知音远、寂寂怨琴凄调。短鬓已无多，怕西风吹帽。黄花空自好。问谁识、对花怀抱。楚山远，九辩难招，更晚烟残照。

徵招 （宋词）

张　炎

答仇山村见寄

可怜张绪门前柳，相看顿非年少。三径已荒凉，更如今怀抱。薄游浑是感，满烟水、东风残照。古调谁弹，古音谁赏，岁华空老。　　京洛染缁尘，悠然意、独对南山一笑。只在此山中，甚相逢不早。瘦吟心共苦，知几度、剪灯窗小。何时更、听雨巴山，赋草池春晓。

294. 昼锦堂　（一体）

正体　双调一百二字，上阕十句四平韵，下阕十一句五平韵

周邦彦

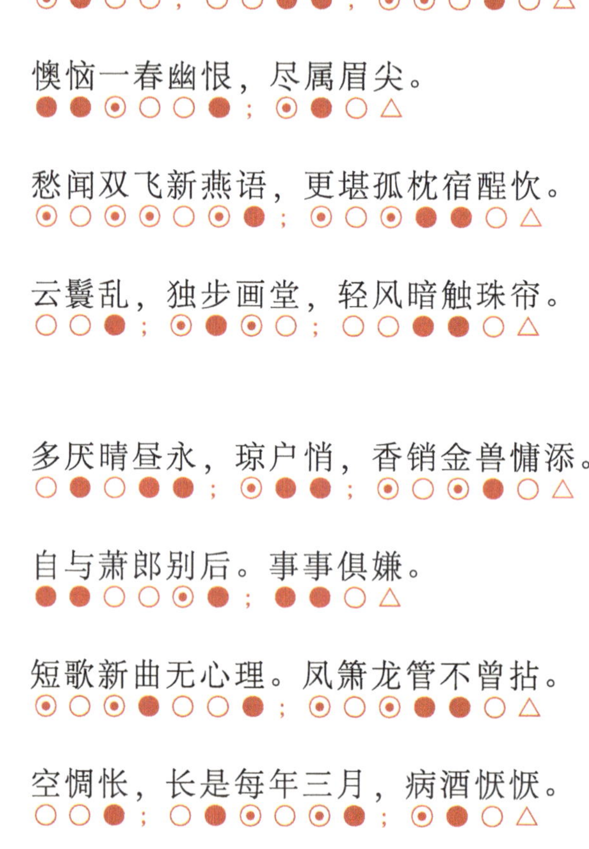

雨洗桃花，风飘柳絮，日日飞满雕檐。
懊恼一春幽恨，尽属眉尖。
愁闻双飞新燕语，更堪孤枕宿醒忺。
云鬟乱，独步画堂，轻风暗触珠帘。

多厌晴昼永，琼户悄，香销金兽慵添。
自与萧郎别后。事事俱嫌。
短歌新曲无心理。凤箫龙管不曾拈。
空惆怅，长是每年三月，病酒恹恹。

（下起可用短韵。上阕第六句平仄有作：○●○○○●●。上阕第四、第五句可重组为四字、六字各一句。陈允平词改用仄韵且下阕换韵，刘子寰词脱漏过多，不予校订。）

昼锦堂 （宋词）

宋自逊

上李真州

荷叶龟游，庭皋鹤舞，应是秋满淮涯。昨夜将星明处，仿佛峨眉。干戈已净银河淡，尘沙不动翠烟微。邦人道，半月中秋，当歌不饮何为。　　谁知心事远，但感慨登临，白羽频挥。恨不明朝出塞，猎猎旌旗。文南一矢澶渊劲，夔门三箭武关奇。挑灯看，龙吼传家旧剑，曾斩吴曦。

昼锦堂 （宋词）

吴文英

中吕商

舞影灯前，箫声酒外，独鹤华表重归。旧雨残云仍在，门巷都非。愁结春情迷醉眼，老怜秋鬓倚蛾眉。难忘处，犹恨绣笼，无端误放莺飞。　　当时。征路远，欢事差，十年轻负心期。楚梦秦楼相遇，共叹相违。泪香沾湿孤山雨，瘦腰折损六桥丝。何时向，窗下翦残红烛，夜杪参移。

295. 昼夜乐　（一体）

正体　双调九十八字，上阕八句六仄韵，下阕八句五仄韵

柳　永

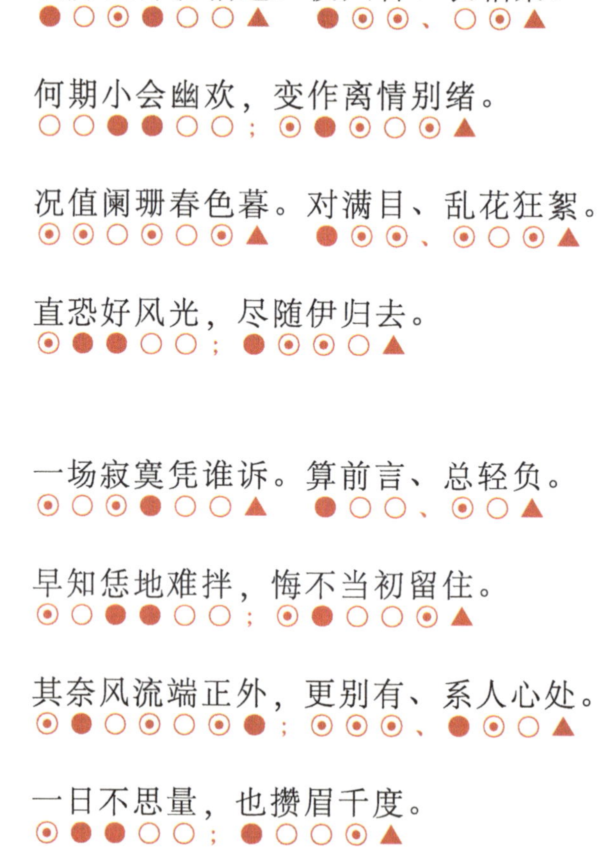

洞房记得初相遇。便只合、长相聚。
何期小会幽欢，变作离情别绪。
况值阑珊春色暮。对满目、乱花狂絮。
直恐好风光，尽随伊归去。

一场寂寞凭谁诉。算前言、总轻负。
早知恁地难拚，悔不当初留住。
其奈风流端正外，更别有、系人心处。
一日不思量，也攒眉千度。

（下阕第五句亦可用韵。两结例用一字领。）

昼夜乐 （金元词）

梁 寅

怀金陵

秣陵犹忆豪华地。醉春风、花明媚。碧城彩绚楼台，紫陌香生罗绮。夹十里秦淮笙歌市。酒帘高曳红摇翠。油壁小轻车，间雕鞍金辔。　　同游放浪多才子。诧酣歌、如高李。傲时江海狂心，怀古虹霓雄气。归卧云庐霜满鬓，十年间、多少愁思。春梦绕天涯，度烟波千里。

296. 烛影摇红　（二体）

正体　又名忆故人、归去曲、秋色横空、玉耳坠金环，双调九十六字，上下阕各九句，五仄韵

赵长卿

梅雪飘香，杏花开艳燃春昼。

铜驼烟淡晓风轻，摇曳青青柳。

海燕归来未久。向雕梁、初成对偶。

日长人困，绿水池塘，清明时候。

帘幕低垂，麝煤烟喷黄金兽。

天涯人去杳无凭，不念东阳瘦。

眉上新愁压旧。要消遣、除非殢酒。

酒醒人静，月满南楼，相思还又。

（原四十八字体重复一阕，则得此慢词，宋人多依此。下阕第六句首字唯周邦彦及刘壎词作平声，下阕第八句第二字唯程珌词作平声，不予参校。）

变体 **又名忆故人、归去曲、秋色横空、玉耳坠金环，双调四十八字，上阕四句两仄韵，下阕五句三仄韵**

毛　滂

老景萧条，送君归去添凄断。
⊙●○○；●○⊙●○○▲

赠君明月满前溪，直到西湖畔。
⊙○⊙●●○○；⊙●○○▲

门掩绿苔应遍。为黄花、频开醉眼。
⊙●⊙○⊙▲　●⊙⊙、⊙○●▲

橘奴无恙，蝶子相迎，寒窗日短。
⊙○⊙●；●⊙⊙⊙；⊙○⊙▲

（王诜词重复周邦彦词，且上阕第二句添两字折为六字、三字各一句，不予校订。）

烛影摇红 （宋词）

王　重

烟雨江城，望中绿暗花枝少。惜春长待醉东风，却恨春归早。　　纵有幽情欢会，奈如今、风情渐老。凤楼何处，画阑愁倚，天涯芳草。

烛影摇红 （宋词）

周邦彦

芳脸匀红，黛眉巧画宫妆浅。风流天付与精神，全在娇波眼。早是萦心可惯。向尊前、频频顾眄。几回相见，见了还休，争如不见。　　烛影摇红，夜阑饮散春宵短。当时谁会唱阳关，离恨天涯远。争奈云收雨散。凭阑干、东风泪满。海棠开后，燕子来时，黄昏深院。

烛影摇红 （宋词）

张　抡

上元有怀

双阙中天，凤楼十二春寒浅。去年元夜奉宸游，曾侍瑶池宴。玉殿珠帘尽卷。拥群仙、蓬壶阆苑。五云深处，万烛光中，揭天丝管。　　驰隙流年，恍如一瞬星霜换。今宵谁念泣孤臣，回首长安远。可是尘缘未断。谩惆怅、华胥梦短。满怀幽恨，数点寒灯，几声归雁。

烛影摇红 （宋词）

翁孟寅

楼倚春城，锁窗曾共巢春燕。人生好梦比春风，不似杨花健。旧事如天渐远。奈情缘、素丝未断。镜尘埋恨，带粉栖香，曲屏寒浅。　　环佩空归，故园羞见桃花面。轻烟残照下阑干，独自疏帘卷。一信狂风又晚。海棠花、随风满院。乱鸦归后，杜宇啼时，一声声怨。

烛影摇红 （宋词）

刘辰翁

丙子中秋泛月

明月如冰，乱云飞下斜河去。旋呼艇子载箫声，风景还如故。袅袅余怀何许。听尊前、呜呜似诉。近年潮信，万里阴晴，和天无据。　　有客秋风，去时留下金盘露。少年终夜奏胡笳，谁料归无路。同是江南倦旅。对婵娟、君歌我舞。醉中休问，明月明年，人在何处。

烛影摇红 （金元词）

袁　易

春日雨中

日日春阴，瑞香亭下寒成阵。凤靴频误踏青期，寂寞墙阴径。翠被堆床未整。睡初酣、风篁唤醒。几多心绪，鹊语难凭，灯花无准。　　得酒浇愁，旧愁不去添新病。吴绫题满断肠词，歌罢何人听。宝篆香消昼永。枭馀烟、萧萧鬓影。出门长啸，白鹭双飞，清江千顷。

烛影摇红 （金元词）

赵　雍

新绿成阴，落红如雨春光晚。当年谁与种相思，空羡双飞燕。寂寞幽窗孤馆。念同游、芳郊秀苑。香尘随马，细草承轮，都成肠断。　　别久情深，几时重约闲庭院。高楼终日卷珠帘，极目愁无限。莫恨蓝桥路远。有心时、终须再见。休教长怨，镜里孤鸾，箧中团扇。

297. 祝英台近　（一体）

正体　又名宝钗分、燕莺语、寒食词、月底修箫谱，双调七十七字，上阕八句三仄韵，下阕八句四仄韵

程　核

坠红轻，浓绿润，深院又春晚。
●○○；○⊙●；⊙●⊙○▲

睡起恹恹，无语小妆懒。
⊙●○○；⊙⊙●○▲

可堪三月风光，五更魂梦，又都被、杜鹃催趱。
⊙○⊙●○○；⊙○⊙●；⊙⊙●、⊙○⊙▲

怎消遣。人道愁与春归，春归愁未断。
●⊙▲　⊙●⊙●○○；○○⊙⊙▲

闲倚银屏，羞怕泪痕满。
⊙●○○；⊙⊙●○▲

断肠沈水重熏，瑶琴闲理，奈依旧、夜寒人远。
⊙○⊙●○○；⊙○⊙●；⊙⊙⊙、⊙○⊙▲

（下阕第二句较上阕多三字，其余句式似同。上阕第二句可用韵。上下阕第七句可用韵。上阕第五句唯刘过词用五仄声字，上下阕第五句第三字史达祖、戴复古、曾协词用平声。吴泳、黎廷瑞、褚生词多字或少字，不予校订。另有极少平韵，不予校订。）

祝英台近 （宋词）

辛弃疾

绿杨堤，青草渡。花片水流去。百舌声中，唤起海棠睡。断肠几点愁红，啼痕犹在，多应怨、夜来风雨。　别情苦。马蹄踏遍长亭，归期又成误。帘卷青楼，回首在何处。画梁燕子双双，能言能语，不解说、相思一句。

祝英台近 （宋词）

辛弃疾

晚春

宝钗分，桃叶渡。烟柳暗南浦。怕上层楼，十日九风雨。断肠片片飞红，都无人管，倩谁唤、流莺声住。　鬓边觑。试把花卜心期，才簪又重数。罗帐灯昏，呜咽梦中语。是他春带愁来，春归何处。却不解、将愁归去。

祝英台近 （宋词）

刘　过

同妓游帅司东园

窄轻衫，联宝辔，花里控金勒。有底风光，都在画阑侧。日迟春暖融融，杏红深处，为花醉、一鞭春色。　对娇质。为我歌捧瑶觞，欢声动阡陌。□似多情，飞上鬓云碧。晚来约住青骢，蹋花归去，乱红碎、一庭风月。

祝英台近 （宋词）

韩　淲

燕莺语

海棠开，春已半，桃李又如许。一朵梨花，院落阑干雨。不禁中酒情怀，爱闲懊恼，都忘却、旧题诗处。　燕莺语。溪岸点点飞绵，杨柳无重数。带得愁来，莫恁空休去。断肠芳草天涯，行云荏苒，和好梦、有谁分付。

祝英台近 （宋词）

苏茂一

结垂杨，临广陌，分袂唱阳关。稳上征鞍。目极万重山。归鸿欲到伊行，丁宁须记，写一封、书报平安。　　渐春残。是他红褪香收，绡泪点斑斑。枕上盟言。都做梦中看。销魂啼鴂声中，杨花飞处，斜阳下、愁倚阑干。

祝英台近 （宋词）

汤　恢

酲苏，春梦醒，沈水冷金鸭。落尽桃花，无人扫红雪。渐催煮酒园林，单衣庭院，春又到、断肠时节。　　恨离别。长忆人立荼蘼，珠帘卷香月。几度黄昏，琼枝为谁折。都将千里芳心，十年幽梦，分付与、一声啼鴂。

祝英台近 （宋词）

吴　泳

春日感怀

小池塘，闲院落，薄薄见山影。杨柳风来，吹彻醉魂醒。有时低按秦筝，高歌水调，落花外、纷纷人境。　猛深省。但有竹屋三间，莲田二顷。便可休官，日对漏壶永。假饶是、红杏尚书，碧桃学士，买不得、朱颜芳景。

祝英台近 （金元词）

邵亨贞

和云西老人秋怀韵

暮天云，深夜雨。幽兴到何许。风拍疏帘，灯影逗窗户。自从暝宿河桥，露听江笛，久不记、旧游湘楚。　正无绪。可奈满目清商，萧萧五陵树。斜掩屏山，肠断庾郎赋。几回思绕苹花，梦寻兰棹，怕惊起、故溪鸥鹭。

祝英台近 （金元词）

许 谦

次韵潘明之秋思

上帘钩，开砚匣，诗兴在风柳。磊块胸怀，临镜谩搔首。看他冉冉来鸿，匆匆归燕，时不再、且须倾酒。　钓鳌手。无奈万里烟波，空舟竟何有。未卜行藏，心事几凭牖。最宜野月穿窗，山云拥户，个中乐、有人知否。

298. 最高楼　（三体）

正体　又名醉高春，双调八十一字，上阕八句四平韵，下阕九句两仄韵、三平韵

辛弃疾

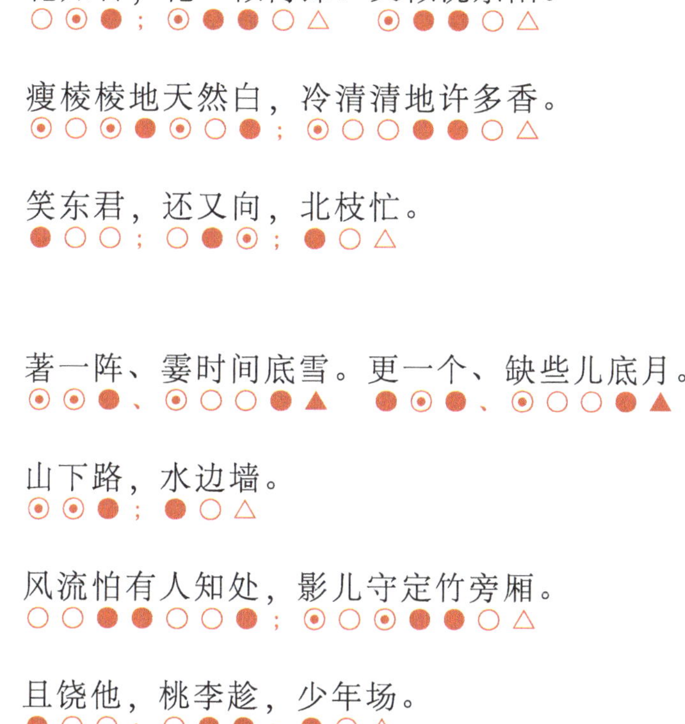

花知否，花一似何郎。又似沈东阳。

瘦棱棱地天然白，冷清清地许多香。

笑东君，还又向，北枝忙。

著一阵、霎时间底雪。更一个、缺些儿底月。

山下路，水边墙。

风流怕有人知处，影儿守定竹旁厢。

且饶他，桃李趁，少年场。

（下起两仄韵可不用。辛弃疾别首上阕第四、第五句多一领字，方岳两首上下阕皆是。不予参校。）

变体一 又名醉高春，双调八十二字，上阕九句四平韵，下阕九句两仄韵、三平韵

陈　亮

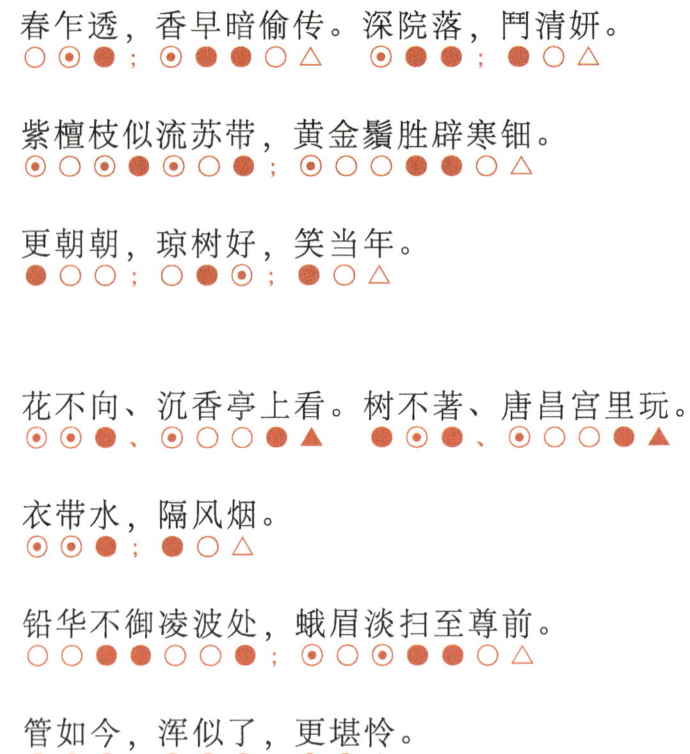

春乍透，香早暗偷传。深院落，鬥清妍。
紫檀枝似流苏带，黄金鬚胜辟寒钿。
更朝朝，琼树好，笑当年。
花不向、沉香亭上看。树不著、唐昌宫里玩。
衣带水，隔风烟。
铅华不御凌波处，蛾眉淡扫至尊前。
管如今，浑似了，更堪怜。

（较正体，唯上阕第二句添一字折为两个三字句。）

变体二 **又名醉高春，双调八十三字，上阕九句四平韵、一仄韵，下阕九句两仄韵、三平韵**

程　垓

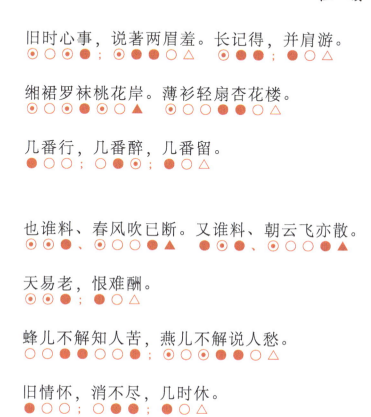

旧时心事，说著两眉羞。长记得，并肩游。
⊙○⊙●；⊙●●○△　⊙●●；●○△

缃裙罗袜桃花岸。薄衫轻扇杏花楼。
⊙○⊙●⊙○▲　⊙○○●●○△

几番行，几番醉，几番留。
●○○；○●⊙；●○△

也谁料、春风吹已断。又谁料、朝云飞亦散。
⊙⊙●、⊙○○●▲　●⊙●、⊙○○●▲

天易老，恨难酬。
⊙⊙●；●○△

蜂儿不解知人苦，燕儿不解说人愁。
○○●●○○●；⊙○⊙●●○△

旧情怀，消不尽，几时休。
●○○；○●●；●○△

（较变体一，起句添一字。上阕第五句用韵。）

最高楼 （宋词）

毛 滂

散后

微雨过，深院芰荷中。香冉冉，绣重重。玉人共倚阑干角，月华犹在小池东。入人怀，吹鬓影，可怜风。　　分散去、轻如云与梦，剩下去、许多风与月，侵枕簟，冷帘栊。副能小睡还惊觉，略成轻醉早醒忪。仗行云，将此恨，到眉峰。

最高楼 （宋词）

蒋 捷

催春

新春景，明媚在何时。宜早不宜迟。软尘巷陌青油幰，重帘深院画罗衣。要些儿，晴日照，暖风吹。　　一片片、雪儿休要下。一点点、雨儿休要洒。才恁地，越愆期。悠悠不趁梅花到，匆匆枉带柳花飞。倩黄莺，将我语，报春归。

最高楼 （宋词）

辛弃疾

送丁怀忠

相思苦，君与我同心。鱼没雁沈沈。是梦他松后追轩冕，是化为鹤后去山林。对西风，直怅望，到如今。　　待不饮、奈何君有恨。待痛饮、奈何吾有病。君起舞，试重斟。苍梧云外湘妃泪，鼻亭山下鹧鸪吟。早归来，流水外，有知音。

最高楼 （宋词）

柳　富

别妓王幼玉

人间最苦，最苦是分离。伊爱我，我怜伊。青草岸头人独立，画船东去橹声迟。楚天低，回望处，两依依。　　后会也知俱有愿，未知何日是佳期。心下事，乱如丝。好天良夜还虚过，辜负我、两心知。愿伊家，衷肠在，一双飞。

最高楼 （金元词）

滕　宾

呈管竹楼左丞

梅花月，吹老角声寒。剑气拂云端。台星才入朝天阙，将星旋出破烟蛮。半年来，勋业事，笑谈间。　　谁更说、元龙楼下卧。谁更说、元规楼上坐。终不似、竹楼宽。有时呼酒摘星斗，有时提笔撼江山。问何如，容此客，倚栏干。

（读画斋丛书本元草堂诗馀卷上）

最高楼 （金元词）

吴景奎

寄谢国芳

西池草，和梦泛晴晖。几度见春归。寒沙盟冷鸥先觉，秋江影落雁初飞。故园荒，征路远，信音稀。　　笑逆旅、光阴忙似瞥。更好染、髭须何用镊。惊夜杵，捣寒衣。桃花流水应无恙，小山丛桂更畴依。早归来，新酒熟，菊成围。

最高楼 （金元词）

薛昂夫

暮春

花信紧，二十四番愁。风雨五更头。侵阶苔藓宜罗袜，逗衣梅润试香篝。绿窗闲，人梦觉，鸟声幽。　按银筝、学弄相思调。写幽情、恨杀知音少。向何处，说风流。一丝杨柳千丝恨，三分春色二分休。落花中，流水里，两悠悠。

（元草堂诗余卷上）

299. 醉春风　　(一体)

正体　又名怨东风，双调六十四字，上下阕各七句，四仄韵、两叠韵

赵德仁

陌上清明近。行人难借问。
⊙●○○▲　○○○●▲

风流何处不归来，闷。闷。闷。
⊙○⊙●●○○；▲　▲　▲

回雁峰前，戏鱼波上，试寻芳信。
⊙●○○；●○⊙●；⊙○○▲

夜永兰膏烬。春睡何曾稳。
⊙●○○▲　⊙⊙○⊙▲

枕边珠泪几时干，恨。恨。恨。
⊙○⊙●●○○；▲　▲　▲

惟有窗前，过来明月，照人方寸。
⊙●○○；●○⊙●；⊙○○▲

醉春风 （宋词）

贺　铸

楼外屏山秀。凭阑新梦后。归云何许误心期，候、候、候。到陇梅花，渡江桃叶，断魂招手。　楚制汗衫旧。啼妆曾枕袖。东阳咏罢不胜情，瘦、瘦、瘦。隋岸伤离，渭城怀远，一枝烟柳。

醉春风 （宋词）

朱敦儒

夜饮西真洞。群仙惊戏弄。素娥传酒袖凌风，送、送、送。吸尽金波，醉朝天阙，門班星拱。　碧简承新宠。紫微恩露重。忽然推枕草堂空。梦、梦、梦。帐冷衾寒，月斜灯暗，画楼钟动。

300. 醉花阴　　（一体）

正体　**双调五十二字，上下阕各五句，三仄韵**

毛　滂

檀板一声莺起速。山影穿疏木。

人在翠阴中，欲觅残春，春在屏风曲。

⊙●●○○；⊙●○○；⊙●○○▲

劝君对客杯须覆。灯照瀛洲绿。

⊙○⊙●○○▲　⊙●○○▲

西去玉堂深，魄冷魂清，独引金莲烛。

⊙●●○○；⊙●○○；⊙●○○▲

（上下阕句式似同。上起平仄可作：⊙○⊙●○○▲，犹如下起。第二句平仄可作：⊙○○⊙▲。）

醉花阴 （宋词）

沈　蔚

和江宣德醉红妆词

微含清露真珠滴。怯晓寒脉脉。秉烛倚雕栏，今日尊前，尽是多情客。　　从来应与春相得。有动人标格。半笑倚春风，醉脸生红，不是胭脂色。

醉花阴 （宋词）

李清照

薄雾浓云愁永昼。瑞脑消金兽。佳节又重阳，玉枕纱厨，半夜凉初透。　　东篱把酒黄昏后。有暗香盈袖。莫道不消魂，帘卷西风，人似黄花瘦。

醉花阴 （宋词）

杨无咎

淋漓尽日黄梅雨。断送春光暮。目断向高楼，持酒停歌，无计留春住。　　扑人飞絮浑无数。总是添愁绪。回首问春风，争得春愁，也解随春去。

醉花阴 （宋词）

赵长卿

建康重九

老去悲秋人转瘦。更异乡重九。人意自凄凉，只有茱萸，岁岁香依旧。　　登高无奈空搔首。落照归鸦后。六代旧江山，满眼兴亡，一洗黄花酒。

醉花阴 （宋词）

无名氏

粉妆一捻和香聚。教露华休妒。今日在尊前，只为情多，脉脉都无语。　　西湖雪过留难住。指广寒归去。去后又明年，人在江南。梦到花开处。

醉花阴 （宋词）

仲　殊

轻红蔓引丝多少。剪青兰叶巧。人向月中归，留下星钿，弹破真珠小。　　等闲不管春知道。多著绣帘围绕。只恐被东风，偷得馀香，分付闲花草。

301. 醉蓬莱　（一体）

正体　**又名雪月交光、冰玉风月，双调九十七字，上阕十一句四仄韵，下阕十二句四仄韵**

柳　永

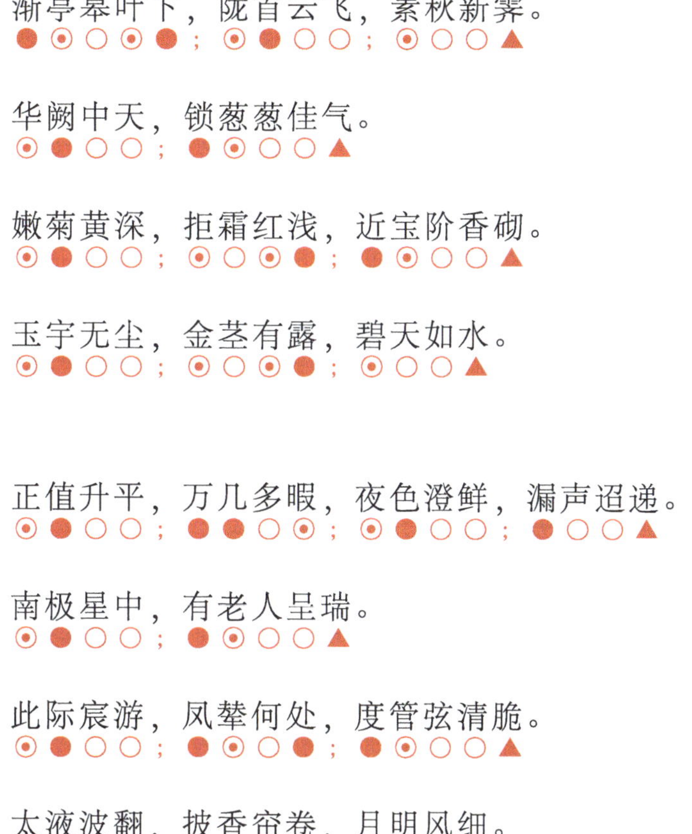

渐亭皋叶下，陇首云飞，素秋新霁。
华阙中天，锁葱葱佳气。
嫩菊黄深，拒霜红浅，近宝阶香砌。
玉宇无尘，金茎有露，碧天如水。
正值升平，万几多暇，夜色澄鲜，漏声迢递。
南极星中，有老人呈瑞。
此际宸游，凤辇何处，度管弦清脆。
太液波翻，披香帘卷，月明风细。

（上阕起句、第五句、第八句，下阕第六句、第九句，例用一字领。去其首字，则为四言诗矣。下起三句可重组为六字两句。下阕第二句平仄可改作：●○●●，第八句平仄可改作：●○◉●。下阕第八句霍安人词多一字，不予校订。）

醉蓬莱 （宋词）

欧阳修

见羞容敛翠，嫩脸匀红，素腰袅娜。红药阑边，恼不教伊过。半掩娇羞，语声低颤，问道有人知么。强整罗裙，偷回波眼，佯行佯坐。　　更问假如，事还成后，乱了云鬟，被娘猜破。我且归家，你而今休呵。更为娘行，有些针线，诮未曾收啰。却待更阑，庭花影下，重来则个。

醉蓬莱 （宋词）

黄庭坚

对朝云叆叇，暮雨霏微，乱峰相倚。巫峡高唐，锁楚宫朱翠。画戟移春，靓妆迎马，向一川都会。万里投荒，一身吊影，成何欢意。　　尽道黔南，去天尺五，望极神州，万里烟水。尊酒公堂，有中朝佳士。荔颊红深，麝脐香满，醉舞裀歌袂。杜宇声声，催人到晓，不如归是。

醉蓬莱 （宋词）

晁端礼

向重门深闭，永夜孤眠，梦魂飞过。梦里分明，共玉人双卧。粉淡香浓，翠深红浅，是那回梳裹。楚雨难成，巫云易散，依前惊破。　　无绪无聊，向谁分诉，独语独言，自家摧挫。梦也多磨，更那堪真个。暗数残更，半欹孤枕，对夜深灯火。怨泪频弹，愁肠屡断，伊还知么。

醉蓬莱 （宋词）

秦　观

见扬州独有，天下无双，号为琼树。占断天风，岁花开两次。九朵一苞，攒成环玉，心似珠玑缀。瓣瓣玲珑，枝枝洁净，世上无花类。　　冷露朝凝，香风远送，信是琼瑶贵。料得天宫有，此地久难留住。翰苑才人，贵家公子，都要看花去。莫吝金钱，好寻诗伴，日日花前醉。

醉蓬莱 （宋词）

叶梦得

辛丑寓楚州，上巳日有怀许下西湖，作此词寄曾存之、王仲弓、韩公表

问东风何事，断送残红，便拚归去。牢落征途，笑行人羁旅。一曲阳关，断云残霭，做渭城朝雨。欲寄离愁，绿阴千啭，黄鹂空语。　　遥想湖边，浪摇空翠，弦管风高，乱花飞絮。曲水流觞，有山公行处。翠袖朱阑，故人应也，弄画船烟浦。会写相思，尊前为我，重翻新句。

醉蓬莱 （宋词）

李曾伯

丁酉春题江州琵琶亭，时自兵间还幕，有焚舟之惊。

倚栏干一笑，旧日琵琶，何处寻觅。独立东风，吹未醒狂客。沙外青归，柳边黄浅，依旧自春色。极目长淮，晴烟一抹，不堪重忆。　　老子平生，萍流蓬转，昔去今来，鸥鹭都识。拍拍轻舟，烟浪暗天北。自有乾坤，江山如此，多少等陈迹。世事从来，付之杯酒，青衫休湿。

醉蓬莱 （宋词）

王沂孙

归故山

扫西风门径，黄叶凋零，白云萧散。柳换枯阴，赋归来何晚。爽气霏霏，翠蛾眉妩，聊慰登临眼。故国如尘，故人如梦，登高还懒。　　数点寒英，为谁零落，楚魄难招，暮寒堪揽。步屟荒篱，谁念幽芳远。一室秋灯，一庭秋雨，更一声秋雁。试引芳樽，不知消得，和多依黯。

302. 醉太平　（三体）

正体　又名凌波曲、醉思凡、四字令，双调三十八字，上下阕各四句四平韵

刘　过

情高意真。眉长鬓青。
○○●△　○○●△

小楼明月调筝。写春风数声。
⊙○⊙●○△　●○○●△

思君忆君。魂牵梦萦。
⊙○●△　⊙○●△

翠绡香暖银屏。更那堪酒醒。
⊙○⊙●○△　●⊙○●△

（两结例用一字领。周密别首起句第二字用仄声。）

变体一 **又名凌波曲、醉思凡、四字令，双调四十六字，上下阕各四句四仄韵**

辛弃疾

态浓意远。眉颦笑浅。
⊙○●▲　○○●▲

薄罗衣窄絮风软。鬓云欺翠卷。
●○⊙●●○▲　●○○●▲

南园花树春光暖。红香径里榆钱满。
○○○●○○▲　○○●●○⊙▲

欲上秋千又惊懒。且归休怕晚。
●●○○●○▲　●○○●▲

（无名氏别首下阕第一、第四句平仄有变，且第三句不用仄韵，此句平仄改为：●●○○●●○，不予校订。）

变体二 **又名凌波曲、醉思凡、四字令，双调四十六字，上阕四句四平韵，下阕四句两叶韵、两平韵**

无名氏

钗分凤凰。被剩鸳鸯。
○○●△　●●○△

锦笺遗恨爱花香。写新愁半张。
⊙○⊙●●○△　●○○●△

晚妆楼阁空凝望。旧游台榭添惆怅。
⊙○⊙●○○▼　⊙○⊙●⊙○▲

落花庭院又昏黄。正离人断肠。
●○⊙●●○△　●○○●△

醉太平　（宋词）

戴复古

长亭短亭。春风酒醒。无端惹起离情。有黄鹂数声。
芙蓉绣茵。江山画屏。梦中昨夜分明。悔先行一程。

醉太平　（宋词）

徐梦龙

冰肌玉容。情真意浓。小楼几度春风。醉琉璃酒钟。
关山万重。何时又逢。思量雨迹云踪。似襄王梦中。

醉太平　（金元词）

韩　奕

荼蘼送香。枇杷映黄。园池偷换春光。正人间昼长。
鸠鸣在桑。莺啼近窗。行人远去他乡。正离愁断肠。

非常用词谱（一）

1. 欸乃词　　（一体）

单调二十七字，五句二平韵

蒲寿宬

赠渔父刘四

白头翁，白头翁，江海为田鱼作粮。
●○○；●○○；○●○○○●△

相逢只可唤刘四，不受人呼刘四郎。
○○●●●○●；●●○○○●△

2. 爱月夜眠迟　（一体）

双调一百四字，上下阕各十句，四平韵

无名氏

见《高丽史·乐志》

禁鼓初敲，觉六街夜悄，车马人稀。
●●○○；●●○●●，○●○△

幕天澄淡，云收雾卷，亭亭皎月如珪。
●○○●；○○●●；○○●●○△

冰轮碾出遥空，照临千里无私。
○○●●○○；●○○●○△

最堪怜、有情风，送得丹桂香微。
●○○、●○○；●●○●○△

唯愿素魄长圆，把流霞对饮，满泛觥卮。
○●●●○○；●○○●●；●●○△

醉凭阑处，赏玩不忍，辜负好景良时。
●○○●；●●●●；○●●●○△

清歌妙舞连宵，踟蹰懒入罗帏。
○○●●○○；○○●●○△

任佳人、尽嗔我，爱月每夜眠迟。
●○○、●○●；●●●●○△

3. 安平乐　　(一体)

双调五十八字，上阕六句三平韵，下阕五句四平韵

无名氏

开琼筵，庆佳辰。彩帘当中月华明。
○○●；●○△　●○○○●○△

笙歌乐、如梦幻，望丹山彩凤，飞舞邃庭。
○○●、○●●；●○○●●；○●●△

遐艳异、寿杯同斟。抃舞讴歌浃欢声。
○●●、●○○△　●●○○●○△

方今永永太平。更衍多男，共集锦昌寿恩。
○○●●●△　●●○○；●●●○●△

4. 安平乐慢　　（二体）

（一）双调一百三字，上阕十一句五平韵，下阕九句四平韵

万俟咏

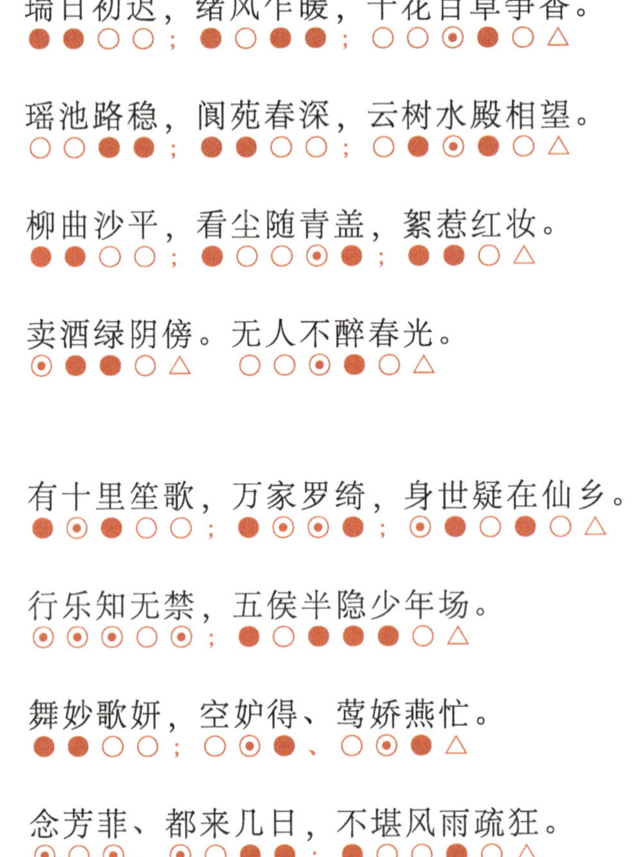
瑞日初迟，绪风乍暖，千花百草争香。
瑶池路稳，阆苑春深，云树水殿相望。
柳曲沙平，看尘随青盖，絮惹红妆。
卖酒绿阴傍。无人不醉春光。

有十里笙歌，万家罗绮，身世疑在仙乡。
行乐知无禁，五侯半隐少年场。
舞妙歌妍，空妒得、莺娇燕忙。
念芳菲、都来几日，不堪风雨疏狂。

（上阕第八句及下起例用一字领。下阕第五句可读作三、四。）

（二）双调一百四字，上阕十一句五平韵，下阕十句四平韵

刘　弇

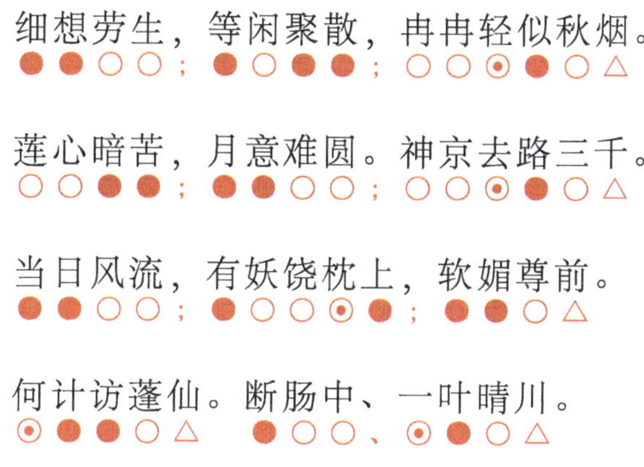

细想劳生，等闲聚散，冉冉轻似秋烟。
● ● ○ ○ ； ● ○ ● ● ； ○ ○ ⊙ ● ○ △

莲心暗苦，月意难圆。神京去路三千。
○ ○ ● ● ； ● ● ○ ○ ； ○ ○ ⊙ ● ○ △

当日风流，有妖饶枕上，软媚尊前。
● ● ○ ○ ； ● ○ ○ ⊙ ● ； ● ● ○ △

何计访蓬仙。断肠中、一叶晴川。
⊙ ● ● ○ △ ● ○ ○ 、 ⊙ ● ○ △

至而今追思，往事奈向，梦也难到奴边。
● ⊙ ○ ○ ○ ； ● ⊙ ⊙ ● ； ⊙ ● ○ ● ○ △

自恨不如兰，灯通宵、尚照伊眠。
⊙ ⊙ ⊙ ○ ⊙ ； ⊙ ○ ○ 、 ⊙ ● ○ △

恰道无缘，被人劝、休莫瞒天。
● ● ○ ○ ； ● ⊙ ● 、 ○ ⊙ ⊙ △

多应是、前生负你，今世使我偿填。
⊙ ○ ⊙ 、 ⊙ ○ ● ● ； ○ ⊙ ⊙ ● ○ △

（较 1，上结多一字读作三、四，个别平仄有异。）

5. 暗香疏影　　（一体）

双调一百五字，上阕九句五仄韵，下阕九句四仄韵

张　肎

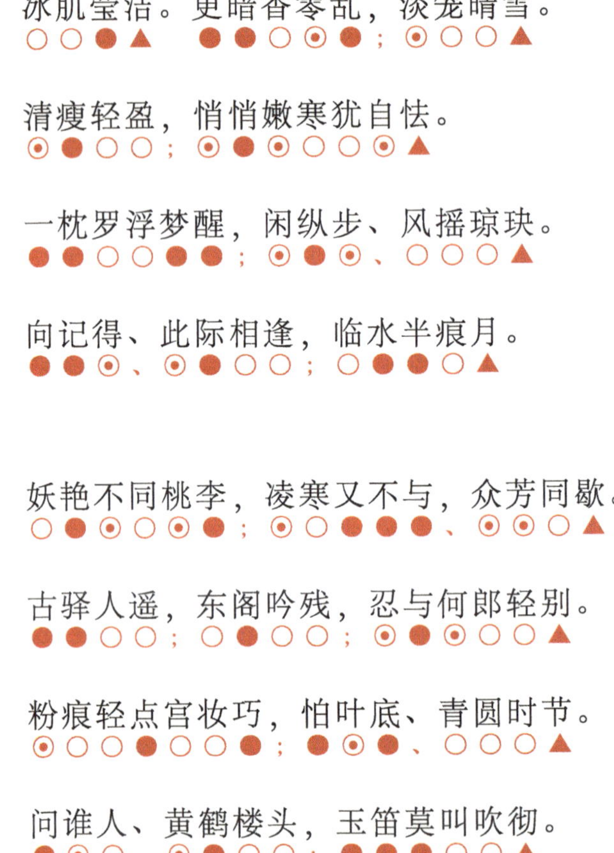

冰肌莹洁。更暗香零乱，淡笼晴雪。
清瘦轻盈，悄悄嫩寒犹自怯。
一枕罗浮梦醒，闲纵步、风摇琼玦。
向记得、此际相逢，临水半痕月。

妖艳不同桃李，凌寒又不与，众芳同歇。
古驿人遥，东阁吟残，忍与何郎轻别。
粉痕轻点宫妆巧，怕叶底、青圆时节。
问谁人、黄鹤楼头，玉笛莫叫吹彻。

6. 八宝装　　（一体）

双调五十二字，上下阕各五句，三仄韵

张　先

锦屏罗幌初睡起。花阴转、重门闭。
●○○●○●▲　○○●、○○▲

正不寒不暖，和风细雨，困人天气。
●●○●●；○○●●；●○○▲

此时无限伤春意。凭谁诉、厌厌地。
●○○●○○▲　○○●、●●▲

这浅情薄幸，千山万水，也须来里。
●●○●●；○○●●；●○○▲

7. 八犯玉交枝　（一体）

双调一百十字，上阕十句四仄韵，下阕九句五仄韵

李　甲

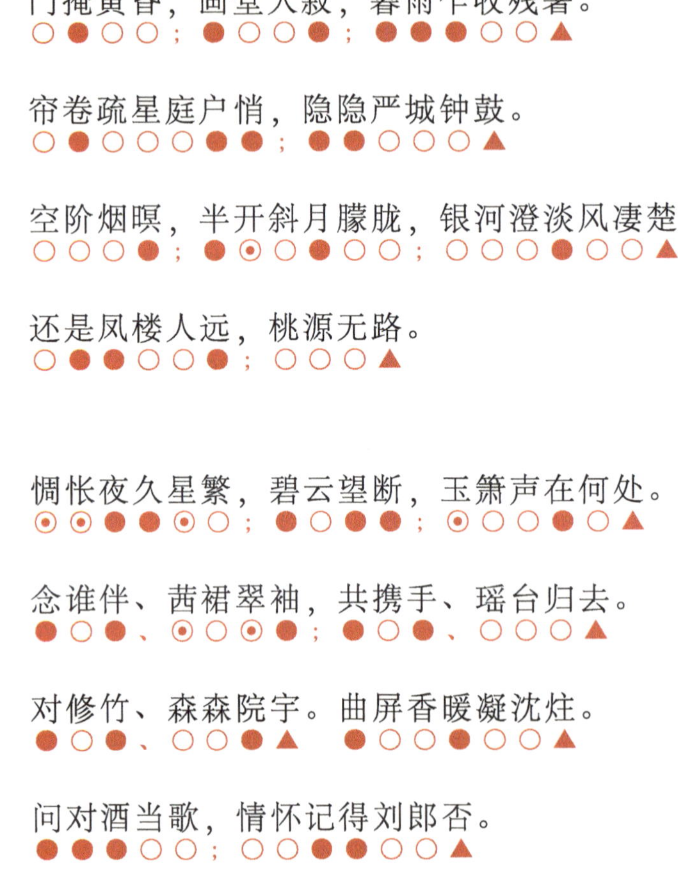

门掩黄昏，画堂人寂，暮雨乍收残暑。
○●○○；●○○●；●●●○○▲

帘卷疏星庭户悄，隐隐严城钟鼓。
○●○○○●●；●●○○○▲

空阶烟暝，半开斜月朦胧，银河澄淡风凄楚。
○○○●；●⊙○●○○；○○○●○○▲

还是凤楼人远，桃源无路。
○●●○○●；○○○▲

惆怅夜久星繁，碧云望断，玉箫声在何处。
⊙⊙●●⊙○；●○●●；⊙○○●○▲

念谁伴、茜裙翠袖，共携手、瑶台归去。
●○●、⊙○⊙●；●○●、○○○▲

对修竹、森森院宇。曲屏香暖凝沈炷。
●○●、○○●▲　●○○●○○▲

问对酒当歌，情怀记得刘郎否。
●●●○○；○○●●○○▲

（上阕第六句及下阕第二、第四句可用韵。）

8. 八归　（一体）

双调一百十五字，上阕十句四仄韵，下阕十一句四仄韵

姜　夔

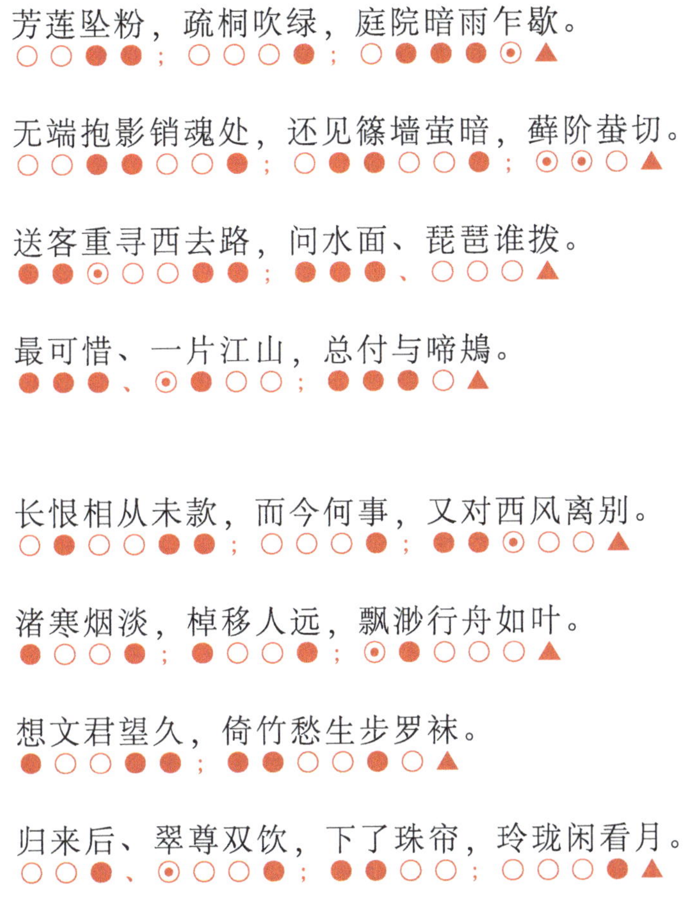

芳莲坠粉，疏桐吹绿，庭院暗雨乍歇。

无端抱影销魂处，还见篠墙萤暗，藓阶蛩切。

送客重寻西去路，问水面、琵琶谁拨。

最可惜、一片江山，总付与啼鴂。

长恨相从未款，而今何事，又对西风离别。

渚寒烟淡，棹移人远，飘渺行舟如叶。

想文君望久，倚竹愁生步罗袜。

归来后、翠尊双饮，下了珠帘，玲珑闲看月。

（高观国词改平韵，不予校订。）

八归 （宋词）

史达祖

秋江带雨，寒沙萦水，人瞰画阁愁独。烟蓑散响惊诗思，还被乱鸥飞去，秀句难续。冷眼尽归图画上，认隔岸、微茫云屋。想半属、渔市樵村，欲暮竞然竹。　　须信风流未老，凭□持酒，慰此凄凉心目。一鞭南陌，几篙官渡，赖有歌眉舒绿。只匆匆眺远，早觉闲愁挂乔木。应难奈、故人天际，望彻淮山，相思无雁足。

八归 （宋词）

高观国

重阳前二日怀梅溪

楚峰翠冷，吴波烟远，吹袂万里西风。关河迥隔新愁外，遥怜倦客音尘，未见征鸿。雨帽风巾归梦杳，想吟思、吹入飞蓬。料恨满、幽苑离宫。正愁黯文通。　　秋浓新霜初试，重阳催近，醉红偷染江枫。瘦筇相伴，旧游回首，吹帽知与谁同。想萸囊酒琖，暂时冷落菊花丛。两凝伫、壮怀立尽，□□□□，微云斜照中。

八归 （金元词）

邵亨贞

秋夜咏怀寄钱南金

清蟾半露，惊乌三匝，城上漏水乍滴。微淳已透潇湘簟，还见小帘摇砌、澹镫垂壁。夜色迢迢人睡去，正想到、山阳吹笛。做弄得、客里文园，病后更无力。　　还是秋期过了，鸣蛩窗户，又对新诗相忆。片云天外，数峰江上，几误湘灵瑶瑟。叹流光过眼，宋玉多情共今夕。沧浪兴、扁舟容与，醉帽飘萧，亭皋清望极。

9. 八节长欢　　(一体)

双调九十八字，上阕九句五平韵，下阕八句五平韵

毛　滂

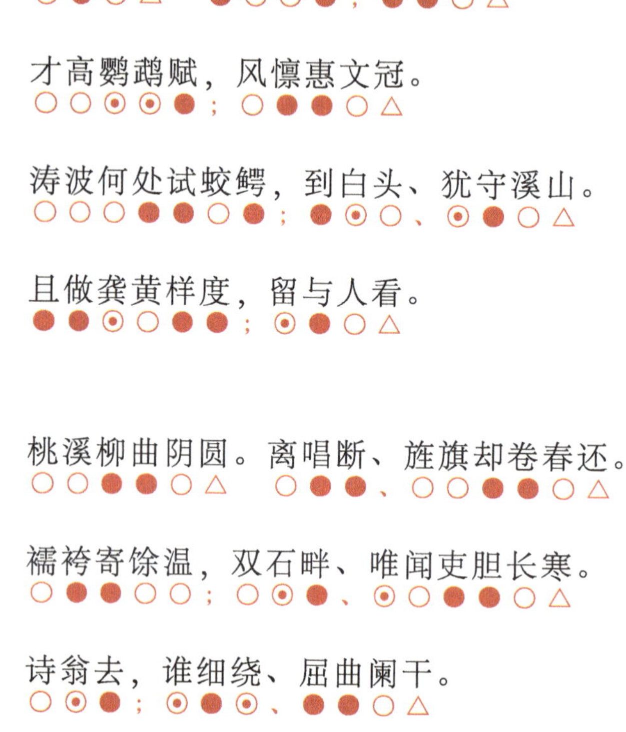

名满人间。记黄金殿，旧赐清闲。

才高鹦鹉赋，风懔惠文冠。

涛波何处试蛟鳄，到白头、犹守溪山。

且做龚黄样度，留与人看。

桃溪柳曲阴圆。离唱断、旌旗却卷春还。

襦袴寄馀温，双石畔、唯闻吏胆长寒。

诗翁去，谁细绕、屈曲阑干。

从今后、南来幽梦，应随月度云端。

10. 八音谐　　（一体）

双调一百字，上下阕各九句，四仄韵

曹　勋

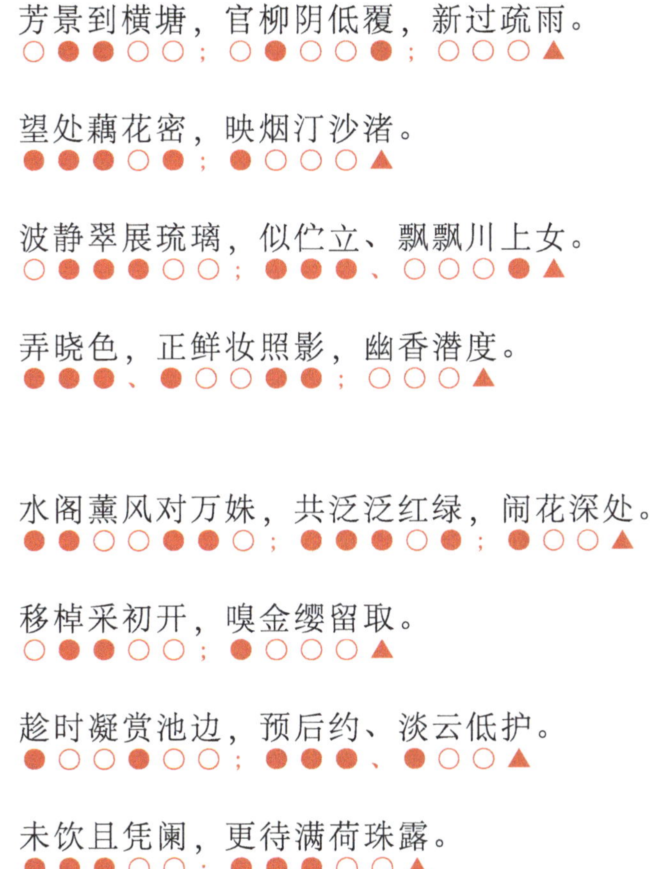

芳景到横塘，官柳阴低覆，新过疏雨。
○●●○○；○●○○●；○○○▲

望处藕花密，映烟汀沙渚。
●●●○●；●○○○▲

波静翠展琉璃，似伫立、飘飘川上女。
○●●●○○；●●●、○○○●▲

弄晓色，正鲜妆照影，幽香潜度。
●●●、●○○●●；○○○▲

水阁薰风对万姝，共泛泛红绿，闹花深处。
●●○○●●○；●●●○●；●○○▲

移棹采初开，嗅金缨留取。
○●●○○；●○○○▲

趁时凝赏池边，预后约、淡云低护。
●○○●○○；●●●、●○○▲

未饮且凭阑，更待满荷珠露。
●●●○○；●●●○○▲

11. 芭蕉雨　　(一体)

双调六十五字，上阕五句四仄韵，下阕六句四仄韵

程　垓

雨过凉生藕叶。晚庭消尽暑、浑无热。
●●○○●▲　●○○●●、○○▲

枕簟不胜香滑。争奈宝帐情生，金尊意惬。
●●●○○▲　●●●●○○；○○●▲

玉人何处梦蝶。思一见冰雪。须写个帖儿、丁宁说。
●○○●●▲　○●●○▲　○●●●○、○○▲

试问道、肯来么，今夜小院无人，重楼有月。
●●●、●○○；○●●●○○；○○●▲

12. 白雪　　（一体）

双调九十五字，上阕九句五平韵，下阕八句四平韵

杨无咎

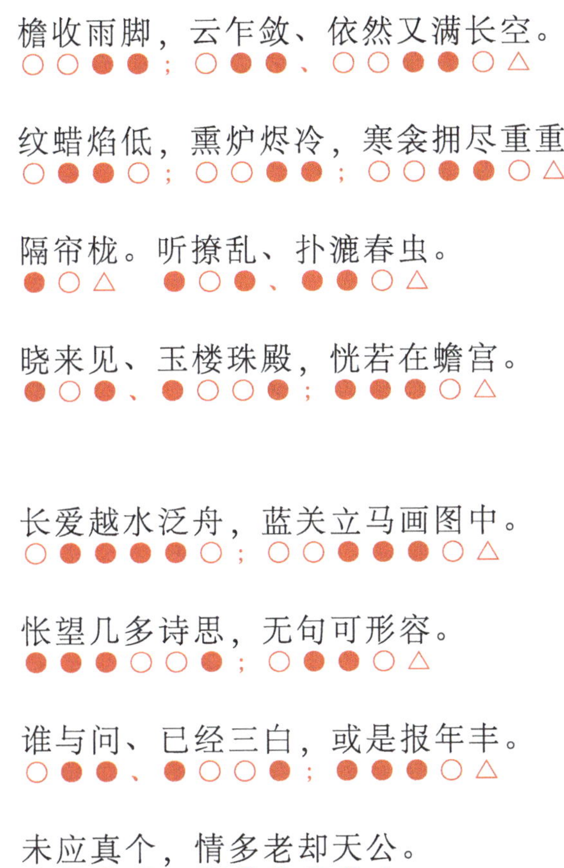

檐收雨脚，云乍敛、依然又满长空。
○○●●；○●●、○○●●○△

纹蜡焰低，熏炉烬冷，寒衾拥尽重重。
○●●○；○○●●；○○●●○△

隔帘栊。听撩乱、扑漉春虫。
●○△　●○●、●●○△

晓来见、玉楼珠殿，恍若在蟾宫。
●○●、●○○●；●●●○△

长爱越水泛舟，蓝关立马画图中。
○●●●●○；○○●●●○△

怅望几多诗思，无句可形容。
●●●○○●；○●●○△

谁与问、已经三白，或是报年丰。
○●●、●○○●；●●●○△

未应真个，情多老却天公。
●○○●；○○●●○△

13. 白苎　　(一体)

双调一百二十五字，上阕十二句七仄韵，下阕十四句六仄韵

柳　永

绣帘垂，画堂悄，寒风淅沥。
●○○；●○●；○○●▲

遥天万里，黯淡同云幂幂。
○○●●；●●○○●▲

渐纷纷、六花零乱散空碧。姑射。
●○○、●○○●●○▲　○▲

宴瑶池，把碎玉零珠抛掷。林峦望中，高下琼瑶一白。
●○○；●●●○○○▲　○○⊙⊙；○●○○●▲

严子陵、钓台归路迷踪迹。
○●○、●○○●○○▲

追惜。燕然画角，宝钥珊瑚，是时丞相，虚作银城换得。
⊙▲　○○●●；●●○○；●○○●；○●○○●▲

当此际、偏宜访袁安宅。
⊙●●、○○●○○▲

醺醺醉了，任金钗舞困，玉壶频侧。
○○●●；●○○●●；●○○▲

又是东君，暗遣花神，先报南国。
●●○○；●●○○；○●○▲

昨夜江梅，漏泄春消息。
●●○○；●●○○▲

白苎 （宋词）

史　浩

次韵真书记梅花

腊天寒，晓风劲，幽香频吐。精神绰约，谁羡姑射居处。向江南、探春独步恨无侣。微语。又谁管，有雪势霜威埋妒。且图少陵，东阁作诗刻苦。更拟烦，玉纤轻拗宁相许。　惜取。栏干遍倚，月淡黄昏，水边清浅，不放红尘染污。似名手、丹青罢施缃素。不随艳卉，媚韶光一瞬，飘荡无据。只恐金门，宝鼎方调，时时来觑。便把枝头，豆颗朝天去。

白苎 （宋词）

蒋　捷

正春晴，又春冷，云低欲落。琼苞未剖，早是东风作恶。旋安排、一双银蒜镇罗幕。幽壑。水生漪皱嫩绿，潜鳞初跃。愔愔门巷，桃树红才约略。知甚时，霁华烘破青青萼。　忆昨。听莺柳畔，引蝶花边，近来重见，身学垂杨瘦削。问小翠、眉山为谁攒却。斜阳院宇，任蛛丝罥遍，玉筝弦索。户外惟闻，放剪刀声，深在妆阁。料想裁缝，白苎春衫薄。

14. 百宝装　　(二体)

(一) 双调一百零八字，上阕十二句四平韵，下阕九句四平韵

无名氏

一抹弦器，初宴画堂，琵琶人把当头。
⊙●○⊙；○⊙●○；○○○●○△

髻云腰素，仍占绝风流。
●○○●；○●●○△

轻拢慢捻，生情艳态，翠眉黛颦，无愁谩似愁。
○○●●；○○●●；●○●○；○○●●△

变新声曲，自成获索，共听一奏梁州。
●○○●；●○●●；●○●●○△

弹到遍急敲颖，分明似语，争知指面纤柔。
○●●●○○；○○●●；○○●●○△

坐中无语，惟断续金虬。
●○○●；○●●○△

曲终暗会王孙意，转步莲、徐徐卸凤钩。
●○●●○○●；●●○、○○●●△

捧瑶觞、为喜知音，劝佳人、沉醉迟留。
●○○、●⊙○⊙；●○○、○●○△

（二）双调一百零四字，上阕十句四平韵，下阕九句四平韵

晁端礼

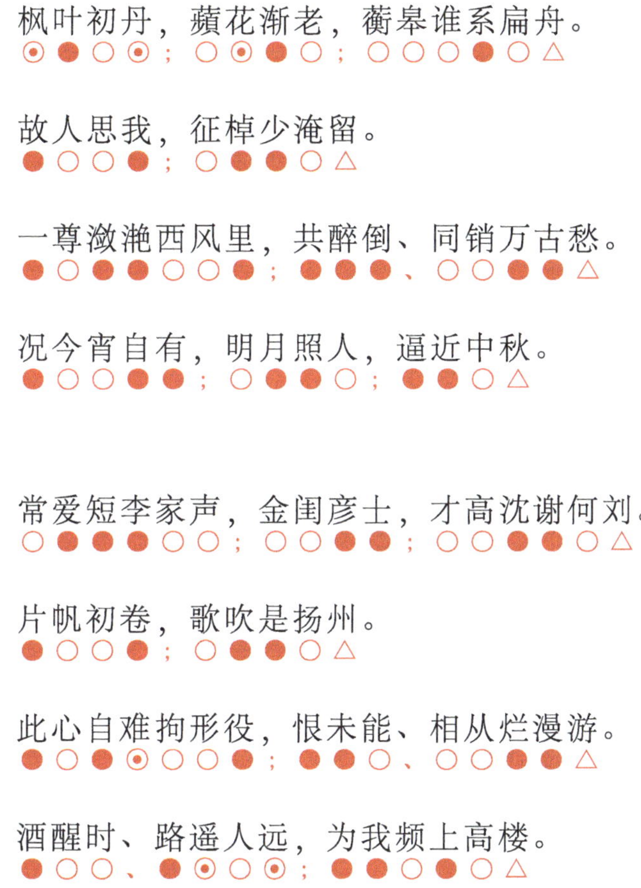

枫叶初丹，蘋花渐老，蘅皋谁系扁舟。

故人思我，征棹少淹留。

一尊潋滟西风里，共醉倒、同销万古愁。

况今宵自有，明月照人，逼近中秋。

常爱短李家声，金闺彦士，才高沈谢何刘。

片帆初卷，歌吹是扬州。

此心自难拘形役，恨未能、相从烂漫游。

酒醒时、路遥人远，为我频上高楼。

15. 百媚娘　　(一体)

双调七十四字，上下阕各六句，五仄韵

张　先

珠阙五云仙子。未省有谁能似。
○●●○○▲　●●●○○▲

百媚算应天乞与，净饰艳妆俱美。
●●●○○●●；●●●○○▲

取次芳华皆可意。何处比桃李。
●●○○○●▲　○●●○▲

蜀被锦纹铺水。不放彩鸳双戏。
●●●○○▲　●●●○○▲

乐事也知存后会，争奈眼前心里。
●●●○○●●；○●●○○▲

绿皱小池红叠砌。花外东风起。
●●●○○●▲　○●○○▲

16. 百宜娇　　（一体）

双调一百五字，上阕十句四仄韵，下阕十句五仄韵

吕渭老

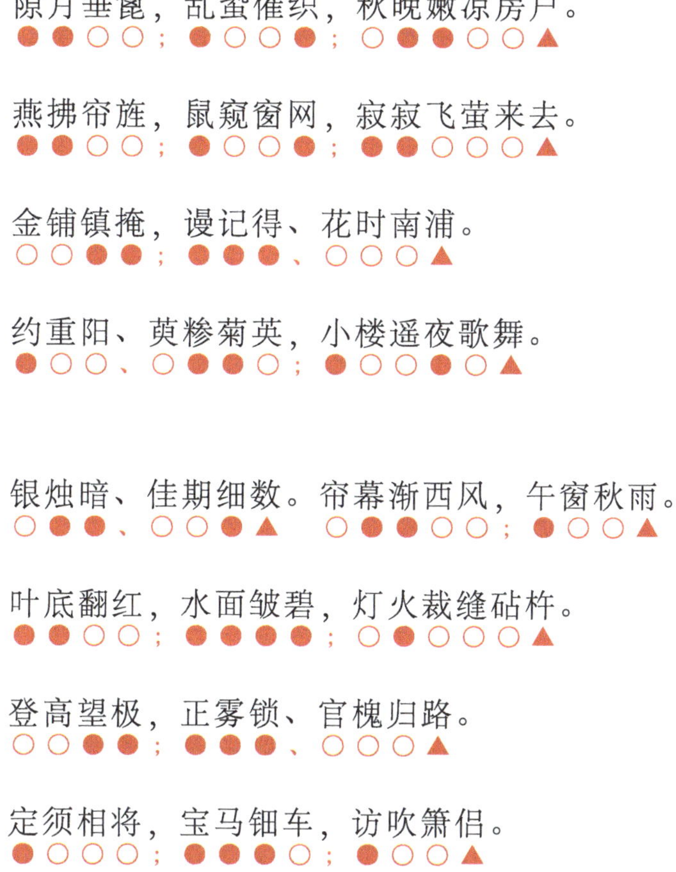

隙月垂篦，乱蛩催织，秋晚嫩凉房户。
燕拂帘旌，鼠窥窗网，寂寂飞萤来去。
金铺镇掩，谩记得、花时南浦。
约重阳、萸糁菊英，小楼遥夜歌舞。
银烛暗、佳期细数。帘幕渐西风，午窗秋雨。
叶底翻红，水面皱碧，灯火裁缝砧杵。
登高望极，正雾锁、官槐归路。
定须相将，宝马钿车，访吹箫侣。

17. 保寿乐　　（一体）

双调九十四字，上阕十句四仄韵，下阕九句五仄韵

曹　勋

和气暖回元日，四海充庭琛贡至。
○●●○○●；●●○○○●▲

仗卫俨东朝，郁郁葱葱，响传环佩。
●●●○○；●●○○；●○○▲

凤历无穷，庆慈闱上寿，皇情与天俱喜。
●●○○；●○○●●；○○●○○▲

念永锡难老，在昔难比。
●●●○●；●●○▲

六宫嫔嫱罗绮。奉圣德、坤宁俱备。
●○○○○▲　●●●、○○○▲

箫韶动钧奏，花似锦，广筵启。
○○●○●；○●●；●○▲

同祝宴赏处，从教月明风细。
○●●●●；○○●○○▲

亿载享温清，长生久视。
●●●○●；○○●▲

18. 被花恼　　（一体）

双调九十七字，上下阕各九句，四仄韵

杨　缵

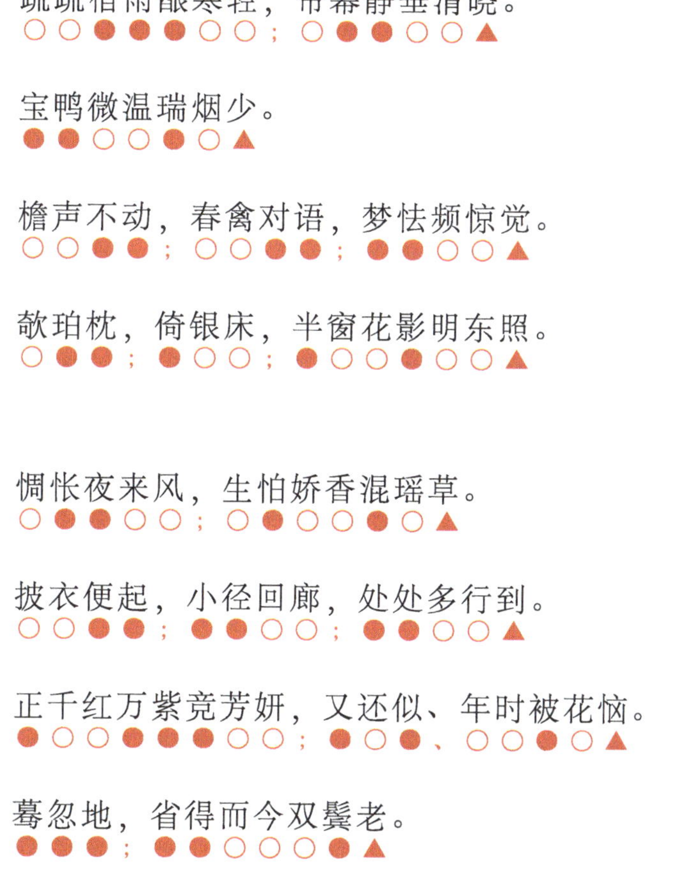

疏疏宿雨酿寒轻，帘幕静垂清晓。

宝鸭微温瑞烟少。

檐声不动，春禽对语，梦怯频惊觉。

欹珀枕，倚银床，半窗花影明东照。

惆怅夜来风，生怕娇香混瑶草。

披衣便起，小径回廊，处处多行到。

正千红万紫竞芳妍，又还似、年时被花恼。

蓦忽地，省得而今双鬓老。

19. 遍地花　　（一体）

双调五十六字，上阕四句三仄韵，下阕四句两仄韵

毛　滂

白玉阑边自凝伫。满枝头、彩云雕雾。
●●○○●○▲　●○○、●○○▲

甚芳菲、绣得成团，砌合出、韶华好处。
●○○、●●○○；●●●、○○●▲

暖风前、一笑盈盈，吐檀心、向谁分付。
●○○、●●○○；●○○、●○○▲

莫与他、西子精神，不枉了、东君雨露。
●●○、○●○○；●●●、○○●▲

（七言八句仄韵诗也。除起句外，皆作三、四句读。无名氏词少三字，不予校订。）

20. 别仙子　　（一体）

双调七十九字，上下阕各十一句、四仄韵

敦煌曲子词

此时模样，算来是，秋天月。
●○○●；●○●；○○▲

无一事，堪惆怅，须圆阙。
●○○；○○●；○○▲

穿窗牖，人寂静，满面蟾光如雪。
○○●；○●●；●●○○○▲

照泪痕何似，两眉双结。
●●○○●；●○○▲

晓楼钟动，执纤手，看看别。
●○○●；●○●；○○▲

移银烛，偎身泣，声哽噎。
○○●；○○●；○●▲

家私事，频付嘱，上马临行说。
○○●；○●●；●●○○▲

长思忆，莫负少年时节。
○○●；●●●○○▲

21. 别怨　　(一体)

双调六十三字，上阕五句四平韵，下阕六句三平韵

赵长卿

娇马频嘶。晓霜浓、寒色侵衣。
○●○△　●○○、○●○△

风帷私语处，翻成离怨不胜悲。
●○○●●；○○●●●○△

更与叮咛祝后期。
●●○○●●△

素约谐心事，重来了、比看相思。
●●○○●；○○●、●●○△

如何见得，明年春事浓时。
○○●●；○○○●○△

稳乘金腰裹，来烂醉、玉东西。
●○○○●；○●●、●○△

22. 鬓边华　　（一体）

双调五十四字，上阕四句三仄韵，下阕四句两仄韵

无名氏

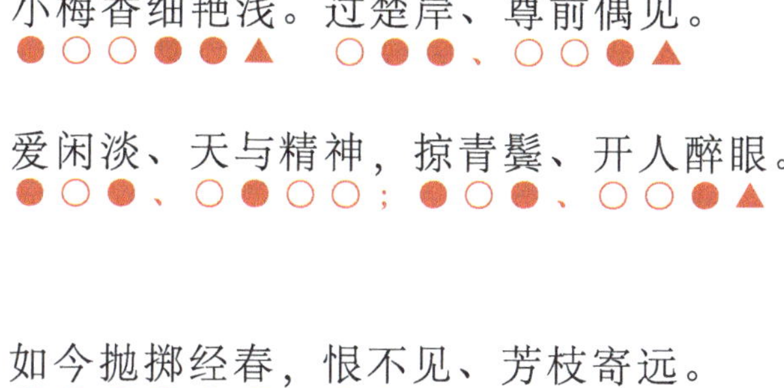

小梅香细艳浅。过楚岸、尊前偶见。
●○○●●▲　○●●、○○●▲

爱闲淡、天与精神，掠青鬓、开人醉眼。
●○●、○●○○；●○●、○○●▲

如今抛掷经春，恨不见、芳枝寄远。
○○○●○○；●●●、○○●▲

向心上、谁解相思，赖长对、妆楼粉面。
●○●、○●○○；●○●、○○●▲

（似由《遍地花》翻得。唯两起少一字且个别平仄有异。）

23. 并蒂芙蓉　（一体）

双调九十八字，上下阕各九句，五仄韵

晁端礼

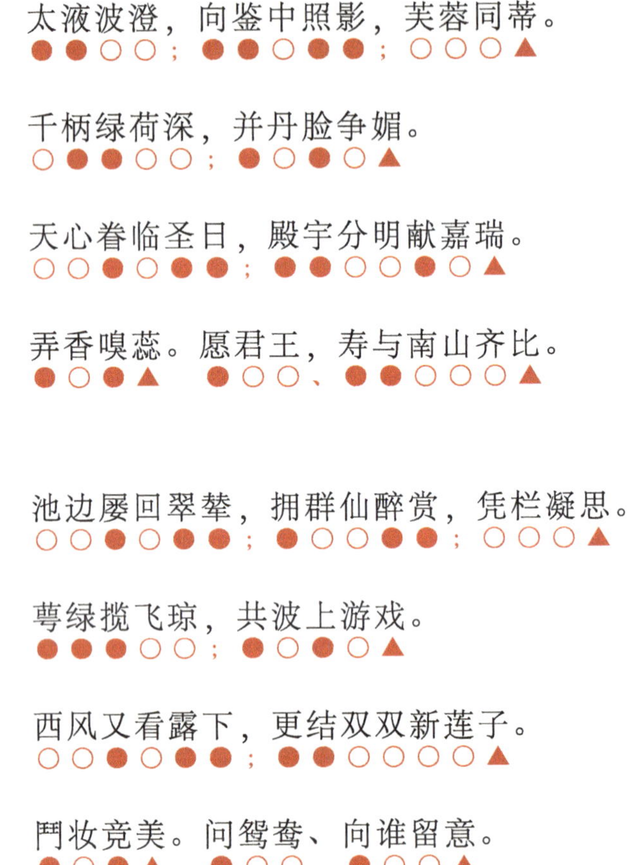
太液波澄，向鉴中照影，芙蓉同蒂。
●●○○；●●○●●；○○○▲

千柄绿荷深，并丹脸争媚。
○●●○○；●○●○▲

天心眷临圣日，殿宇分明献嘉瑞。
○○●○●●；●●○○●○▲

弄香嗅蕊。愿君王，寿与南山齐比。
●○●▲　●○○、●●○○○▲

池边屡回翠辇，拥群仙醉赏，凭栏凝思。
○○●○●●；●○○●●；○○○▲

萼绿揽飞琼，共波上游戏。
●●●○○；●○●○▲

西风又看露下，更结双双新莲子。
○○●○●●；●●○○○○▲

鬥妆竞美。问鸳鸯、向谁留意。
●○●▲　●○○、●○○▲

24. 拨棹子　（二体）

（一）双调六十一字，上阕五句五仄韵，下阕四句四仄韵

尹　鹗

风切切。深秋月。十朵芙蓉繁艳歇。

凭小槛、细腰无力。空赢得、目断魂飞何处说。

寸心恰似丁香结。看看瘦尽胸前雪。

偏挂恨、少年抛掷。羞觑见、绣被堆红闲不彻。

（无名氏词字数、句读差异多，不予校订。）

（二）双调六十一字，上阕六句两叶韵、两叠韵、一仄韵，下阕六句五仄韵

黄庭坚

归去来。归去来。携手旧山归去来。
○●▽　○●▽　○●●○○●▽

有人共、月对尊罍。横一琴甚处，逍遥不自在。
●○●、●●○▽　○●○●●；○○●●▲

闲世界。无利害。何必向、世间甘幻爱。
○●▲　○●▲　○●●、●○○●▲

与君钓、晚烟寒濑。蒸白鱼稻饭，溪童供笋菜。
●○●、●○○▲　○●○●●；○○●●▲

25. 薄媚摘遍　　（一体）

双调九十二字，上阕十一句三仄韵、一叶韵，下阕十句四仄韵、一叶韵

赵以夫

桂香消，梧影瘦，黄菊迷深院。
●○○；○●●；○●○○▲

倚西风，看落日，长江东去如练。
●○○；○●●；○○○●○▲

先生底事，有赋飘然，刚道为田园。
○○●●；●●○○；○●●○▽

独醒何为，持杯自劝未能免。
●●○○；○○●●●○▲

休把茱萸吟玩。但管年年健。
○●○○○▲　●●○○▲

千古事，几凭阑，吾生九十强半。
○●●；●○○；○○●●○▲

欢娱终日，富贵何时，一笑醉乡宽。
○○○●；●●○○；●●●○▽

倒载归来，回廊月又满。
●●○○；○○●●▲

（似摘自《薄媚》入破第一。）

26. 薄命女　　（一体）

双调三十九字，上阕三句三仄韵，下阕四句三仄韵

冯延巳

春日宴。绿酒一杯歌一遍。
○●▲　⊙●⊙○○●▲

再拜陈三愿。
⊙●○○▲

一愿郎君千岁，二愿妾身常健。三愿如同梁上燕。
●⊙○○⊙●；⊙●⊙○⊙▲　⊙●⊙○○●▲

岁岁长相见。
⊙●○○▲

27. 卜算子慢　　（一体）

双调八十九字，上阕八句四仄韵，下阕八句五仄韵

钟　辐

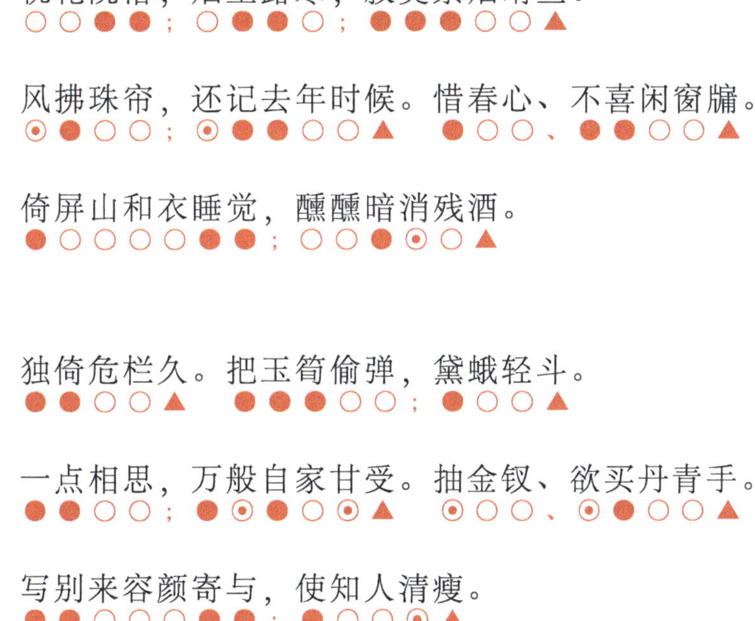

桃花院落，烟重露寒，寂寞禁烟晴昼。
风拂珠帘，还记去年时候。惜春心、不喜闲窗牖。
倚屏山和衣睡觉，醺醺暗消残酒。

独倚危栏久。把玉筲偷弹，黛蛾轻斗。
一点相思，万般自家甘受。抽金钗、欲买丹青手。
写别来容颜寄与，使知人清瘦。

（上下阕第七句例用一字领。上下阕第七句第二至第五字平仄可有变化。）

卜算子慢 （宋词）

柳　永

江枫渐老，汀蕙半凋，满目败红衰翠。楚客登临，正是暮秋天气。引疏砧、断续残阳里。对晚景、伤怀念远，新愁旧恨相继。　　脉脉人千里。念两处风情，万重烟水。雨歇天高，望断翠峰十二。尽无言、谁会凭高意。纵写得、离肠万种，奈归云谁寄。

卜算子慢 （宋词）

朱敦儒

凭高望远，云断路迷，山簇暮寒凄紧。兰菊如斯，燕子怎知秋尽。想闺中锦换新翻晕。自解佩匆匆散后，鸳鸯到今难问。　　只得愁成病。是悔上瑶台，误留金枕。不忍相忘，万里再寻音信。奈飘风、不许蓬莱近。又一番涷雨凄凉，送归鸿成阵。

卜算子慢 （宋词）

张　先

溪山别意，烟树去程，日落采蘋春晚。欲上征鞍，更掩翠帘相眄。惜弯弯浅黛长长眼。奈画阁欢游也学，狂花乱絮轻散。　　水影横池馆。对静夜无人，月高云远。一饷凝思，两袖泪痕还满。恨私书、又逐东风断。纵西北层楼万尺，望重城那见。

28. 步虚子令　　（一体）

双调五十七字，上阕五句四平韵，下阕五句三平韵

无名氏

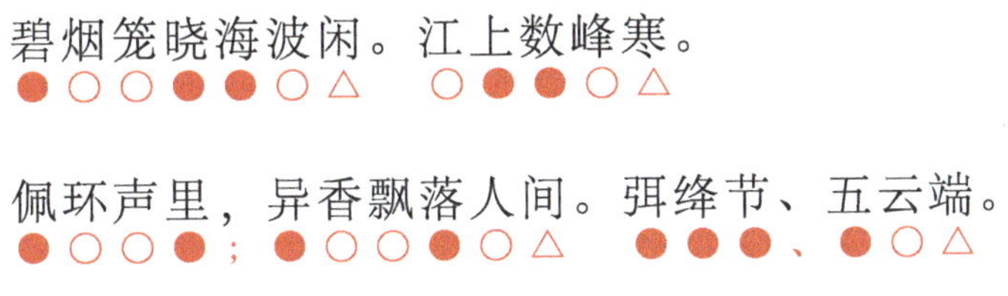

碧烟笼晓海波闲。江上数峰寒。
● ○ ○ ● ● ○ △　○ ● ● ○ △

佩环声里，异香飘落人间。弭绛节、五云端。
● ○ ○ ●；● ○ ○ ● ○ △　● ● ●、● ○ △

宛然共指嘉禾瑞，开一笑、破朱颜。
● ○ ● ● ○ ○ ●；○ ● ●、● ○ △

九重峣阙，望中三祝高天。万万载、对南山。
● ○ ● ●；● ○ ○ ● ○ △　● ● ●、● ○ △

29. 步月 （二体）

（一）双调九十六字，上阕十句四平韵，下阕九句四平韵

史达祖

翦柳章台，问梅东阁，醉中携手初归。
●●○○；●○○●；●○○●○△

逗香帘下，璀璨镂金衣。
●○○●；○●●○△

正依约、冰丝射眼，更荏苒、蟾玉西飞。
●○●、○○●●；●●●、○●○△

轻尘外，双鸳细蹙，谁赋洛滨妃。
○○●；○○●●；○●●○△

霏霏红雾绕，步摇共鬓影，吹入花围。
○○○●●；●○●●●；○●○△

管弦将散，人静烛笼稀。
●○○●；○●●○△

泥私语、香樱乍破，怕夜寒、罗袜先知。
●○●、○○●●；●●○、○●○△

归来也，相偎未肯入重帏。
○○●；○○●●●○△

（二）双调九十四字，上阕十句五仄韵，下阕八句五仄韵

施　岳

玉宇薰风，宝阶明月。翠丛万点晴雪。
●●○○；●○○▲　●○●●○▲

炼霜不就，散广寒霏屑。
●○●●；●●○○▲

采珠蓓、绿萼露滋，嗔银艳、小莲冰洁。
●○●、●●●○；○○●、●○○▲

花痕在，纤指嫩痕，素英重结。
○○●，○●●○；●○○▲

枝头香未绝。还是过、中秋丹桂时节。
○○○●▲　○●●、○○○●○▲

醉乡冷境，怕翻成悄歇。
●○●●；●○○○▲

玩芳味、春焙旋熏，贮农韵、水沉频爇。
●○●、○●○○；●○●、●○○▲

堪怜处，输与夜凉睡蝶。
○○●；○●●○●▲

30. 采莲令　　(一体)

双调九十一字，上下阕各八句，四仄韵

柳　永

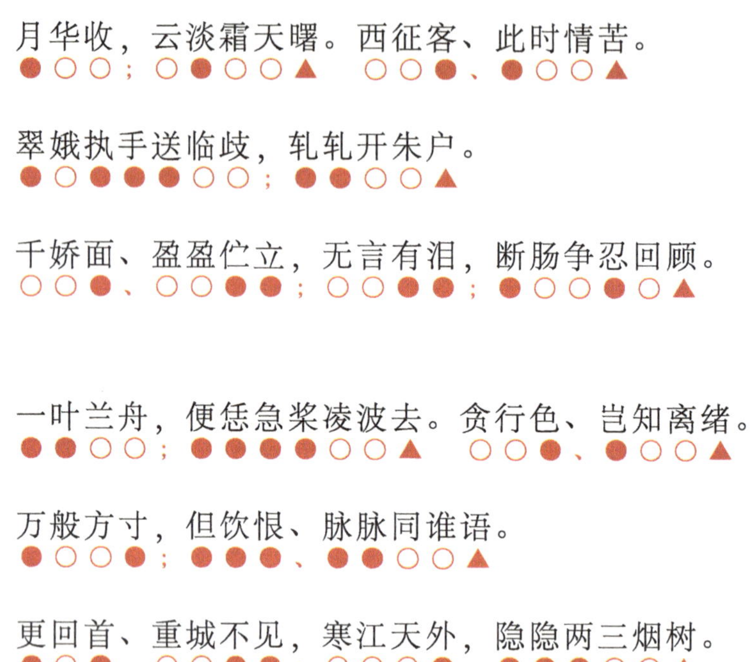
月华收，云淡霜天曙。西征客、此时情苦。
翠娥执手送临歧，轧轧开朱户。
千娇面、盈盈伫立，无言有泪，断肠争忍回顾。

一叶兰舟，便恁急桨凌波去。贪行色、岂知离绪。
万般方寸，但饮恨、脉脉同谁语。
更回首、重城不见，寒江天外，隐隐两三烟树。

31. 采莲曲　　（一体）

单调四十一字，九句四仄韵、四平韵

李康成

采莲去。月没春江曙。
●○▲　●●○○▲

翠钿红袖水中央。青荷莲子杂衣香。云起风生归路长。
●●○●●○△　○○○●●○△　○●○○○●△

归路长。那得久。急回船，两摇手。
○●△　●●◆　●○○；●○▲

32. 采明珠　　(一体)

双调九十七字，上阕九句四仄韵，下阕十一句七仄韵

杜安世

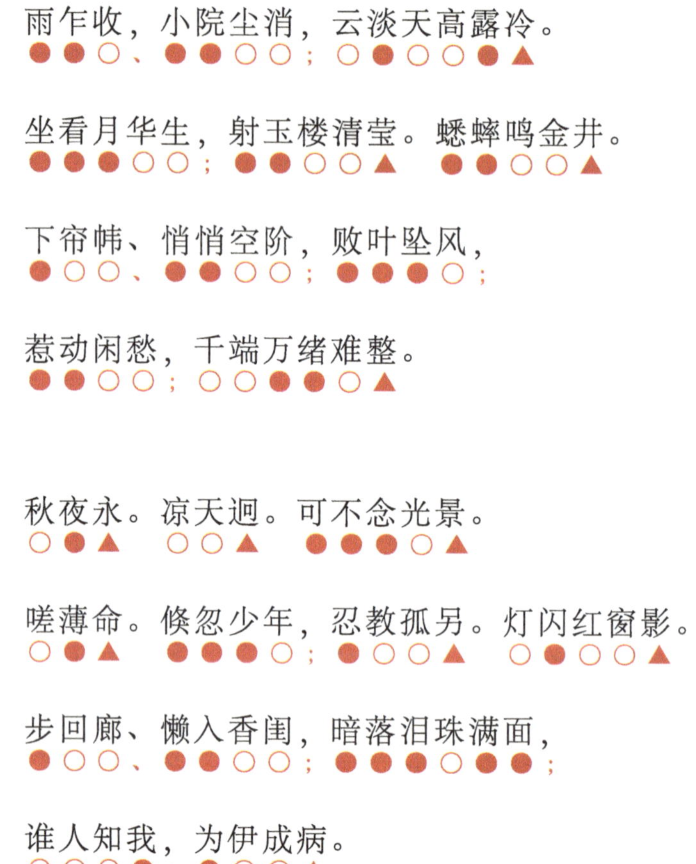

雨乍收，小院尘消，云淡天高露冷。

坐看月华生，射玉楼清莹。蟋蟀鸣金井。

下帘帏、悄悄空阶，败叶坠风，

惹动闲愁，千端万绪难整。

秋夜永。凉天迥。可不念光景。

嗟薄命。倏忽少年，忍教孤另。灯闪红窗影。

步回廊、懒入香闺，暗落泪珠满面，

谁人知我，为伊成病。

33. 彩凤飞　　（一体）

双调八十一字，上阕八句四仄韵，下阕六句三仄韵

陈　亮

十月十六日寿钱伯同

人立玉，天如水，特地如何撰。
○●●；○○●；●●○○▲

海南沈、烧著欲寒犹暖。
●○○、○●●○○▲

算从头、有多少，厚德阴功人家，
●○○、●○●；●●○○○○；

上一一、旧时香案。瞧经惯。
●●●、●○○▲　●○▲

小驻吾州才尔，依然欢声满。
●●○○○●；○○○○▲

莫也教、公子王孙眼见。
●●○、○●○○●▲

这些儿、颖脱处，高出书卷经纶，
●○○、●●●；○●○●○○；

自入手不了判断。
●●●●●●▲

34. 彩鸾归令　（一体）

又名青山远双调四十五字，上阕四句四平韵，下阕四三平韵

张元幹

珠履争围。小立春风趁拍低。
○●○△　●●○○●●△

态闲不管乐催伊。整铢衣。
●○●●●○△　●○△

粉融香润随人劝，玉困花娇越样宜。
●○○●○○●；⊙●○○●●△

凤城灯夜旧家时。数他谁。
●○○●●○△　●○△

彩鸾归令 （宋词）

袁去华

题王见几侍儿真

花竹亭轩。曲迳通幽小洞天。翠帏苒苒隔轻烟。锁婵娟。

画图初试春风面，消得东君著意怜。到伊歌扇舞裙边。要前缘。

35. 彩云归　　（一体）

双调一百字，上阕八句五平韵，下阕十句五平韵

柳　永

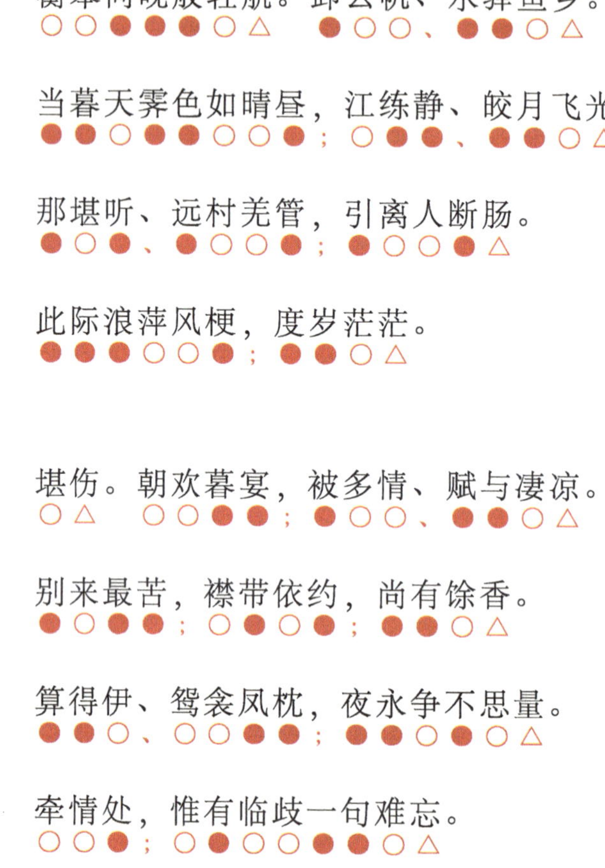
蘅皋向晚舣轻航。卸云帆、水驿鱼乡。
当暮天霁色如晴昼，江练静、皎月飞光。
那堪听、远村羌管，引离人断肠。
此际浪萍风梗，度岁茫茫。

堪伤。朝欢暮宴，被多情、赋与凄凉。
别来最苦，襟带依约，尚有馀香。
算得伊、鸳衾凤枕，夜永争不思量。
牵情处，惟有临歧一句难忘。

（上阕第三、第六句例用一字领，结句用二字领。）

36. 茶瓶儿　　　（二体）

（一）双调五十六字，上阕五句四仄韵，下阕五句五仄韵

李元膺

去年相逢深院宇。海棠下、曾歌金缕。
●○○○○●▲　●○●、○○○▲

歌罢花如雨。翠罗衫上，点点红无数。
○●○○▲　●○○●；●●○○▲

今岁重寻携手处。空物是人非春暮。
○●○○○●▲　●●●○○○▲

回首青云路。乱红飞絮，相逐东风去。
○●○○▲　●○○▲　○●○○▲

（下阕第二句用一字领）

（二）双调五十四字，上阕四句四仄韵，下阕五句四仄韵、一叠韵

石孝友

相对盈盈一水。多声价、问名得字。
⊙●⊙○⊙▲ ⊙○●、●○⊙▲

刚能见也还抛弃。孤负了、万红千翠。
⊙○⊙●○○▲ ⊙●●、●○○▲

留无计。来无计。闷厌厌、几何况味。
⊙○▲ ○⊙▲ ●⊙⊙、●○⊙▲

而今若没些儿事。却枉了、做人一世。
○○⊙●○○▲ ●●●、●○⊙▲

（上阕第二句有少一字者，下阕第三句亦有少一字者。）

37. 长生乐　　（一体）

双调七十五字，上阕八句五平韵，下阕六句四平韵

晏　殊

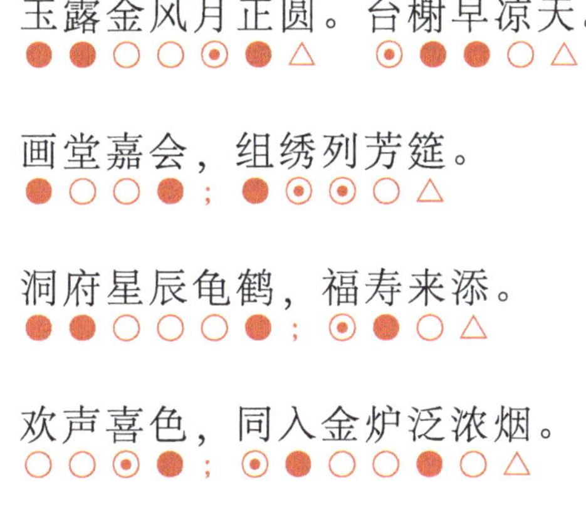

玉露金风月正圆。台榭早凉天。
●●○○⊙●△　⊙●●○△

画堂嘉会，组绣列芳筵。
●○○●；●⊙⊙○△

洞府星辰龟鹤，福寿来添。
●●○○○●；⊙●○△

欢声喜色，同入金炉泛浓烟。
○○⊙●；⊙●○○●○△

清歌妙舞，急管繁弦。
○○●●；●●○△

榴花满酌觥船。
○○●●○△

人尽祝、富贵又长年。
○●●、●●●○△

莫教红日西晚，留著醉神仙。
●○○●○●；⊙⊙●○△

（晏殊别首，起句尾字改用仄声，下阕第三、第四句重组为七字两句。）

38. 长寿乐　　（一体）

双调一百十三字，上阕十一句六仄韵，下阕十句五仄韵

柳　永

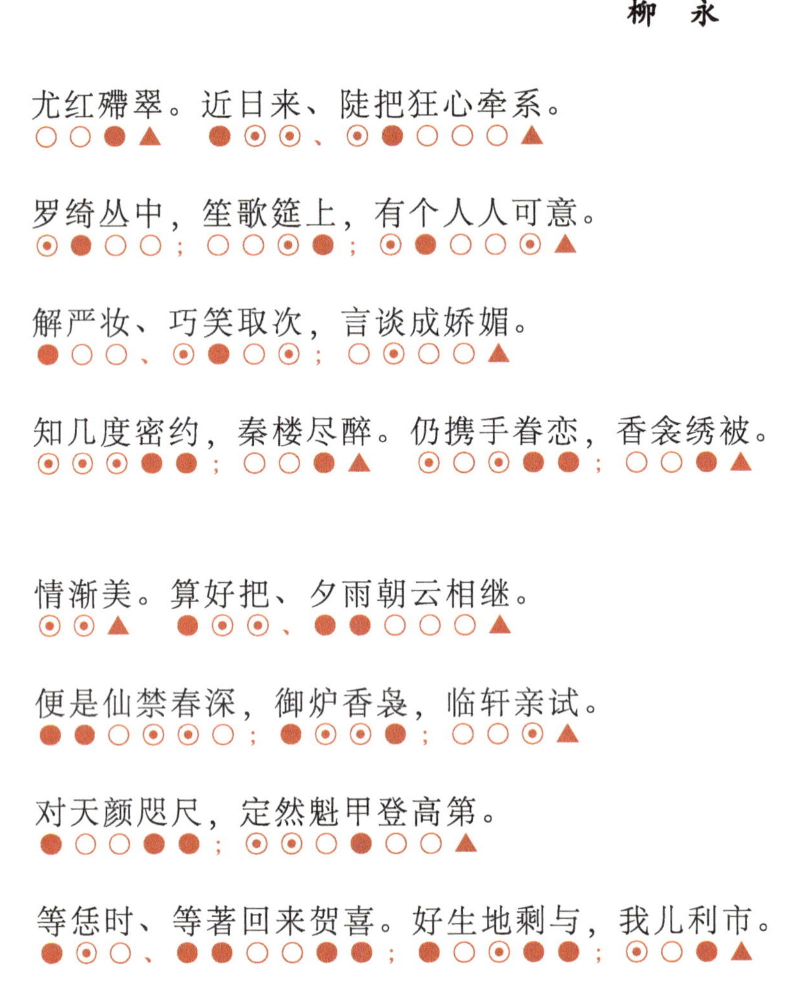

尤红殢翠。近日来、陡把狂心牵系。
○○●▲　●⊙⊙、⊙●○○○▲

罗绮丛中，笙歌筵上，有个人人可意。
⊙●○○；○○⊙●；⊙●○○⊙▲

解严妆、巧笑取次，言谈成娇媚。
●○○、⊙●○⊙；○⊙○○▲

知几度密约，秦楼尽醉。仍携手眷恋，香衾绣被。
⊙⊙⊙●●；○○●▲　⊙○⊙●●；○○●▲

情渐美。算好把、夕雨朝云相继。
⊙⊙▲　●⊙⊙、●●○○○▲

便是仙禁春深，御炉香袅，临轩亲试。
●●○⊙⊙○；●⊙⊙●；○○⊙▲

对天颜咫尺，定然魁甲登高第。
●○○●●；⊙⊙○●○○▲

等恁时、等著回来贺喜。好生地剩与，我儿利市。
●⊙○、●●○○●●；●○⊙●●；⊙○●▲

（上阕第八句，下阕起句及第三、第七句，平仄相异处可参照柳永别首。李清照词句读、平仄有异，不予校订。）

长寿乐 （宋词）

柳　永

繁红嫩翠。艳阳景、妆点神州明媚。是处楼台，朱门院落，弦管新声腾沸。恣游人、无限驰骤，娇马车如水。竟寻芳选胜，归来向晚，起通衢近远，香尘细细。　太平世。少年时、忍把韶光轻弃。况有红妆楚腰，越艳一笑，千金可啻。向尊前舞袖，飘雪歌响行云止。愿长绳、且把飞乌系住，好从容痛饮，谁能惜醉。

39. 长寿仙　（一体）

双调一百字，上阕十句四平韵两叶韵，下阕九句三平韵三叶韵

赵孟頫

瑞日当天。对绛阙蓬莱，非雾非烟。
●●○△　●●●○○；○●○△

翠光飞禁苑。正淑景芳妍。
●○○●●；●●●○△

彩仗和风细转。御香飘满黄金殿。
●●○○●▼　●○○●○○▼

喜万国会朝，千官拜舞，亿兆同欢。
●●●●○；○○●●；●●○△

福祉如山如川。应玉渚流虹，璇枢飞电。
●●○○○△　●●●○○；○○○▼

八音奏舜韶，庆玉烛调元。
●○●●○；●●●○△

岁岁龙舆凤辇。九重春醉蟠桃宴。
●●○○●▼　●○○●○○▼

天下太平，祝吾皇、寿与天地齐年。
○●●○；●○○、●●○●○△

40. 长相思慢　　（二体）

（一）双调一百三字，上阕十一句六平韵，下阕十句四平韵

柳　永

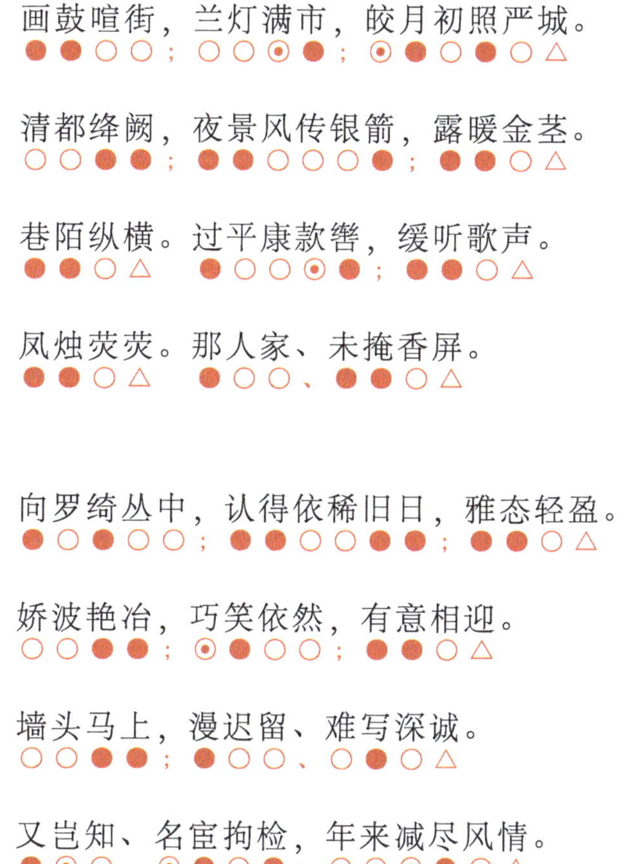

画鼓喧街，兰灯满市，皎月初照严城。
●●○○；○○⊙●；⊙●○●○△

清都绛阙，夜景风传银箭，露暖金茎。
○○●●；●●○○○●；●●○△

巷陌纵横。过平康款辔，缓听歌声。
●●○△　●○○⊙●；●●○△

凤烛荧荧。那人家、未掩香屏。
●●○△　●○○、●●○△

向罗绮丛中，认得依稀旧日，雅态轻盈。
●○●○○；●●○○●●；●●○△

娇波艳冶，巧笑依然，有意相迎。
○○●●；⊙●○○；●●○△

墙头马上，漫迟留、难写深诚。
○○●●；●○○、○●○△

又岂知、名宦拘检，年来减尽风情。
●⊙○、⊙●○●；○○⊙●○△

（上阕第八句及下起例用一字领。周邦彦词末两句重组为五字、四字、四字各一句。）

（二）双调一百四字，上阕十一句六平韵，下阕九句五平韵

贺 铸

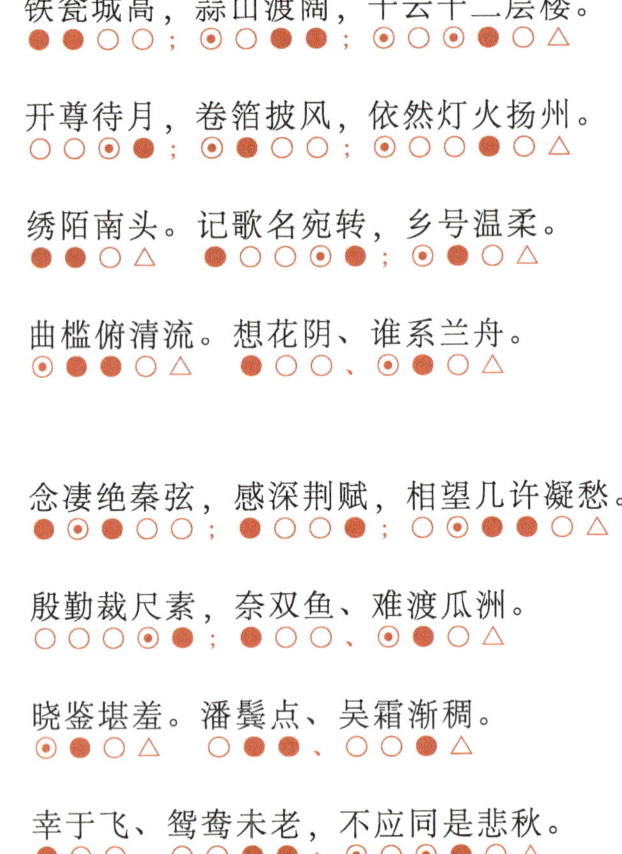

铁瓮城高，蒜山渡阔，干云十二层楼。
开尊待月，卷箔披风，依然灯火扬州。
绣陌南头。记歌名宛转，乡号温柔。
曲槛俯清流。想花阴、谁系兰舟。

念凄绝秦弦，感深荆赋，相望几许凝愁。
殷勤裁尺素，奈双鱼、难渡瓜洲。
晓鉴堪羞。潘鬓点、吴霜渐稠。
幸于飞、鸳鸯未老，不应同是悲秋。

（上阕第八句及下起例用一字领。袁去华词上阕第三句第二字仄声，下阕起三句重组为七字、四字、四字各一句，不予参校。）

41. 朝天子　　（一体）

双调四十六字，上下阕各四句，四仄韵

晁补之

酒醒情怀恶。金缕褪、玉肌如削。
●●○○▲　⊙⊙●、⊙○○▲

寒食过却。早海棠零落。
○⊙●▲　●⊙○○▲

渐日照阑干烟淡薄。绣额珠帘笼画阁。
●●●○○○●▲　●●○○○●▲

春睡著。觉来失、秋千期约。
○●▲　●⊙●、○○○▲

（上结、下起例用一字领。）

42. 朝玉阶　　（一体）

双调六十字，上下阕各六句，四平韵

杜安世

帘卷春寒小雨天。牡丹花落尽，悄庭轩。
○●○○●●△　●○○●●；●○△

高空双燕舞翩翩。无风轻絮坠，暗苔钱。
○○○●●○△　○○○●●；●○△

拟将幽怨写香笺。中心多少事，语难传。
●○○●●○△　○○○●●；●○△

思量真个恶因缘。那堪长梦见，在伊边。
○○○●●○△　●○○●●；●○△

（两结可重组为四字两句。）

43. 城头月　　（一体）

双调五十字，上下阕各五句，三仄韵

马天骥

城头月色明如昼，总是青霞有。
○○●●○○▲　●●○○▲

酒醉茶醒，饥餐困睡，不把双眉皱。
⊙●○○；○○●●；●●○○▲

坎离龙虎勤交媾。炼得丹将就。
●○⊙●○○▲　●●○○▲

借问罗浮，苏耽鹤侣，还似先生否。
●●○○；○○●●；○●○○▲

44. 楚宫春慢　（二体）

（一）双调一百八字，上阕十句五仄韵，下阕九句五仄韵

周　密

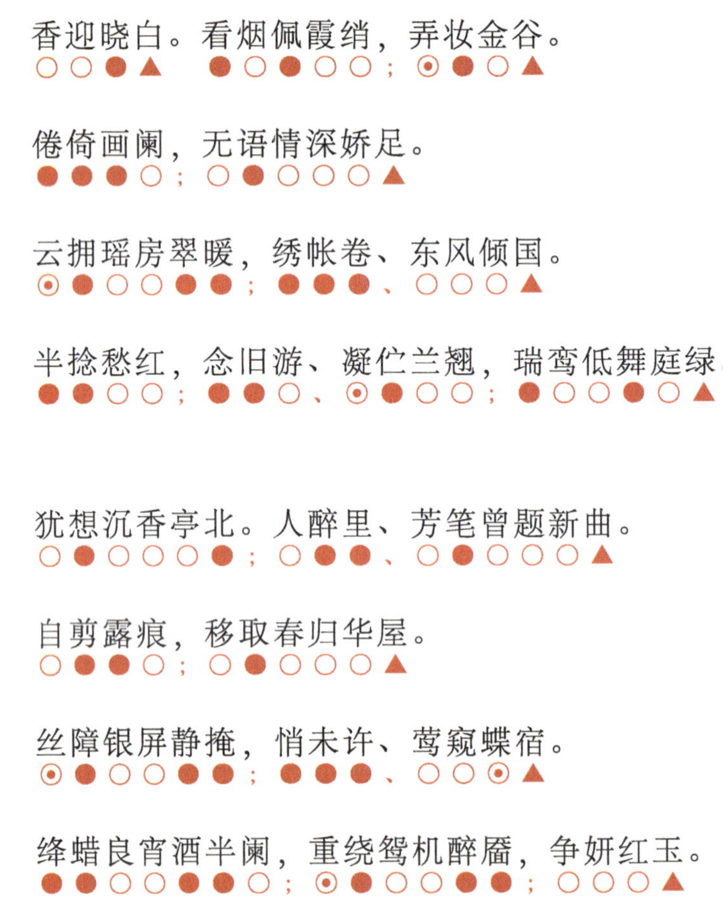

香迎晓白。看烟佩霞绡，弄妆金谷。
倦倚画阑，无语情深娇足。
云拥瑶房翠暖，绣帐卷、东风倾国。
半捻愁红，念旧游、凝伫兰翘，瑞鸾低舞庭绿。
犹想沉香亭北。人醉里、芳笔曾题新曲。
自剪露痕，移取春归华屋。
丝障银屏静掩，悄未许、莺窥蝶宿。
绛蜡良宵酒半阑，重绕鸳机醉靥，争妍红玉。

（上阕第二句例用一字领。）

（二）双调一百六字，上阕十句五仄韵，下阕九句四仄韵

僧 挥

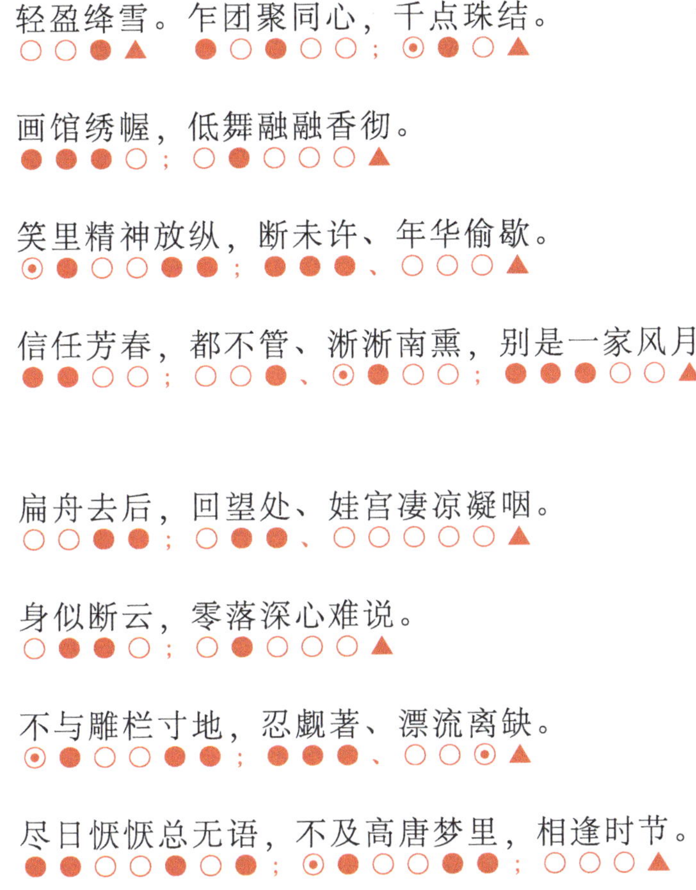

轻盈绛雪。乍团聚同心，千点珠结。

画馆绣幄，低舞融融香彻。

笑里精神放纵，断未许、年华偷歇。

信任芳春，都不管、浙浙南熏，别是一家风月。

扁舟去后，回望处、娃宫凄凉凝咽。

身似断云，零落深心难说。

不与雕栏寸地，忍觑著、漂流离缺。

尽日恹恹总无语，不及高唐梦里，相逢时节。

（较周密词，唯下起减两字且不用韵，个别平仄异。）

45. 垂杨　　（二体）

（一）双调一百字，上下阕各九句，六仄韵

陈允平

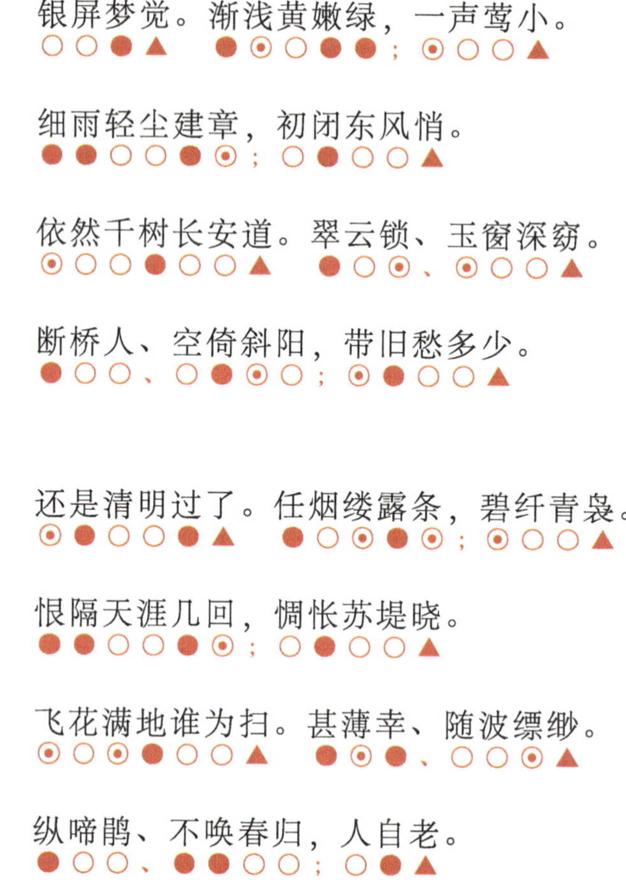

银屏梦觉。渐浅黄嫩绿，一声莺小。
细雨轻尘建章，初闭东风悄。
依然千树长安道。翠云锁、玉窗深窈。
断桥人、空倚斜阳，带旧愁多少。

还是清明过了。任烟缕露条，碧纤青袅。
恨隔天涯几回，惆怅苏堤晓。
飞花满地谁为扫。甚薄幸、随波缥缈。
纵啼鹃、不唤春归，人自老。

（上下阕第二句及上结例用一字领。下阕较上阕，唯起句增两字，结句减两字。）

（二）双调一百二字，上下阕各九句，六仄韵

白　朴

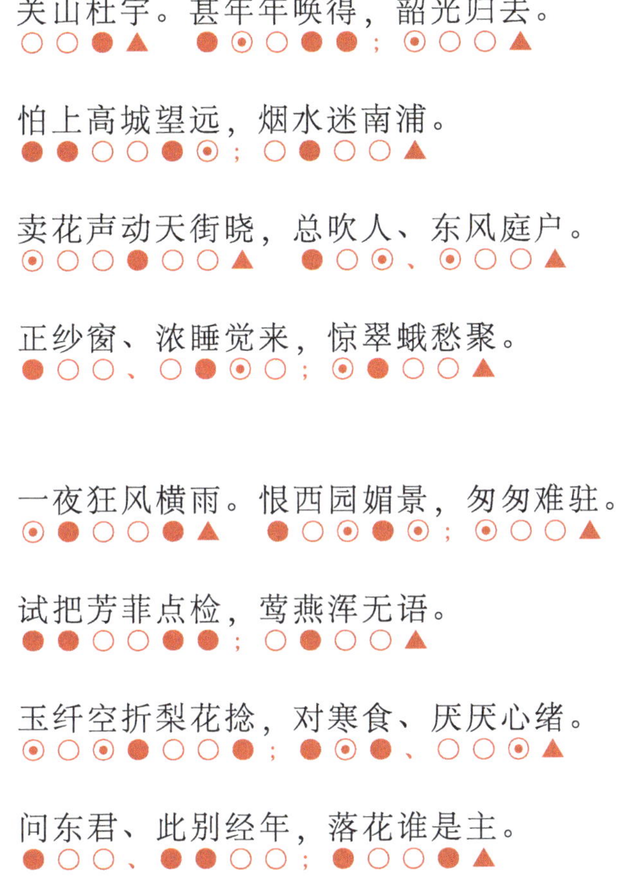

关山杜宇。甚年年唤得，韶光归去。
怕上高城望远，烟水迷南浦。
卖花声动天街晓，总吹人、东风庭户。
正纱窗、浓睡觉来，惊翠蛾愁聚。

一夜狂风横雨。恨西园媚景，匆匆难驻。
试把芳菲点检，莺燕浑无语。
玉纤空折梨花捻，对寒食、厌厌心绪。
问东君、此别经年，落花谁是主。

（较陈允平词，唯下结添两字。）

46. 春草碧慢　　(一体)

双调九十八字，上下阕各十句，四仄韵

万俟咏

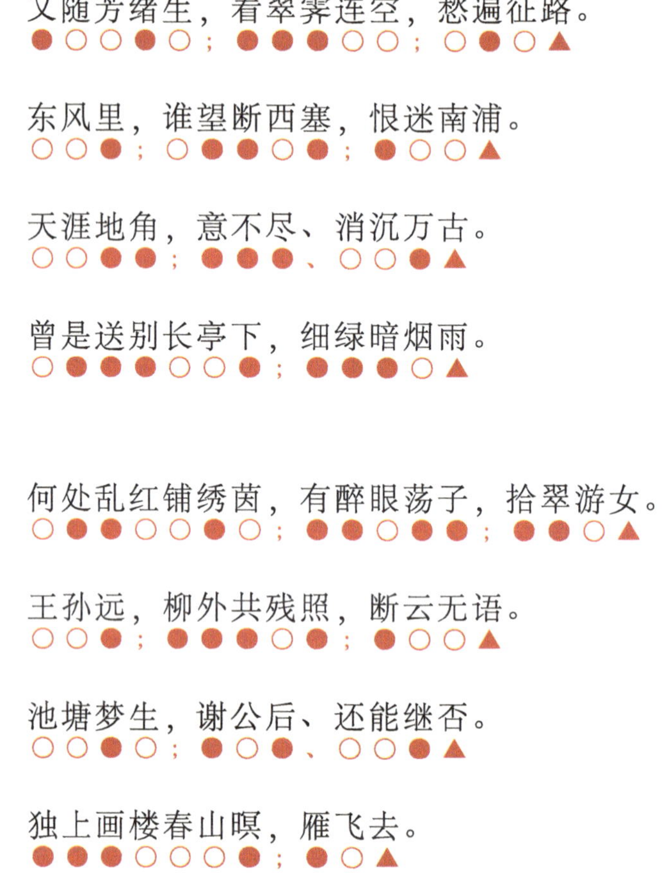

又随芳绪生，看翠霁连空，愁遍征路。
●○○●○；●●●○○；○●○▲

东风里，谁望断西塞，恨迷南浦。
○○●；○●●○●；●○○▲

天涯地角，意不尽、消沉万古。
○○●●；●●●、○○●▲

曾是送别长亭下，细绿暗烟雨。
○●●●○○●；●●●○▲

何处乱红铺绣茵，有醉眼荡子，拾翠游女。
○●●○○●○；●●○●●；●●○▲

王孙远，柳外共残照，断云无语。
○○●；●●●○●；●○○▲

池塘梦生，谢公后、还能继否。
○○●○；●○●、○○●▲

独上画楼春山暝，雁飞去。
●●●○○○●；●○▲

(除起句、结句外，句式似同。上下阕第二句用一字领。)

47. 春愁　　(一体)

双调一百二字，上阕十句六仄韵，下阕八句五仄韵

贺　铸

定情曲

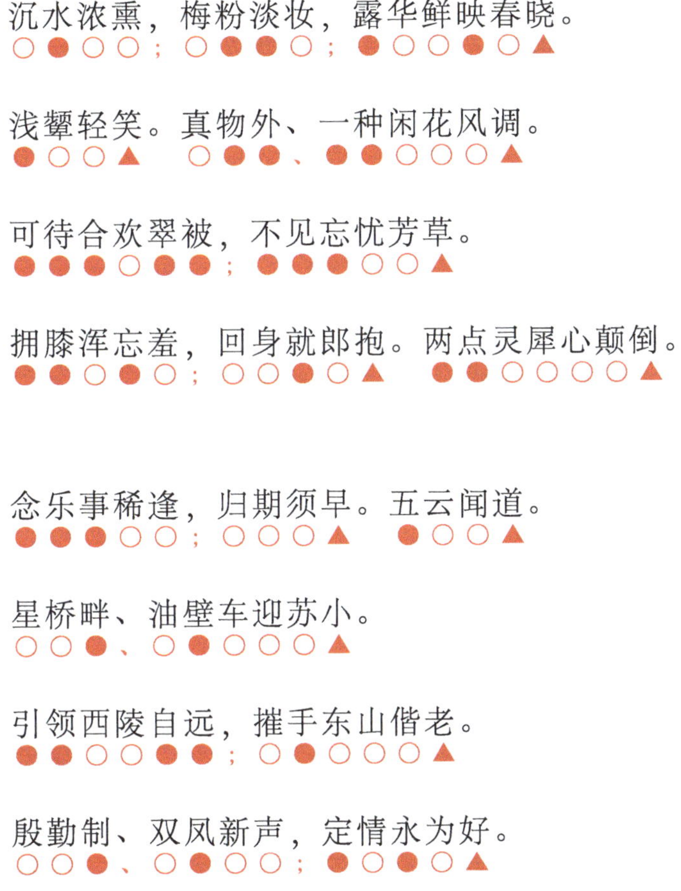

沉水浓熏，梅粉淡妆，露华鲜映春晓。
浅颦轻笑。真物外、一种闲花风调。
可待合欢翠被，不见忘忧芳草。
拥膝浑忘羞，回身就郎抱。两点灵犀心颠倒。
念乐事稀逢，归期须早。五云闻道。
星桥畔、油壁车迎苏小。
引领西陵自远，携手东山偕老。
殷勤制、双凤新声，定情永为好。

（下起用一字领。）

48. 春归怨　　(一体)

双调一百四字，上下阕各十句，四仄韵

周端臣

越调

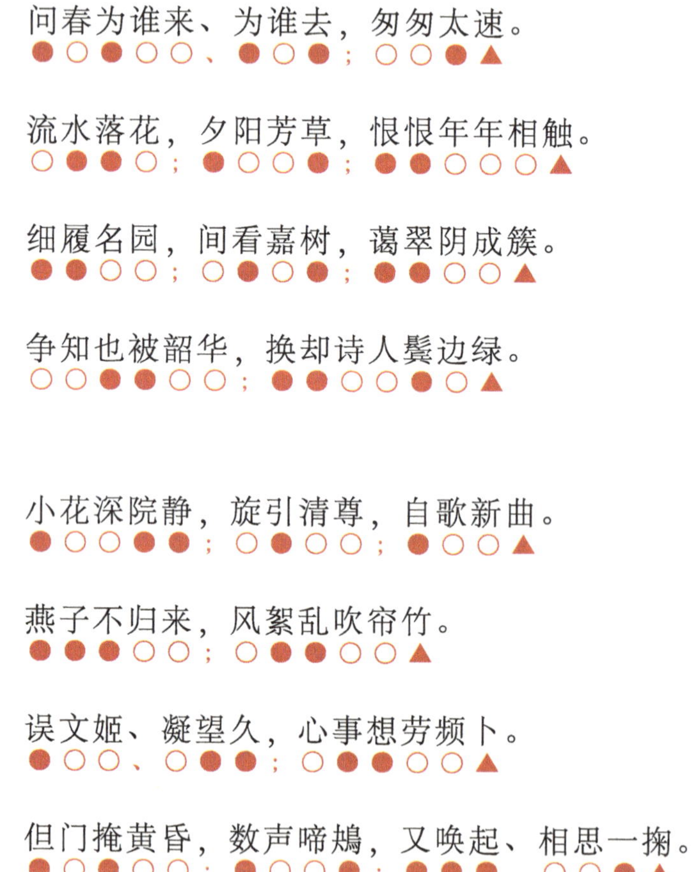

问春为谁来、为谁去，匆匆太速。
流水落花，夕阳芳草，恨恨年年相触。
细履名园，间看嘉树，蔼翠阴成簇。
争知也被韶华，换却诗人鬓边绿。
小花深院静，旋引清尊，自歌新曲。
燕子不归来，风絮乱吹帘竹。
误文姬、凝望久，心事想劳频卜。
但门掩黄昏，数声啼鴂，又唤起、相思一掬。

（下阕第八句用一字领。）

49. 春晴　　（一体）

双调八十七字，上阕九句四仄韵，下阕九句五仄韵

晁端礼

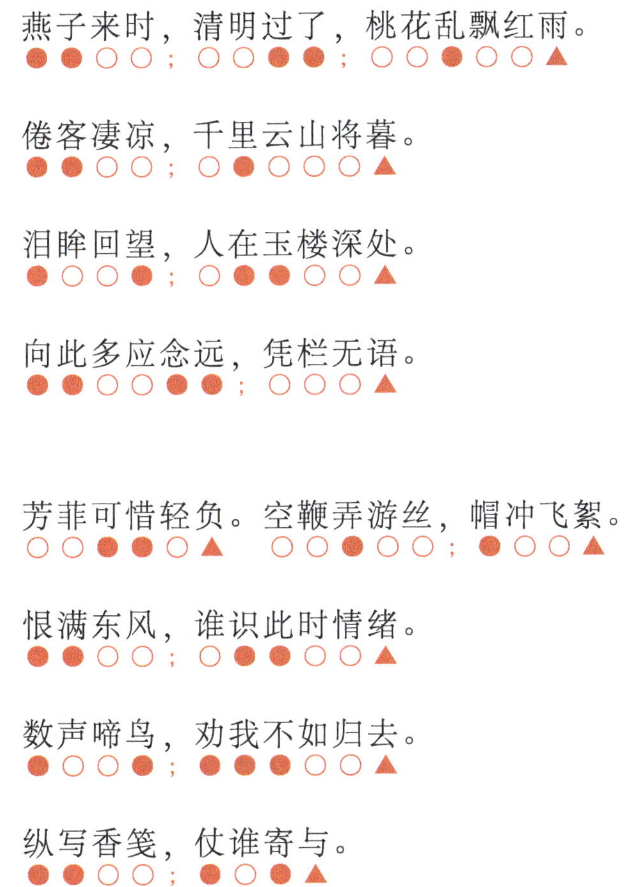

燕子来时，清明过了，桃花乱飘红雨。
●●○○；○○●●；○○●○○▲

倦客凄凉，千里云山将暮。
●●○○；○●○○○▲

泪眸回望，人在玉楼深处。
●○○●；○●●○○▲

向此多应念远，凭栏无语。
●●○○●●；○○○▲

芳菲可惜轻负。空鞭弄游丝，帽冲飞絮。
○○●●○▲　○○●○○；●○○▲

恨满东风，谁识此时情绪。
●●○○；○●●○○▲

数声啼鸟，劝我不如归去。
●○○●；●●●○○▲

纵写香笺，仗谁寄与。
●●○○；●○●▲

（下阕第二句用一字领。）

50. 春夏两相期　（一体）

双调一百字，上阕九句五仄韵，下阕十句五仄韵

蒋　捷

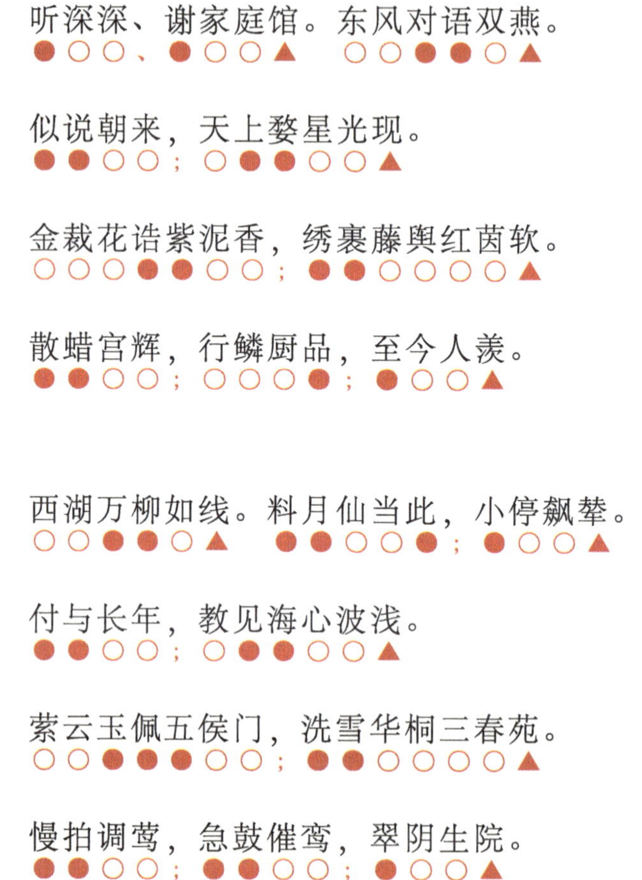
听深深、谢家庭馆。东风对语双燕。
●○○、●○○▲　○○●●○▲
似说朝来，天上婺星光现。
●●○○；○●●○○▲
金裁花诰紫泥香，绣裹藤舆红茵软。
○○○●●○○；●●○○○○▲
散蜡宫辉，行鳞厨品，至今人羡。
●●○○；○○○●；●○○▲

西湖万柳如线。料月仙当此，小停飙辇。
○○●●○▲　●●○○●；●○○▲
付与长年，教见海心波浅。
●●○○；○●●○○▲
萦云玉佩五侯门，洗雪华桐三春苑。
○○●●●○○；●●○○○○▲
慢拍调莺，急鼓催鸾，翠阴生院。
●●○○；●●○○；●○○▲

（下阕第二句用一字领。）

51. 春晓曲　　（一体）

单调二十七字，四句三仄韵

朱敦儒

西楼月落鸡声急。夜浸疏香淅沥。

玉人酒渴嚼春冰，晓色入帘横宝瑟。

（第二句可读作三、三。折腰体仄韵七绝，唯第二句减一字。）

52. 春雪间早梅　（一体）

双调一百二十五字，上阕十句六平韵，下阕十一句五平韵

无名氏

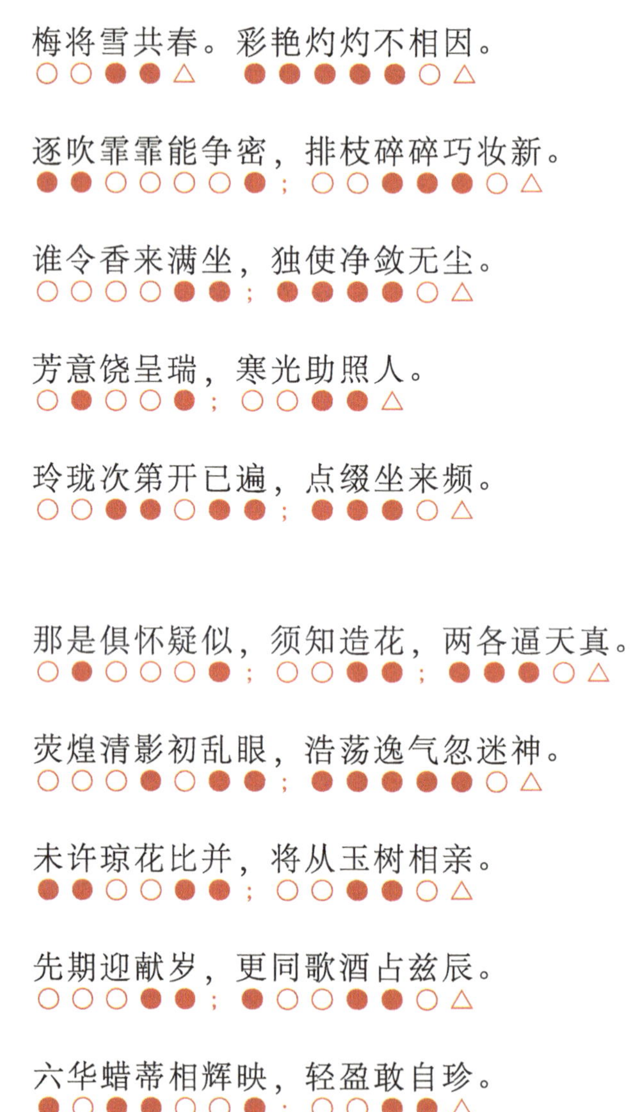

梅将雪共春。彩艳灼灼不相因。

逐吹霏霏能争密，排枝碎碎巧妆新。

谁令香来满坐，独使净敛无尘。

芳意饶呈瑞，寒光助照人。

玲珑次第开已遍，点缀坐来频。

那是俱怀疑似，须知造花，两各逼天真。

荧煌清影初乱眼，浩荡逸气忽迷神。

未许琼花比并，将从玉树相亲。

先期迎献岁，更同歌酒占兹辰。

六华蜡蒂相辉映，轻盈敢自珍。

53. 春云怨　　(一体)

双调一百三字，上阕十一句五仄韵，下阕十句五仄韵

冯艾子

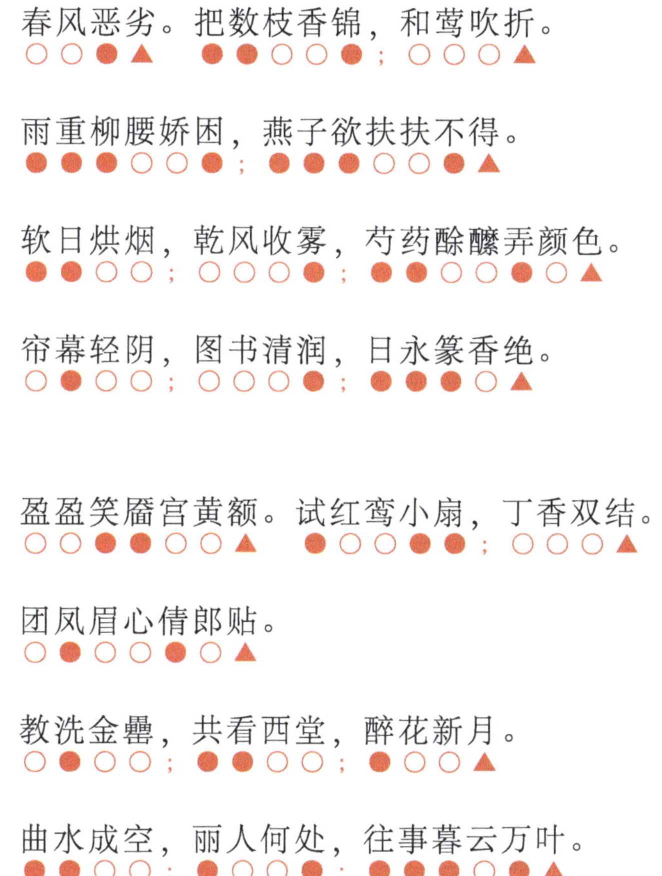

春风恶劣。把数枝香锦，和莺吹折。
○○●▲　●●○○●；○○○▲

雨重柳腰娇困，燕子欲扶扶不得。
●●●○○●；●●●○○●▲

软日烘烟，乾风收雾，芍药酴醾弄颜色。
●●○○；○○○●；●●○○●○▲

帘幕轻阴，图书清润，日永篆香绝。
○●○○；○○○●；●●●○▲

盈盈笑靥宫黄额。试红鸾小扇，丁香双结。
○○●●○○▲　●○○●●；○○○▲

团凤眉心倩郎贴。
○●○○●○▲

教洗金罍，共看西堂，醉花新月。
○●○○；●●○○；●○○▲

曲水成空，丽人何处，往事暮云万叶。
●●○○；●○○●；●●●○●▲

（上下阕第二句例用一字领。）

54. 簇水　　　　(一体)

双调八十五字，上阕七句四仄韵，下阕八句五仄韵

赵长卿

长忆当初，是他见我心先有。
○●○○；●○●●○○▲

一钩才下，便引得、鱼儿开口。
●○○●；●●●、○○○▲

好是重门深院，寂寞黄昏后。
●●○○○●；●●○○▲

厮觑著、一面儿酒。
○●●、●●○▲

试搁就。便把我、得人意处，闵子里、施纤手。
●○▲　●●●、●○●●；●●●、○○▲

云情雨意，似十二巫山旧。
○○●●；●●●○○▲

更向枕前言约，许我长相守。
●●●○○●；●●○○▲

忺人也、犹自眉头皱。
○○●、○●○○▲

（下阕第五句用一字领。）

55. 簇水近　　（一体）

双调八十三字，上阕七句四仄韵，下阕八句五仄韵

贺　铸

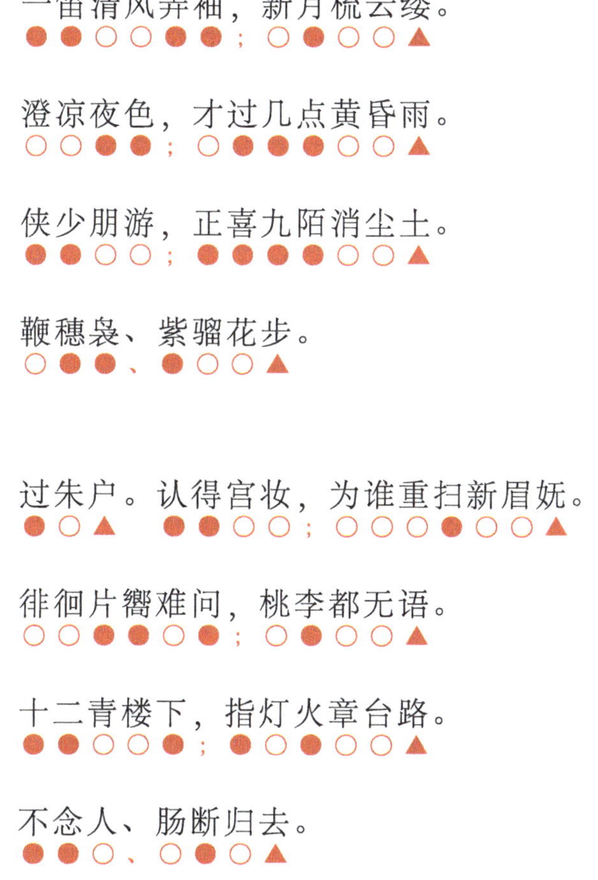

一笛清风弄袖，新月梳云缕。
●●○○●●；○●○○▲

澄凉夜色，才过几点黄昏雨。
○○●●；○●●●○○▲

佚少朋游，正喜九陌消尘土。
●●○○；●●●●○○▲

鞭穗袅、紫骝花步。
○●●、●○○▲

过朱户。认得宫妆，为谁重扫新眉妩。
●○▲　●●○○；○○○●○○▲

徘徊片響难问，桃李都无语。
○○●●○●；○●○○▲

十二青楼下，指灯火章台路。
●●○○●；●○●○○▲

不念人、肠断归去。
●●○、○●○▲

（上阕近《簇水》，下阕差异过多。）

56. 翠羽吟　　（一体）

双调一百二十六字，上阕九句六平韵，下阕十五句八平韵

蒋　捷

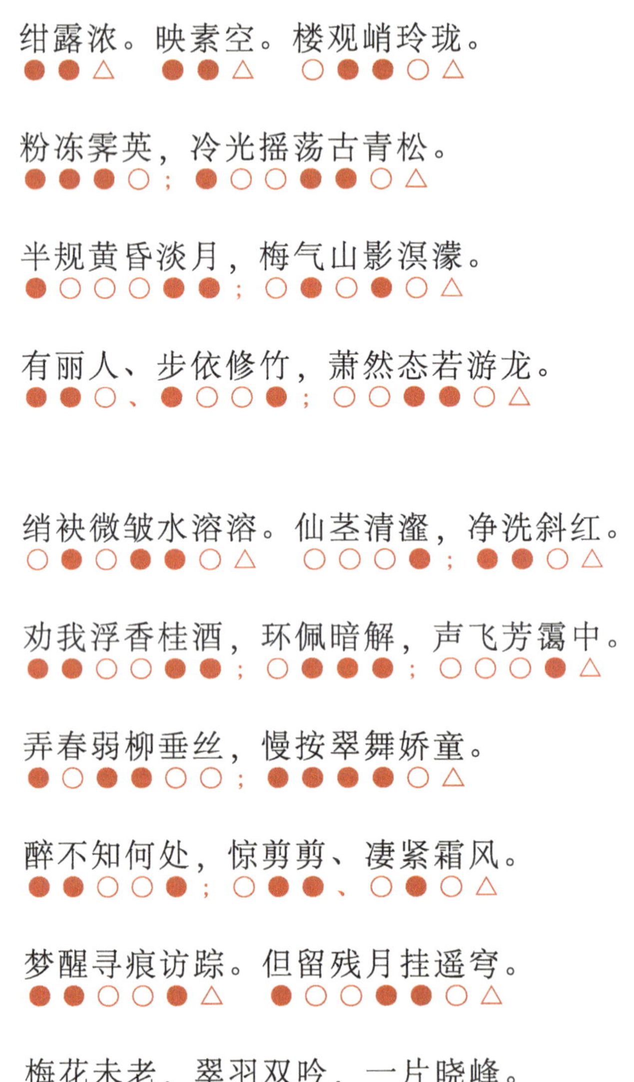
绀露浓。映素空。楼观峭玲珑。
●●△　●●△　○●●○△

粉冻霁英，冷光摇荡古青松。
●●●○；●○○●●○△

半规黄昏淡月，梅气山影溟濛。
●○○○●●；○●○●○△

有丽人、步依修竹，萧然态若游龙。
●●○、●○○●；○○●●○△

绡袂微皱水溶溶。仙茎清瀣，净洗斜红。
○●○●●○△　○○○●；●●○△

劝我浮香桂酒，环佩暗解，声飞芳霭中。
●●○○●●；○●●●；○○○●△

弄春弱柳垂丝，慢按翠舞娇童。
●○●●○○；●●●●○△

醉不知何处，惊剪剪、凄紧霜风。
●●○○●；○●●、○●○△

梦醒寻痕访踪。但留残月挂遥穹。
●●○○●△　●○○●●○△

梅花未老，翠羽双吟，一片晓峰。
○○●●；●●○○；●●●△

（下阕第六句用一字领。）

57. 大椿　　（一体）

双调一百字，上下阕各九句，四仄韵

曹　勋

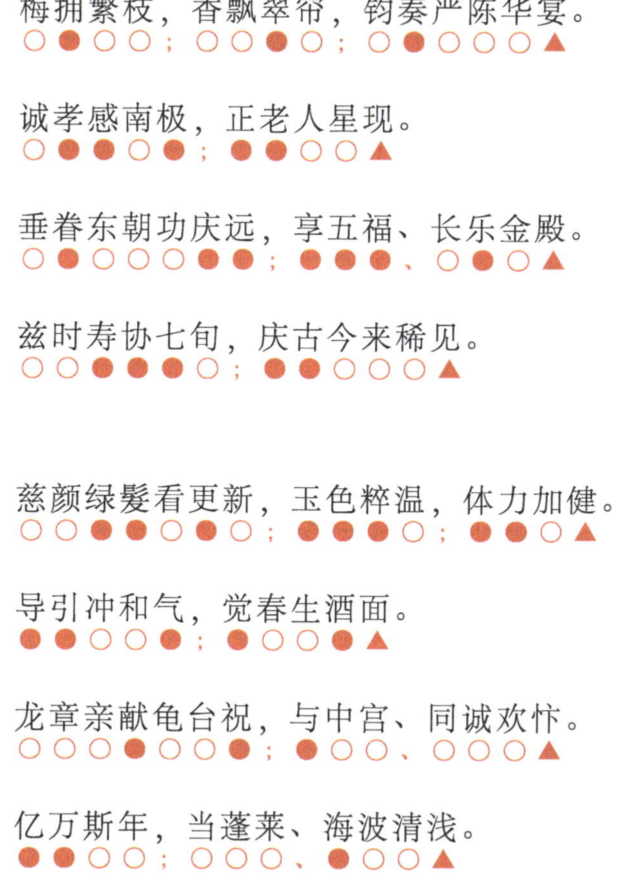

梅拥繁枝，香飘翠帘，钧奏严陈华宴。
○●○○；○○●○；○●○○○▲

诚孝感南极，正老人星现。
○●●○●；●●○○▲

垂眷东朝功庆远，享五福、长乐金殿。
○●○○○●●；●●●、○●○▲

兹时寿协七旬，庆古今来稀见。
○○●●●○；●●○○○▲

慈颜绿鬓看更新，玉色粹温，体力加健。
○○●●○●○；●●●○；●●○▲

导引冲和气，觉春生酒面。
●●○○●；●○○●▲

龙章亲献龟台祝，与中宫、同诚欢忭。
○○○●○○●；●○○、○○○▲

亿万斯年，当蓬莱、海波清浅。
●●○○；○○○、●○○▲

（上下阕第五句用一字领。）

58. 大圣乐令 （一体）

双调五十二字，上下阕各五句，三仄韵

仲　并

赠小妓

豆蔻梢头春正早。敛修眉、未经重扫。
●●○○○●▲　●○○、●○○▲

湖山清远，几年牢落，风韵初好。
○○○●；●○○●；○●○▲

慢绾垂螺最娇小。是谁家、舞腰袅袅。
●●○○●○▲　●○○、●○●▲

而今莫谓，春归等闲，分付芳草。
○○●●；○○●○；○●○▲

（上下阕句式似同。）

59. 大有　（一体）

双调九十九字，上阕八句四仄韵，下阕十句五仄韵

潘希白

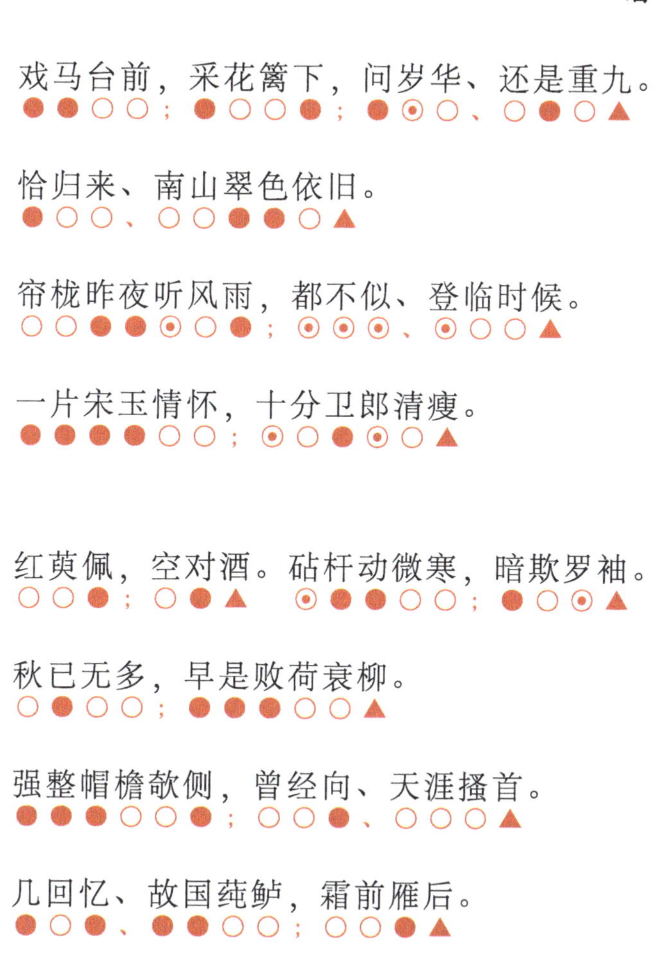

戏马台前，采花篱下，问岁华、还是重九。
恰归来、南山翠色依旧。
帘栊昨夜听风雨，都不似、登临时候。
一片宋玉情怀，十分卫郎清瘦。

红萸佩，空对酒。砧杵动微寒，暗欺罗袖。
秋已无多，早是败荷衰柳。
强整帽檐欹侧，曾经向、天涯搔首。
几回忆、故国莼鲈，霜前雁后。

60. 丹凤吟　　（一体）

双调一百十四字，上阕十二句四仄韵，下阕十一句五仄韵

周邦彦

迤逦春光无赖，翠藻翻池，黄蜂游阁。

朝来风暴，飞絮乱投帘幕。

生憎暮景，倚墙临岸，杏靥夭斜，榆钱轻薄。

昼永惟思傍枕，睡起无聊，残照犹在庭角。

况是别离气味，坐来便觉心绪恶。

痛引浇愁酒，奈愁浓如酒，无计销铄。

那堪昏暝，蔌蔌半檐花落。

弄粉调朱柔素手，问何时重握。

此时此意，长怕人道著。

（下阕第四、第九句例用一字领。此调例用入声韵。）

61. 导引　　（二体）

（一）双调五十字，上阕五句三平韵，下阕四句三平韵

苏　轼

帝城父老，三岁望尧心。天远玉楼深。
⊙○⊙●；⊙●●○△　⊙●●○△

龙颜仿佛笙箫远，肠断属车音。
⊙○⊙●○○●；⊙●●○△

离宫春色琐瑶林。云阙海沉沉。
⊙○⊙●⊙○△　⊙●●○△

遗居犹唱当时曲，秋雁起汾阴。
⊙○⊙●○○●；⊙●●○△

（换头句可不用韵，改为：⊙○⊙●○○●。）

（二）双调一百字，上阕九句五平韵，下阕九句六平韵

和　岘

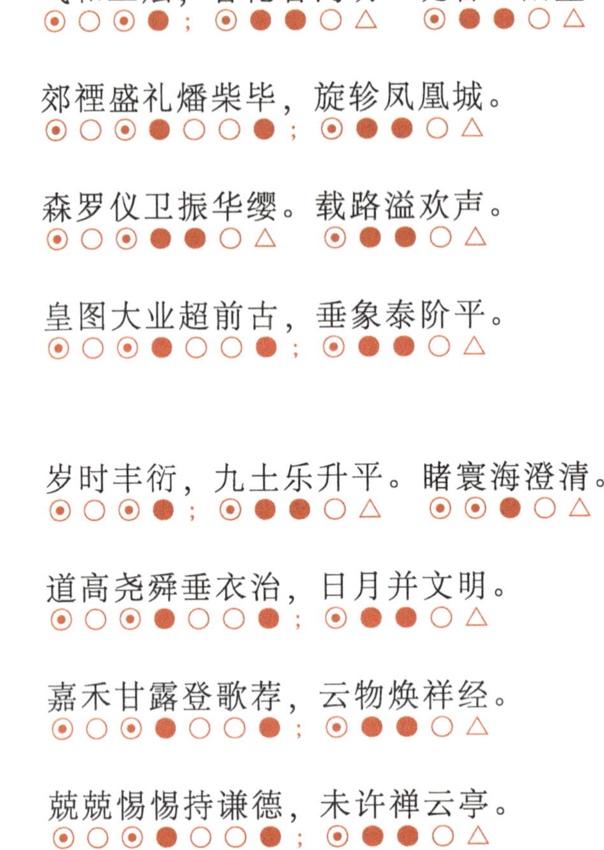

气和玉烛，睿化著鸿明。缇管一阳生。
⊙○⊙●；⊙●●○△　⊙●●○△

郊禋盛礼燔柴毕，旋轸凤凰城。
⊙○⊙●○○●；⊙●●○△

森罗仪卫振华缨。载路溢欢声。
⊙○⊙●●○△　⊙●●○△

皇图大业超前古，垂象泰阶平。
⊙○⊙●○○●；⊙●●○△

岁时丰衍，九土乐升平。睹寰海澄清。
⊙○⊙●；⊙●●○△　⊙⊙●○△

道高尧舜垂衣治，日月并文明。
⊙○⊙●○○●；⊙●●○△

嘉禾甘露登歌荐，云物焕祥经。
⊙○⊙●○○●；⊙●●○△

兢兢惕惕持谦德，未许禅云亭。
⊙○⊙●○○●；⊙●●○△

（此乃五十字体重复而得也。上阕第六句可不用韵，下阕第六句可用韵。）

62. 倒垂柳　　（一体）

双调八十一字，上阕八句四仄韵，下阕八句五仄韵

杨无咎

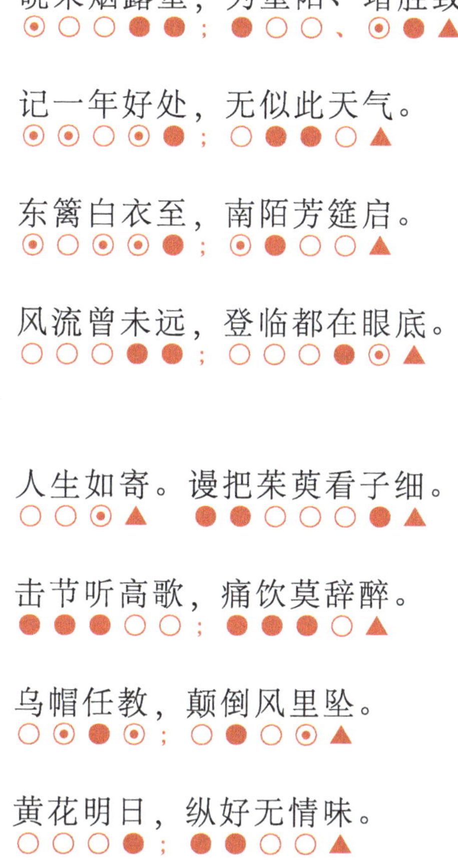

晓来烟露重，为重阳、增胜致。

记一年好处，无似此天气。

东篱白衣至，南陌芳筵启。

风流曾未远，登临都在眼底。

人生如寄。漫把茱萸看子细。

击节听高歌，痛饮莫辞醉。

乌帽任教，颠倒风里坠。

黄花明日，纵好无情味。

（起句可用韵。上阕第三句用一字领。）

63. 倒犯　　（一体）

双调一百二字，上阕九句六仄韵，下阕十句六仄韵

周邦彦

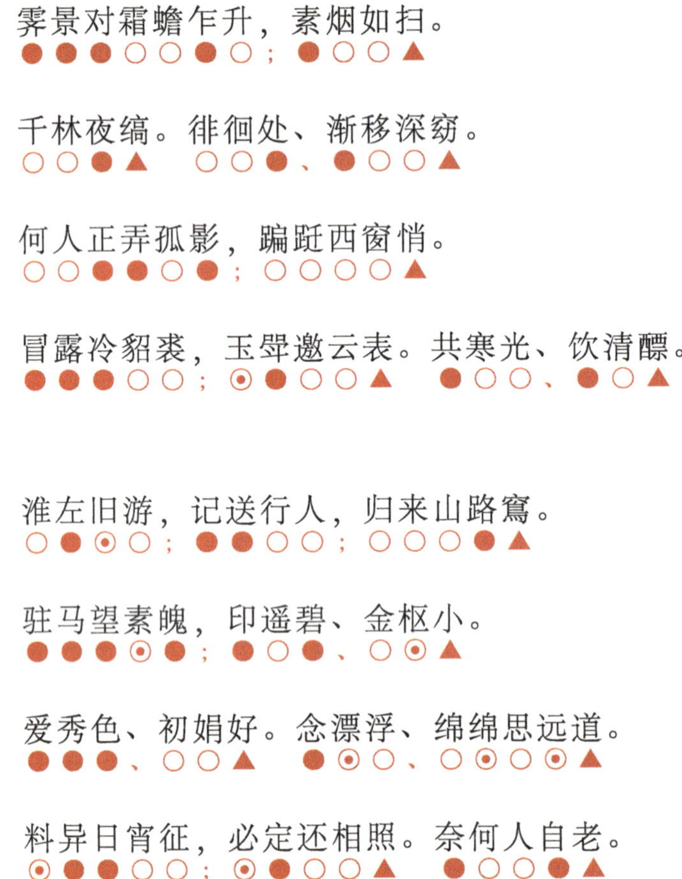
霁景对霜蟾乍升，素烟如扫。
●●●○○●○；●○○▲

千林夜缟。徘徊处、渐移深窈。
○○●▲　○○●、●○○▲

何人正弄孤影，蹁跹西窗悄。
○○●●○●；○○○○▲

冒露冷貂裘，玉斝邀云表。共寒光、饮清醥。
●●●○○；⊙●○○▲　●○○、●○▲

淮左旧游，记送行人，归来山路窎。
○●⊙○；●●○○；○○○●▲

驻马望素魄，印遥碧、金枢小。
●●●⊙●；●○●、○⊙▲

爱秀色、初娟好。念漂浮、绵绵思远道。
●●●、○○▲　●⊙○、○⊙○⊙▲

料异日宵征，必定还相照。奈何人自老。
⊙●●○○；⊙●○○▲　●○○●▲

（起句读作二、五，亦可起两句重组为五字、六字各一句。下阕第八句例用一字领。上阕第七、第八句杨泽民词合并为十字一句，读作三、七。下阕第六句陈允平词读作一字领五字。）

倒犯 （宋词）

方千里

尽日任梧桐自飞，翠阶慵扫。闲云散缟。秋容莹、暮天清窈。斜阳到地，楼阁参差帘栊悄。嫩袖舞凉飔，拂拂生林表。荡尘襟、写名醥。　　携手故园，胜事寻踪，松篁幽径窈。曲沼瞰静绿，荫檐影、龟鱼小。信倦迹、归来好。倩叮咛、长安游子道。任鬓髮霜侵，莫待菱花照。醉乡深处老。

64. 笛家弄　　（一体）

双调一百二十一字，上阕十四句四仄韵，下阕十四句五仄韵

柳　永

花发西园，草薰南陌，韶光明媚，乍晴轻暖清明后。
○●○○；●⊙○●；○○○●；●○○●○○▲

水嬉舟动，禊饮筵开，银塘似染，金堤如绣。
●⊙○●；●●○○；⊙○●●；○○○▲

是处王孙，几多游妓，往往携纤手。
●●○○；●○○●；●●○○▲

遣离人，对嘉景，触目尽成感旧。
●○○；●○●；●●●○●▲

别久。帝城当日，兰堂夜烛，
●▲　●⊙○●；○○●●；

百万呼卢，画阁春风，十千沽酒。
●●○○；●●○○；⊙○○▲

未省宴处能忘管弦，醉里不寻花柳。
●●●●○○○●；●●⊙○○▲

岂知秦楼，玉箫声断，前事难重偶。
●⊙○○；●○○●；⊙●○○▲

空遗恨，望仙乡，一饷泪沾襟袖。
○○●；●○○；●●●○○▲

（下阕第七句用二字领。王质词漏下起两字，且上下阕末句多两字分为四字两句，不予校订。）

65. 帝台春　　（一体）

双调九十七字，上阕十句五仄韵，下阕十一句七仄韵

李　甲

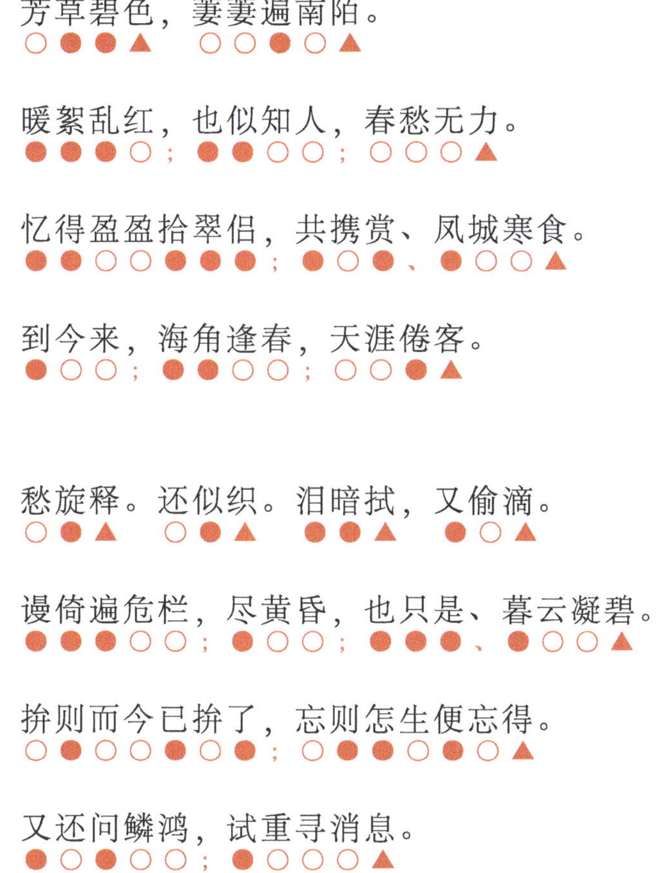

芳草碧色，萋萋遍南陌。
○●●▲　○○●○▲

暖絮乱红，也似知人，春愁无力。
●●●○；●●○○；○○○▲

忆得盈盈拾翠侣，共携赏、凤城寒食。
●●○○●●●；●○●、●○○▲

到今来，海角逢春，天涯倦客。
●○○；●●○○；○○●▲

愁旋释。还似织。泪暗拭，又偷滴。
○●▲　○●▲　●●▲　●○▲

谩倚遍危栏，尽黄昏，也只是、暮云凝碧。
●●●○○；●○○；●●●、●○○▲

拚则而今已拚了，忘则怎生便忘得。
○●○○●○●；○●●○●○▲

又还问鳞鸿，试重寻消息。
●○●○○；●○○○▲

（下结用一字领。）

66. 钿带长中腔　　（一体）

双调六十七字，上阕八句六平韵，下阕六句四平韵

万俟咏

钿带长。簇真香。似风前、拆麝囊。
●●△　●○△　●○○、●●△

嫩紫轻红，间閂异芳。
●●○○；●●●△

风流富贵，自觉兰蕙荒。独占蕊珠春光。
○○●●；●●○●△　●●●○○△

绣结流苏密致，魂梦悠飏。气融液散满洞房。
●●○○●●；○●○△　●○●●●●△

朝寒料峭，殢娇不易当。
○○●●；●○●●△

着意要得韩郎。
●●●●○△

67. 吊严陵　　（一体）

双调一百十九字，上阕十四句七仄韵，下阕十句六仄韵

李　甲

蕙兰香泛，孤屿潮平，惊鸥散雪。
●○○●；○●○○；○○●▲

迤逦点破，澄江秋色。
○●●●；○○○▲

暝霭向敛，疏雨乍收，染出蓝峰千尺。
●●●●；○●●○；●●○○○▲

渔舍孤烟锁寒碛。画鹢翠帆旋解，轻舣晴霞岸侧。
○●○○●○▲　●●●○●●；○●○○●▲

正念往悲酸，忆乡惨切。何处引羌笛。
●●●○○；●○●▲　○●●○▲

追惜。当时富春佳地，严光钓址空遗迹。
○▲　○○●○○●；○○●●○○▲

华星沈后，扁舟泛去，萧洒闲名图籍。
○○○●；○○●●；○●○○○▲

离觞吊终寓目，意断魂消泪滴。
○○●○●▲　●●○○●▲

渐洞天晚，回首暮云千古碧。
●●○●；○●●○○●▲

（上阕第十二句及下阕第九句用一字领。）

68. 丁香结　　（一体）

双调九十九字，上阕十句五仄韵，下阕十句六仄韵

周邦彦

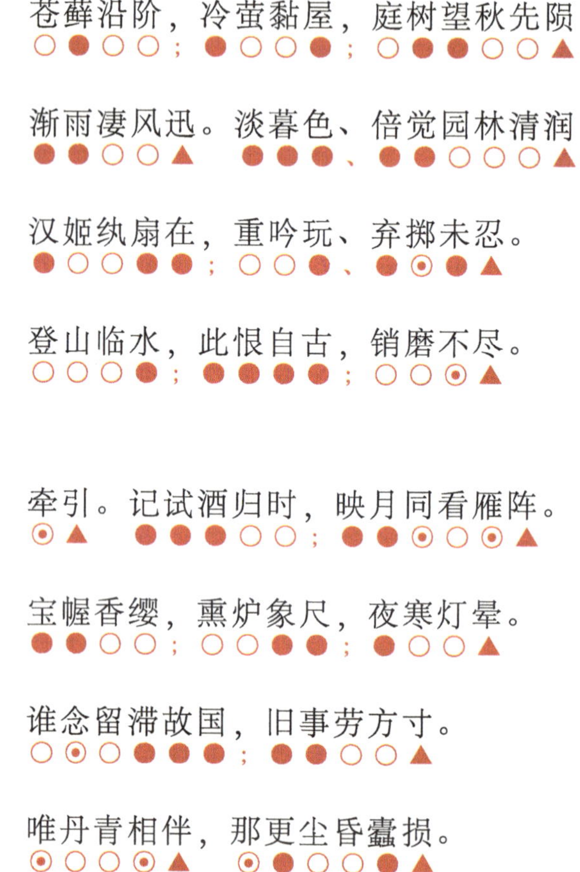

苍藓沿阶，冷萤黏屋，庭树望秋先陨。

渐雨凄风迅。淡暮色、倍觉园林清润。

汉姬纨扇在，重吟玩、弃掷未忍。

登山临水，此恨自古，销磨不尽。

牵引。记试酒归时，映月同看雁阵。

宝幄香缨，熏炉象尺，夜寒灯晕。

谁念留滞故国，旧事劳方寸。

唯丹青相伴，那更尘昏蠹损。

（上阕第四句，下阕第二、第九句，例用一字领。）

丁香结（宋词）

方千里

烟湿高花，雨藏低叶，为谁翠消红陨。叹水流波迅。抚艳景、尚有轻阴馀润。乳莺啼处路，思归意、泪眼暗忍。青青榆荚，满地纵买，闲愁难尽。　　勾引。正记著年时，乍怯春寒阵阵。小阁幽窗，残妆剩粉，黛眉曾晕。迢递魂梦万里，恨断柔肠寸。知何时重见，空为相思瘦损。

丁香结（宋词）

吴文英

夷则商　秋日海棠

香袅红霏，影高银烛，曾纵夜游浓醉。正锦温琼腻。被燕踏、暖雪惊翻庭砌。马嘶人散后，秋风换、故园梦里。吴霜融晓，陡觉暗动，偷春花意。　　还似。海雾冷仙山，唤觉环儿半睡。浅薄朱唇，娇羞艳色，自伤时背。帘外寒挂澹月，向日秋千地。怀春情不断，犹带相思旧子。

69. 定风波慢　　(共二谱)

(一) 双调九十九字，上阕十一句六仄韵，下阕十句七仄韵

柳　永

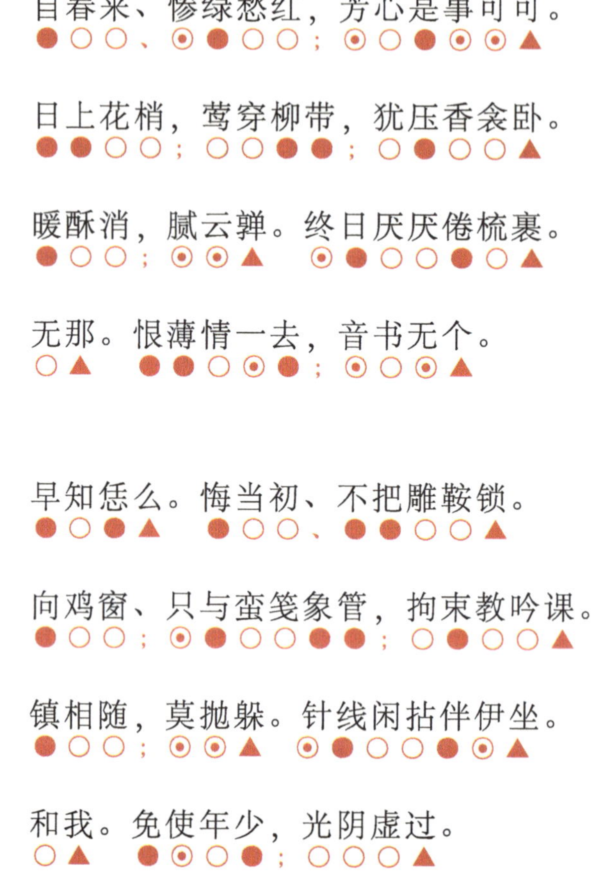

自春来、惨绿愁红，芳心是事可可。
日上花梢，莺穿柳带，犹压香衾卧。
暖酥消，腻云亸。终日厌厌倦梳裹。
无那。恨薄情一去，音书无个。

早知恁么。悔当初、不把雕鞍锁。
向鸡窗、只与蛮笺象管，拘束教吟课。
镇相随，莫抛躲。针线闲拈伴伊坐。
和我。免使年少，光阴虚过。

（上结例用一字领。下结有添一领字者。）

（二）双调一百五字，上阕十句四仄韵，下阕十二句六仄韵

柳　永

伫立长亭，淡荡晚风起。
●●○○；●●●○▲

骤雨歇，极目萧疏，塞柳万株，掩映箭波千里。
●●●；●●○○；●●●○；●●●○○▲

走舟车向此，人人奔名竞利。
●○○●●；○○○○●▲

念荡子、终日驱驰，争觉乡关转迢递。
●●●、○●○○；○●○○●○▲

何意。绣阁轻抛，锦字难逢，等闲度岁。
○▲　●●○○；●●○○；●○●▲

奈泛泛旅迹，厌厌病绪，迩来谙尽，宦游滋味。
●●●●●；○○●●；●○○●；●○○▲

此情怀、纵写香笺，凭谁与寄。
●○○、●●○○；○○●▲

算孟光、安得知我，继日添憔悴。
●●○、○●○●；●●○○▲

（此谱与九十九字谱字数、句读、用韵等迥异，实为同名异谱。上阕第七句、下阕第五句用一字领。）

定风波慢 （金元词）

张翥

西江客舍酒后闻梅花吹香满窗醒而赋此

恨行云、特地高寒，牢笼好梦不定。婉娩年华，凄凉客况，泥酒浑成病。画阑深，碧窗静。一树瑶花可怜影。低映。怕月明照见，青禽相并。　素衾正冷。又寒香、枕上薰愁醒。甚银床、霜冻山童未起，谁汲墙阴井。玉笙残，锦书迥。应是多情道薄幸。争肯。便等闲孤负，西湖春兴。

70. 东风齐著力　（一体）

双调九十二字，上阕十句四平韵，下阕九句五平韵

胡浩然

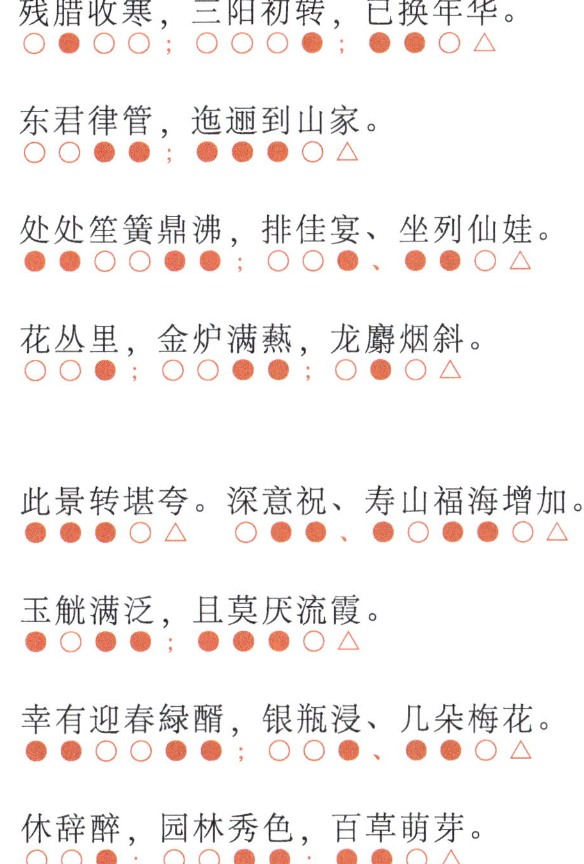

残腊收寒，三阳初转，已换年华。
○●○○；○○○●；●●○△

东君律管，迤逦到山家。
○○●●；●●●○△

处处笙簧鼎沸，排佳宴、坐列仙娃。
●●○○●●；○○●、●●○△

花丛里，金炉满爇，龙麝烟斜。
○○●；○○●●；○●○△

此景转堪夸。深意祝、寿山福海增加。
●●●○△　○●●、●○●●○△

玉觥满泛，且莫厌流霞。
●○●●；●●●○△

幸有迎春绿醑，银瓶浸、几朵梅花。
●●○○●●；○○●、●●○△

休辞醉，园林秀色，百草萌芽。
○○●；○○●●；●●○△

71. 洞天春　　(一体)

双调四十八字，上阕四句四仄韵，下阕五句三仄韵

欧阳修

莺啼绿树声早。槛外残红未扫。
○○●●○▲　●●○○●▲

露点真珠遍芳草。正帘帏清晓。
●●○○●○▲　●○○○▲

秋千宅院悄悄。又是清明过了。
○○●●●▲　●●○○●▲

燕蝶轻狂，柳丝撩乱，春心多少。
●●○○；●○○●；○○○▲

72. 斗百草慢　　（一体）

双调一百二字，上阕十一句四仄韵，下阕十句五仄韵

晁补之

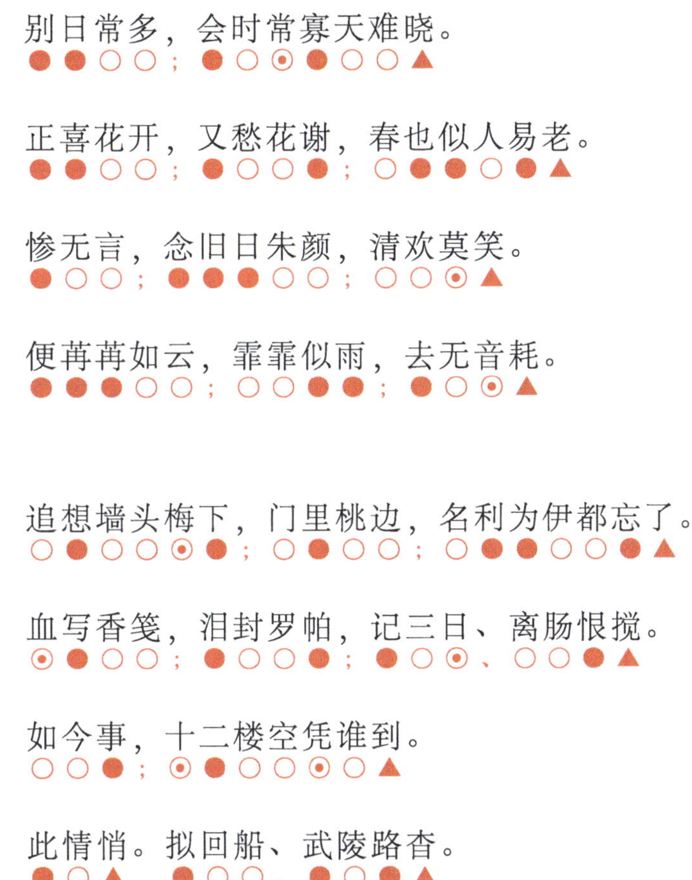

别日常多，会时常寡天难晓。

正喜花开，又愁花谢，春也似人易老。

惨无言，念旧日朱颜，清欢莫笑。

便苒苒如云，霏霏似雨，去无音耗。

追想墙头梅下，门里桃边，名利为伊都忘了。

血写香笺，泪封罗帕，记三日、离肠恨搅。

如今事，十二楼空凭谁到。

此情悄。拟回船、武陵路杳。

（上阕第七、第九句用一字领。）

73. 斗鸡回　(一体)

双调五十一字，上下阕各六句，三仄韵

杜龙沙

夹钟商

莺啼人起，花露真珠洒。白苎衫，青骢马。
○○○●；○●○○▲　●●○；○○▲

绣陌相将，鬥鸡寒食下。
●●○○；●○○●▲

回廊暝色愔愔，应是待、归来也。
○○●●○○；●●●、○○▲

月渐高，门犹亚。闷剔银缸，漏声初入夜。
●●○；○○▲　●●○○；●○○●▲

（后四句句式似同。）

74. 杜韦娘　　（一体）

双调一百九字，上阕十句四仄韵，下阕十句五仄韵

杜安世

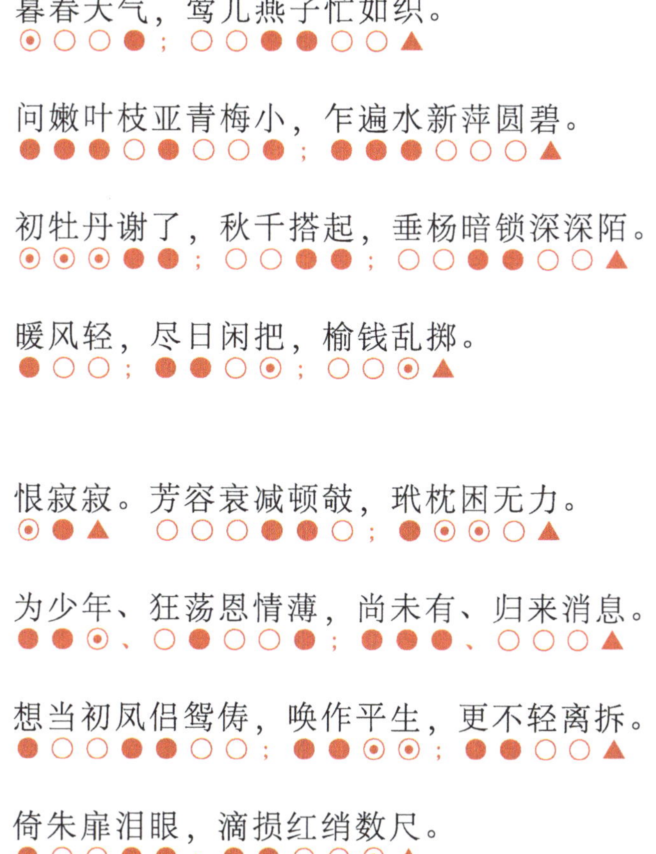

暮春天气，莺儿燕子忙如织。

问嫩叶枝亚青梅小，乍遍水新萍圆碧。

初牡丹谢了，秋千搭起，垂杨暗锁深深陌。

暖风轻，尽日闲把，榆钱乱掷。

恨寂寂。芳容衰减顿欹，玳枕困无力。

为少年、狂荡恩情薄，尚未有、归来消息。

想当初凤侣鸳俦，唤作平生，更不轻离拆。

倚朱扉泪眼，滴损红绡数尺。

（上阕第三、第四、第五句，下阕第六、第八、第九句，例用一字领。）

75. 端正好　　（一体）

双调五十四字，上下阕各四句，四仄韵

杜安世

槛菊愁烟沾秋露。天微冷、双燕辞去。
●⊙○○○⊙▲　⊙○⊙、⊙⊙○▲

月明空照别离苦。透素光、穿朱户。
⊙○⊙●⊙○▲　⊙⊙⊙、○○▲

夜来西风雕寒树。凭阑望、迢遥长路。
⊙○⊙○⊙○▲　⊙○⊙、⊙⊙○▲

花笺写就此情绪。待寄传、知何处。
⊙○⊙●⊙○▲　●●⊙、○○▲

（上下阕句式似同。上下起有作：⊙○⊙●○○▲，杜安世别首下起作：●●●○●○▲，不予参校。）

端正好 （宋词）

杜安世

野禽林栖啾唧语。闲庭院、残阳将暮。兰堂静悄珠帘窣。想玉人、归何处。　　喜鹊几回薄无据。愁都在、双眉头聚。凄凉方感孤鸳侣。对夜永、成愁绪。

76. 二色宫桃　　（一体）

又名玉阑干，双调五十六字，上下阕各四句，三仄韵

无名氏

镂玉香葩酥点萼。正万木、园林萧索。
●●○○○●▲　●●●、○○⊙▲

惟有一枝雪里开，江南信、更凭谁托。
⊙●●○●●○；○○●、●○○▲

前年记赏登高阁。叹年来、旧欢如昨。
⊙○⊙●○○▲　●⊙○、⊙⊙○▲

听取乐天一句云，花开处、且须行乐。
⊙●●○●●○；⊙○⊙、●⊙○▲

二色宫桃 （宋词）

杜安世（玉阑干）

珠帘怕卷春残景。小雨牡丹零欲尽。庭轩悄悄燕高空，风飘絮、绿苔侵径。　欲将幽恨传愁信。想后期、无个凭定。几回独睡不思量。还悠悠、梦里寻趁。

（杜安世词起句平仄、上下阕第三句平仄皆异，上阕第二句不作破读。）

77. 二色莲　　(一体)

双调九十五字，上阕九句四仄韵，下阕十句五仄韵

曹　勋

凤沼湛碧，莲影明洁，清泛波面。
●●●●；○●○●；○●○▲

素肌鉴玉，烟脸晕红深浅。
●○●●；○●●○○▲

占得薰风弄色，照醉眼、梅妆相问。
●●○○●●；●●●、○○○▲

堤上柳垂轻帐，飞尘尽教遮断。
○●●○○●；○○●○○▲

重重翠荷净，列向横塘暖。争映芳草岸。
○○●○●；●●○○▲　○●○●▲

画船未桨，清晓最宜遥看。
●○●●；○●●○○▲

似约鸳鸯并侣，又更与、春锄为伴。
●●○○●●；●●●、○○○▲

频宴赏，香成阵，瑶池任晚。
○●●；○○●；○○●▲

78. 法曲第二　（一体）

双调八十七字，上阕八句四仄韵，下阕十句四仄韵

柳　永

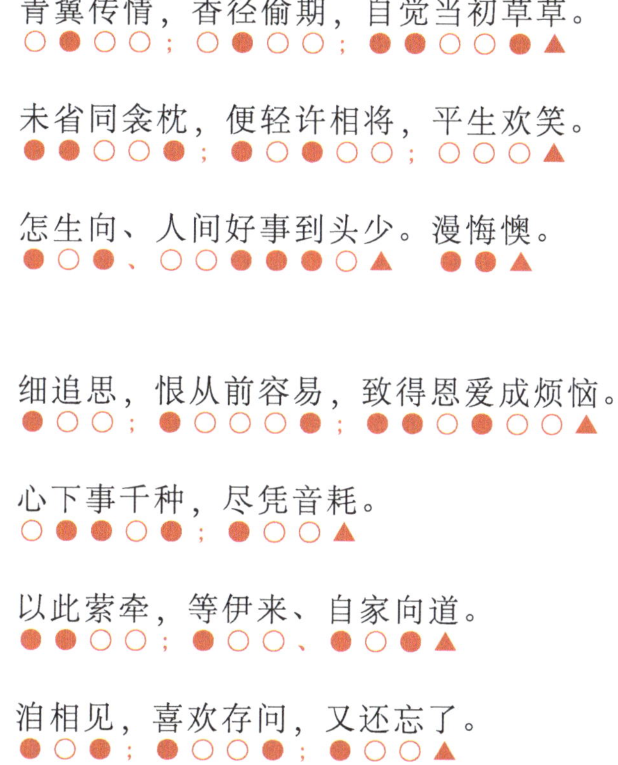

青翼传情，香径偷期，自觉当初草草。
○●○○；○●○○；●●○○●▲

未省同衾枕，便轻许相将，平生欢笑。
●●○○●；●○●○○；○○○▲

怎生向、人间好事到头少。漫悔懊。
●○●、○○●●●○▲　●●▲

细追思，恨从前容易，致得恩爱成烦恼。
●○○；●○○○●；●●○●○○▲

心下事千种，尽凭音耗。
○●●○●；●○○▲

以此萦牵，等伊来、自家向道。
●●○○；●○○、●○●▲

洎相见，喜欢存问，又还忘了。
●○●；●○○●；●○○▲

（上阕第五句、下阕第二句用一字领。）

79. 翻香令　　(一体)

双调五十六字，上下阕各四句，三平韵

苏　轼

金炉犹暖麝煤残。惜香爱把宝钗翻。
○○○●●○△　●○●●●○△

重匀处，余熏在，这一番、气味胜从前。
○○●、○○●；●●○、●●●○△

背人偷盖小蓬山。更拈沉水与同然。
●○○●●○△　●○○●●○△

且图得，氤氲久，为情深、嫌怕断头烟。
●○●、○○●；●○○、○●●○△

80. 蕃女怨　　（一体）

单调三十一字，七句四仄韵、两平韵

温庭筠

万枝香雪开已遍。细雨双燕。
●○○●○●▲　⊙●○▲

钿蝉筝，金雀扇。画梁相见。
●○○；○●▲　⊙○○▲

雁门消息不归来。又飞回。
●○○●●○△　●○△

蕃女怨 （唐词）

温庭筠

碛南沙上惊雁起。飞雪千里。玉连环，金镞箭。年年征战。画楼离恨锦屏空。杏花红。

81. 泛兰舟　　（一体）

双调八十三字，上阕八句三仄韵，下阕九句四仄韵

无名氏

霜月亭亭时节，野溪开冰灼。
○●○○○●；●○○○▲

故人信付江南，归也仗谁托。
●○●●○○；○●●○▲

寒影低横，轻香暗度，疏篱幽院何在，秦楼朱阁。
○●○○；○○●●；○○○●○●；○○○▲

帘幕。携酒共看，依依承醉更堪作。
○▲　○●●○；○○○●●○▲

雅淡一种，天然如雪缀烟薄。
●●●●；○○○●●○▲

肠断相逢，手捻嫩枝，追思浑似，那人浅妆梳掠。
○●○○；●●●○；○○○●；●○●○○▲

（王质词改平韵。）

82. 泛清波摘遍　　(一体)

双调一百零五字，上阕十一句五仄韵，下阕十句六仄韵

晏几道

催花雨小，著柳风柔，都似去年时候好。
○○●●；●●○○；●●●○○●▲

露红烟绿，尽有狂情鬥春早。长安道。
●○○●；●●○○●○▲　○○▲

秋千影里，丝管声中，谁放艳阳轻过了。
○○●●；○●○○；○●●○○●▲

倦客登临，暗惜光阴恨多少。
●●○○；●●○○●○▲

楚天渺。归思正如乱云，短梦未成芳草。
●○▲　○●●○●○；●●●○○▲

空把吴霜鬓华，自悲清晓。帝城杳。
○●○○●○；●○○▲　●○▲

双凤旧约渐虚，孤鸿后期难到。
○●●●●○；○○●○○▲

且趁朝花夜月，翠尊频倒。
●●○○●●；●○○▲

83. 泛清苕　　（一体）

双调一百八字，上下阕各十二句，五平韵

张　先

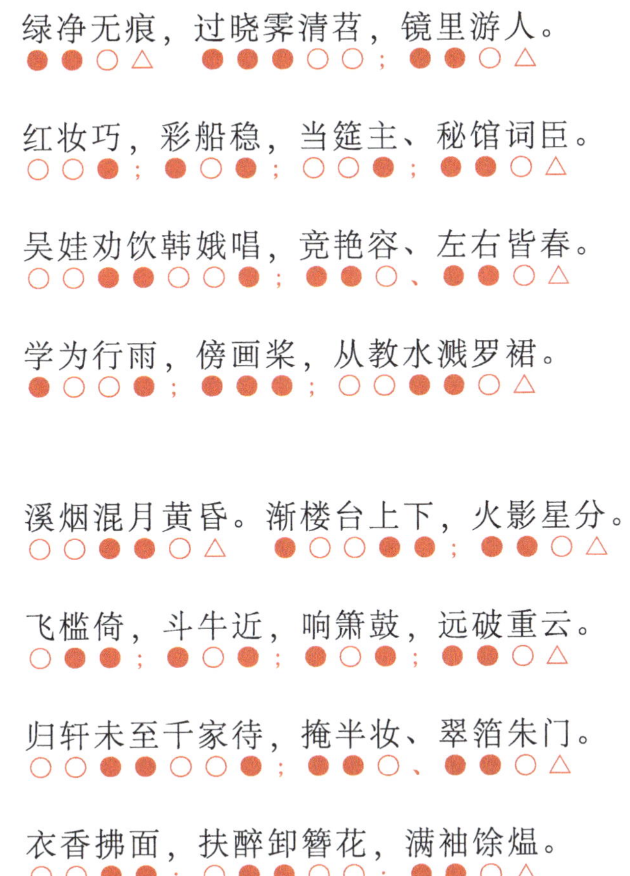

绿净无痕，过晓霁清苕，镜里游人。
红妆巧，彩船稳，当筵主、秘馆词臣。
吴娃劝饮韩娥唱，竞艳容、左右皆春。
学为行雨，傍画桨，从教水溅罗裙。
溪烟混月黄昏。渐楼台上下，火影星分。
飞槛倚，斗牛近，响箫鼓，远破重云。
归轩未至千家待，掩半妆、翠箔朱门。
衣香拂面，扶醉卸簪花，满袖馀煴。

（上下阕第二句用一字领。）

84. 芳草渡　　(一体)

双调八十九字，上阕十句五仄韵，下阕九句五仄韵

周邦彦

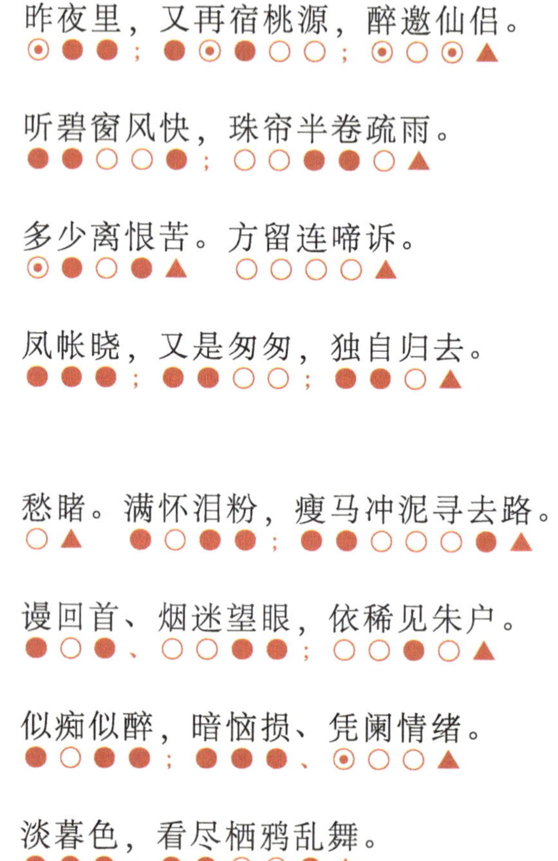

昨夜里，又再宿桃源，醉邀仙侣。
听碧窗风快，珠帘半卷疏雨。
多少离恨苦。方留连啼诉。
凤帐晓，又是匆匆，独自归去。

愁睹。满怀泪粉，瘦马冲泥寻去路。
谩回首、烟迷望眼，依稀见朱户。
似痴似醉，暗恼损、凭阑情绪。
淡暮色，看尽栖鸦乱舞。

（上阕第二、第四、第七句，例用一字领。陈允平词上起用韵。）

芳草渡 （宋词）

陈允平

芳草渡。渐迤逦分飞，鸳俦凤侣。洒一枝香泪，梨花寂寞春雨。惜别情思苦。匆匆深盟诉。翠浪远，六幅蒲帆，缥缈东去。　　还顾。夕阳冉冉，恨逐潮回南浦路。漫空念、归来燕子，双栖旧庭户。市桥细柳，尚不减、少年张绪。渐瘦损，懒照秦鸾对舞。

85. 飞龙宴　　　(一体)

双调九十九字，上阕十句五仄韵，下阕十句八仄韵

苏小娘

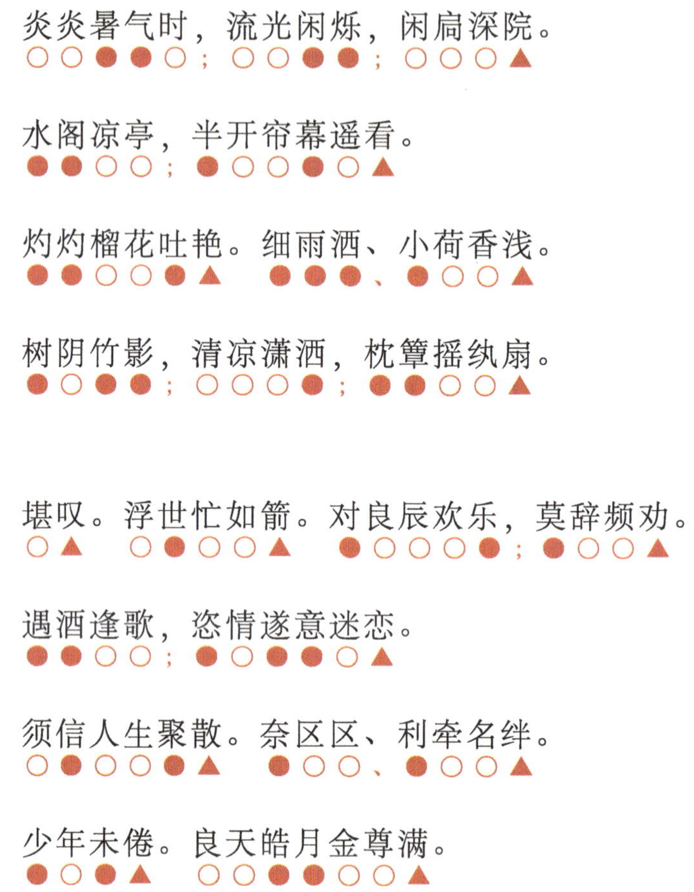

炎炎暑气时，流光闲烁，闲扃深院。
水阁凉亭，半开帘幕遥看。
灼灼榴花吐艳。细雨洒、小荷香浅。
树阴竹影，清凉潇洒，枕簟摇纨扇。

堪叹。浮世忙如箭。对良辰欢乐，莫辞频劝。
遇酒逢歌，恣情遂意迷恋。
须信人生聚散。奈区区、利牵名绊。
少年未倦。良天皓月金尊满。

（宋人话本小说中人物词。下阕第三句用一字领。）

86. 飞雪满群山　　（一体）

双调一百七字，上阕十一句四平韵，下阕十句四平韵

蔡　伸

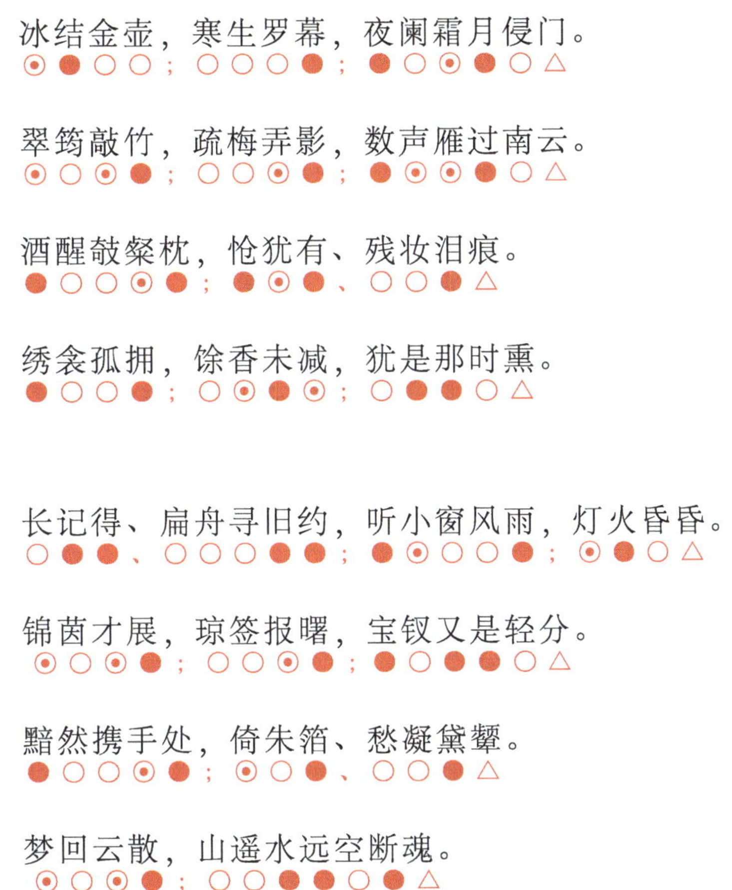

（下阕第二句用一字领。）

飞雪满群山 （宋词）

张　榘

次赵西里耑行喜雪韵

爱日烘晴，梅梢春动，晓窗客梦方远。江天万里，高低烟树，四望犹拥螺鬟。是谁邀滕六，酿薄暮、同云沍寒。却元来是，铃阁露熏，俄忽老青山。　都尽道、年来须更好，无缘农事，雨涩风悭。鹅池夜半，衔枚飞渡，看樽俎折冲间。尽青油谈笑，琼花露、杯深量宽。功名做了，云台写作画图看。

（上阕第三句“远”，疑误。结末三字平仄有异。）

87. 粉蝶儿慢　　（一体）

双调九十七字，上阕九句四仄韵，下阕九句六仄韵

周邦彦

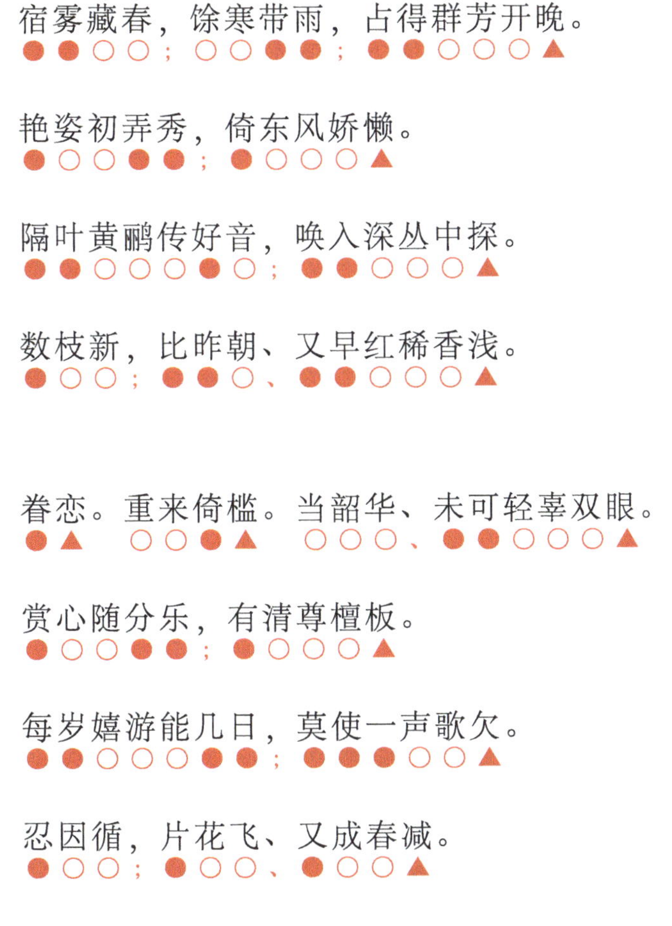

宿雾藏春，馀寒带雨，占得群芳开晚。

艳姿初弄秀，倚东风娇懒。

隔叶黄鹂传好音，唤入深丛中探。

数枝新，比昨朝、又早红稀香浅。

眷恋。重来倚槛。当韶华、未可轻辜双眼。

赏心随分乐，有清尊檀板。

每岁嬉游能几日，莫使一声歌欠。

忍因循，片花飞、又成春减。

（上下阕第五句用一字领。）

88. 风光好　　（一体）

双调三十六字，上阕四句四平韵，下阕四句两仄韵、两平韵

欧　良

柳阴阴。水深深。
●○△　●○△

风约双凫不自禁。碧波心。
⊙●○○●●△　●○△

孤村桥断人迷路。舟横渡。
○○⊙●○○▲　○○▲

旋买村醪浅浅斟。更微吟。
⊙●○○●●△　●○△

89. 风流子令　　（一体）

单调三十四字，八句六仄韵

孙光宪

楼倚长衢欲暮。瞥见神仙伴侣。
○●⊙○⊙▲　⊙●⊙○⊙▲

微傅粉，拢梳头，隐映画帘开处。
○●●；●○○；⊙●⊙○⊙▲

无语。无绪。慢曳罗裙归去。
○▲　○▲　⊙●⊙○○▲

（酷似《如梦令》。）

90. 凤池吟　　（一体）

双调九十九字，上阕十一句四平韵，下阕十句四平韵

吴文英

万丈巍台，碧罘罳外，衮衮野马游尘。
●●○○；●○○●；●●●●○△

旧文书几阁，昏朝醉暮，覆雨翻云。
●○○●●；○○●●；●●○△

忽变清明，紫垣敕使下星辰。
●●○○；●○●●●○△

经年事静，公门如水，帝甸阳春。
○○●●；○○○●；●●○△

长安父老相语，几百年见此，独驾冰轮。
○○●●○●；●●○●●；●●○△

又凤鸣黄幕，玉霄平溯，鹊锦新恩。
●●○○●；●○○●；●●○△

画省中书，半红梅子荐盐新。
●●○○；●○○●●○△

归来晚，待赓吟、殿阁南薰。
○○●；●○○、●●○△

（上下阕第四句用一字领。）

91. 凤孤飞　　（一体）

双调四十九字，上阕四句三仄韵，下阕四句四仄韵

晏几道

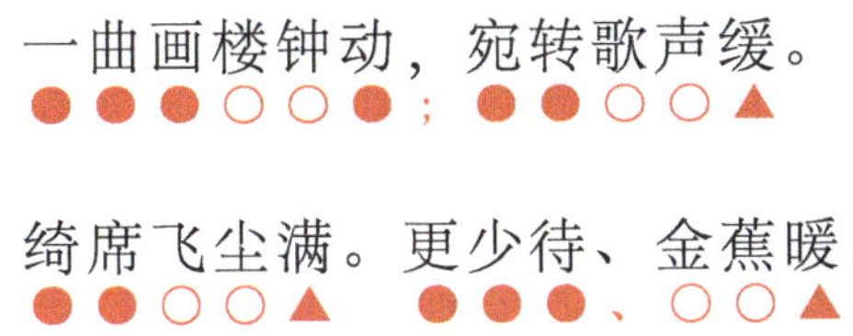

一曲画楼钟动，宛转歌声缓。
●●●○○●；●●○○▲

绮席飞尘满。更少待、金蕉暖。
●●○○▲　●●●、○○▲

细雨轻寒今夜短。依前是、粉墙别馆。
●●○○○●▲　○○●、●○●▲

端的欢期应未晚。奈归云难管。
○●○○○●▲　●○○○▲

（结用一字领。）

92. 凤归云　　(一体)

双调一百二字，上阕十句四平韵，下阕十一句三平韵

柳　永

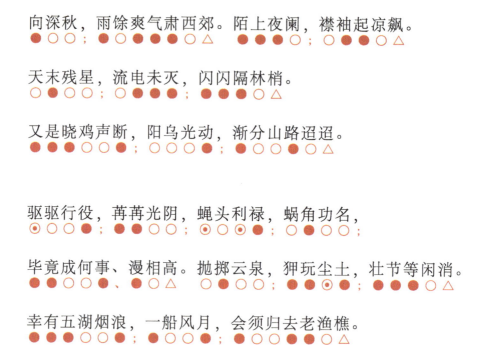

向深秋，雨馀爽气肃西郊。陌上夜阑，襟袖起凉飙。
●○○；●○●●●○△　●●●○；○●●○△

天末残星，流电未灭，闪闪隔林梢。
○●○○；○●●●；●●●○△

又是晓鸡声断，阳乌光动，渐分山路迢迢。
●●●○○●；○○○●；●○○●○△

驱驱行役，苒苒光阴，蝇头利禄，蜗角功名，
⊙○○●；●●○○；⊙○⊙●；○●○○；

毕竟成何事、漫相高。抛掷云泉，狎玩尘土，壮节等闲消。
●●○○●、●○△　○●○○；●●⊙●；●●●○△

幸有五湖烟浪，一船风月，会须归去老渔樵。
●●●○○●；●○○●；●○○●●○△

（上阕第三句亦可用韵。）

93. 凤归云词　　（一体）

双调八十一字，上下阕各九句，四平韵

敦煌曲子词

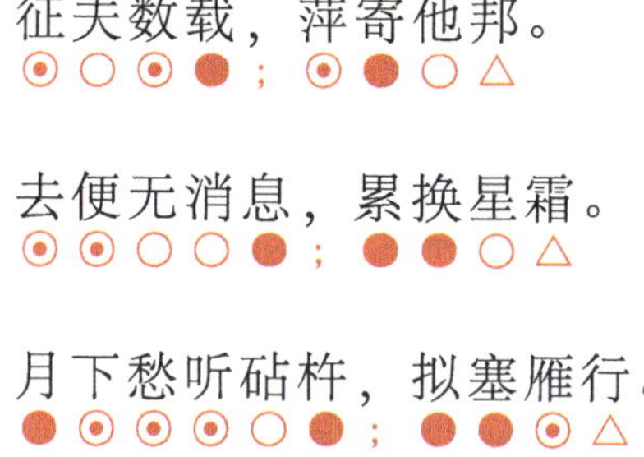

征夫数载，萍寄他邦。
⊙○⊙●；⊙●○△

去便无消息，累换星霜。
⊙⊙○○●；●●○△

月下愁听砧杵，拟塞雁行。
●⊙⊙⊙○●；●●⊙△

孤眠鸾帐里，枉劳魂梦，夜夜飞飏。
○○○●●；⊙○⊙●；⊙●○△

想君薄行，更不思量。
⊙○⊙●；●●○△

谁为传书与，表妾衷肠。
⊙⊙○○●；⊙●○△

倚牖无言垂血泪，闇祝三光。
⊙⊙⊙⊙○⊙●；●●○△

万般无那处，一炉香尽，又更添香。
●○○●●；⊙○⊙●；⊙●○△

（原名《凤归云》，为别于柳永词，改此名。敦煌曲子，存此备忘也。其余三首字数略有增减，文辞稍逊，不予校订。）

94. 凤归云慢　（一体）

双调一百十八字，上阕十三句四仄韵，下阕十四句五仄韵

柳　永

恋帝里，金谷园林，平康巷陌，
●●●；○●○○；○○●●；

触处繁华，连日疏狂，未尝轻负，寸心双眼。
●●○○；○●○○；●○○●；●○○▲

况佳人，尽天外行云，掌上飞燕。
●○○；●○●○○；●●○▲

向玳筵、一一皆妙选。长是因酒沉迷，被花萦绊。
●●○、●●○●▲　○●○●○○；●○○▲

更可惜，淑景亭台，暑天枕簟。
●●●；●●○○；●○●▲

霜月夜凉，雪霰朝飞，一岁风光，尽堪随分，俊游清宴。
○●●○；●●○○；●●○○；●○○●；●○○▲

算浮生事，瞬息光阴，锱铢名宦。
●○○●；●●○○；○○○▲

正欢笑、试恁暂分散，却是恨雨愁云，地遥天远。
●○●、●●●○▲　●●●●○○；●○○▲

（下阕多一四字句，余上下阕似同。上下阕第九句用一字领，两结用二字领。原名《凤归云》，注林钟商调，与平韵一百一字注仙吕调《凤归云》迥异，实两谱也。故改名以别。）

95. 凤皇枝令　　（一体）

双调五十四字，上下阕各五句，四仄韵

万俟咏

景龙门，古酸枣门也。自左掖门之东为城南北道，北抵景龙门。自腊月十五日放灯，纵都人夜游。妇女游者，珠帘下邀住，饮以金瓯酒。有妇人饮酒毕，辄怀金瓯。左右呼之，妇人曰：妾之夫性严，今带酒容，何以自明。怀此金瓯为证耳。隔帘闻笑声曰：与之。其词曰：

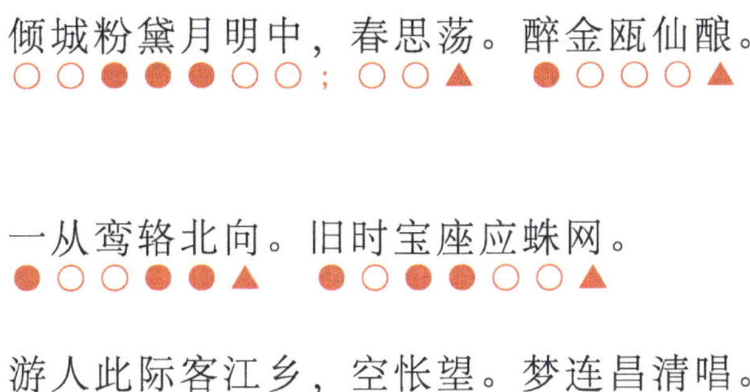

人间天上。端楼龙凤灯先赏。

倾城粉黛月明中，春思荡。醉金瓯仙酿。

一从鸾辂北向。旧时宝座应蛛网。

游人此际客江乡，空怅望。梦连昌清唱。

（后四句句式似同。上下结用一字领。）

96. 凤来朝　　(一体)

双调五十一字，上下阕各四句，四仄韵

周邦彦

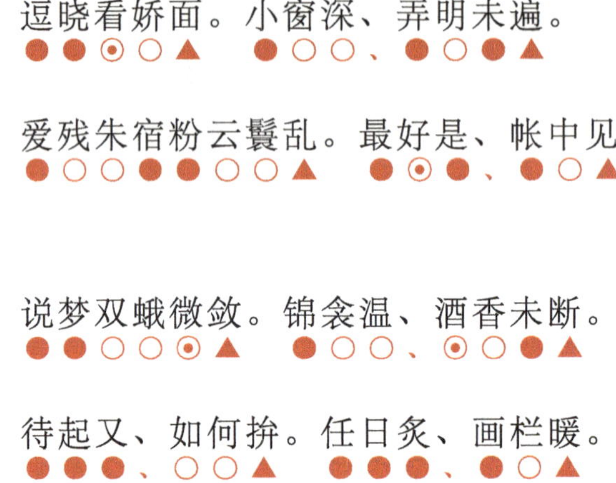

逗晓看娇面。小窗深、弄明未遍。
爱残朱宿粉云鬟乱。最好是、帐中见。

说梦双蛾微敛。锦衾温、酒香未断。
待起又、如何拚。任日炙、画栏暖。

（上阕第三句用一字领，亦可读为三、六。）

97. 凤楼春　　（一体）

双调七十七字，上阕七句六平韵，下阕九句五平韵

欧阳炯

凤髻绿云丛。深掩房栊。锦书通。
●●●○△　○●○△　●○△

梦中相见觉来慵。匀面泪脸珠融。
●○○●●○△　○●●●○△

因想玉郎何处去，对淑景谁同。
○●●○○●●；●●●○△

小楼中。春思无穷。
●○△　○●○△

倚栏凝望，暗牵愁绪，柳花飞起东风。
●○○●；●○○●；●○○●○△

斜日照帘，罗幌香冷粉屏空。
○●●○；○●○●●○△

海棠零落，莺语残红。
●○○●；○●○△

（上结用一字领。）

98. 凤鸾双舞　　(一体)

双调九十五字，上阕十二句四仄韵，下阕八句六仄韵

汪元量

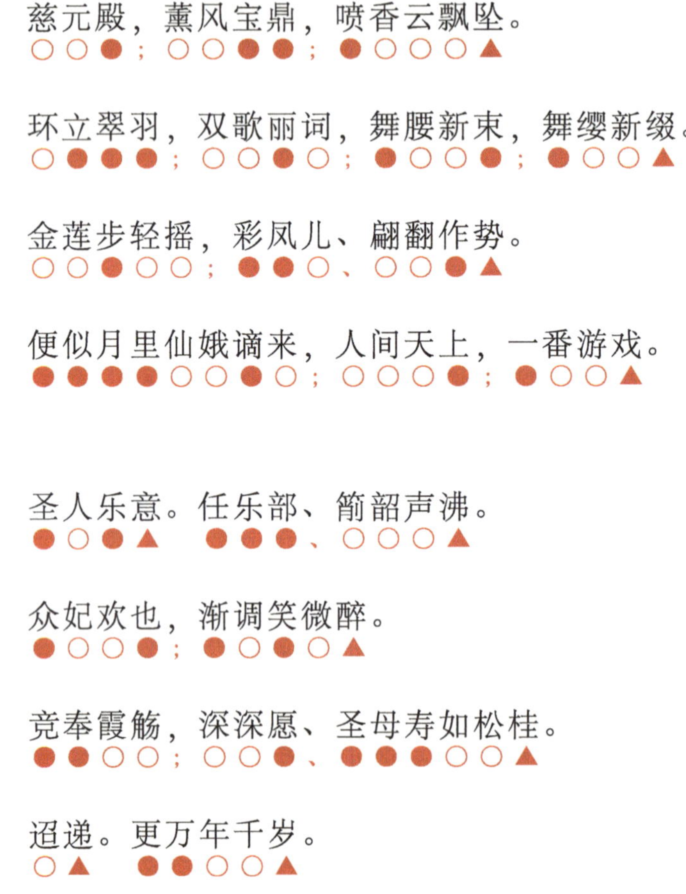

慈元殿，薰风宝鼎，喷香云飘坠。

环立翠羽，双歌丽词，舞腰新束，舞缨新缀。

金莲步轻摇，彩凤儿、翩翻作势。

便似月里仙娥谪来，人间天上，一番游戏。

圣人乐意。任乐部、箾韶声沸。

众妃欢也，渐调笑微醉。

竞奉霞觞，深深愿、圣母寿如松桂。

迢递。更万年千岁。

（上阕第十句用二字领。下阕第四、第八句，用一字领。）

99. 凤时春　　（一体）

双调六十二字，上下阕各六句，四仄韵

王　质

见残梅

标格风流前辈。才瞥见春风，萧然无对。
只有月娥心不退。依旧断桥，横在流水。

我亦共、月娥同意。肯将情移在，粗红俗翠。
除丁香蔷薇酴醾外。便做花王，不是此辈。

（上下阕第二句，下阕第四句，用一字领。下阕第四句连用七个平声字，填者遵之。）

100. 凤衔杯　　（三体）

（一）双调五十七字，上阕四句四仄韵，下阕五句四仄韵

晏　殊

青蘋昨夜秋风起。无限个、露莲相倚。
○○●●○○▲　○●●、●○○▲

独凭朱阑愁望、晴天际。空目断、遥山翠。
●●○○○●、○○▲　○●●、○○▲

彩笺长，锦书细。谁信道、两情难寄。
●○○；●○▲　○●●、●○○▲

可惜良辰好景、欢娱地。只恁地、空憔悴。
●●○○●●、○○▲　●●●、○○▲

（除下起减一字折为两个三字句外，上下阕句式似同。）

（二）双调六十三字，上阕五句四仄韵，下阕六句四仄韵

柳　永

追悔当初辜深愿。经年价、两成幽怨。

⊙●○○○⊙▲　○⊙●、●○○▲

任越水吴山，似屏如障堪游玩。奈独自、慵抬眼。

●⊙●○○；●○⊙●○○▲　⊙●●、○○▲

赏烟花，听弦管。图欢笑、转加肠断。

●○○；⊙⊙▲　○⊙⊙、●○○▲

更时展丹青，强拈书信频频看。又争似、亲相见。

●⊙●○○；●○○●○○▲　●⊙●、○○▲

（上阕第三句、下阕第四句用一字领。较晏殊体，唯上下阕第三句各添三字折为五字、七字各一句，起句平仄异。）

（三）双调五十七字，上阕四句四平韵，下阕五句四平韵

晏　殊

留花不住怨花飞。向南园、情绪依依。

可惜倒红斜白、一枝枝。经宿雨、又离披。

凭朱槛，把金卮。对芳丛、惆怅多时。

何况旧欢新恨、阻心期。空满眼、是相思。

（平韵体字数、句读皆同仄韵体，平仄有调整。）

101. 凤箫吟 （三体）

（一）双调一百零一字，上下阕各十句、五平韵

王之道

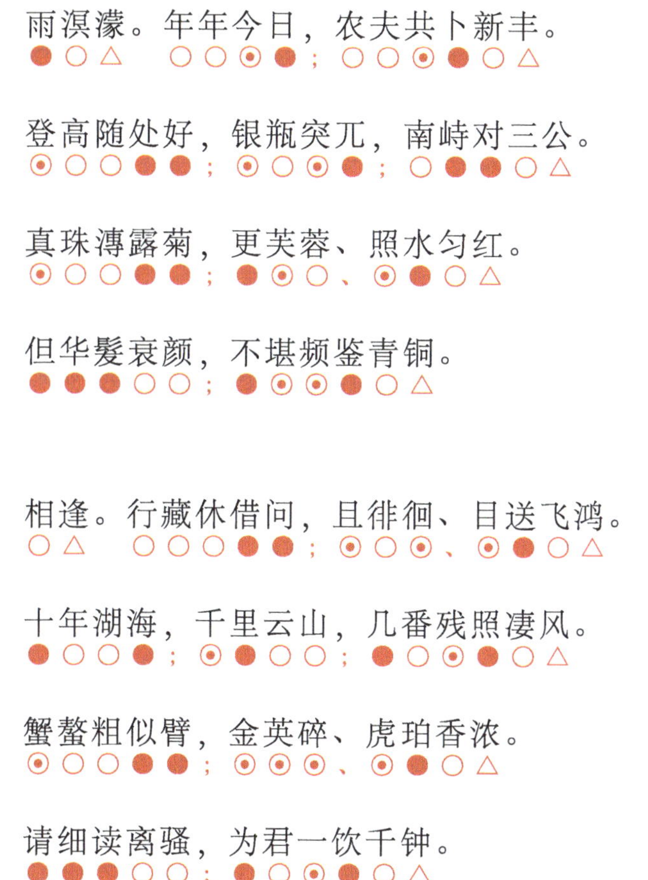

雨溟濛。年年今日，农夫共卜新丰。

登高随处好，银瓶突兀，南峙对三公。

真珠溥露菊，更芙蓉、照水匀红。

但华髮衰颜，不堪频鉴青铜。

相逢。行藏休借问，且徘徊、目送飞鸿。

十年湖海，千里云山，几番残照凄风。

蟹螯粗似臂，金英碎、虎珀香浓。

请细读离骚，为君一饮千钟。

（晁补之词下阕第二、第三句，重组为四字三句。上下阕倒数第二句例用一字领。）

（二）双调一百字，上阕十句四平韵，下阕十句五平韵

韩　缜

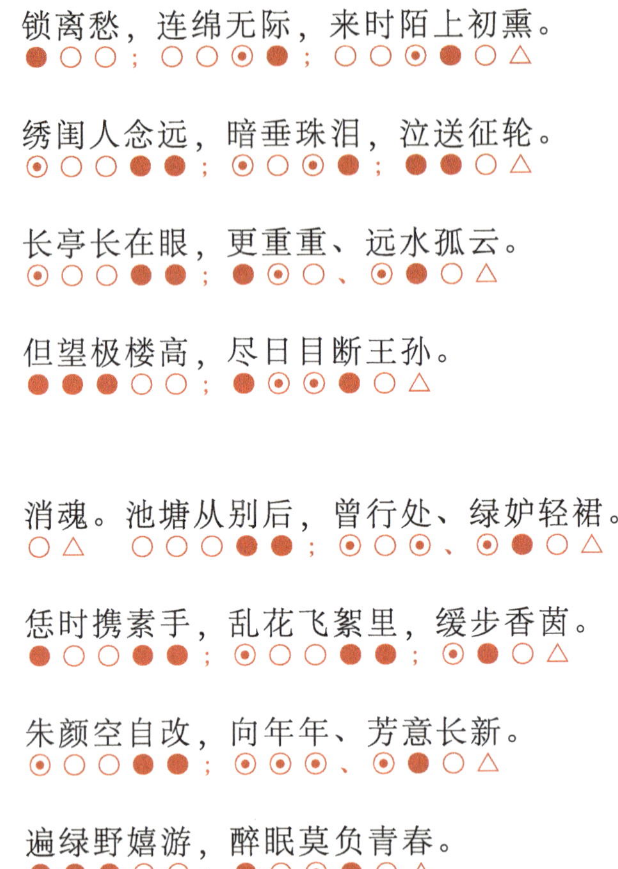

锁离愁，连绵无际，来时陌上初熏。

绣闺人念远，暗垂珠泪，泣送征轮。

长亭长在眼，更重重、远水孤云。

但望极楼高，尽日目断王孙。

消魂。池塘从别后，曾行处、绿妒轻裙。

恁时携素手，乱花飞絮里，缓步香茵。

朱颜空自改，向年年、芳意长新。

遍绿野嬉游，醉眠莫负青春。

（三）双调九十九字，上阕十句四平韵，下阕十一句五平韵

奚　岊

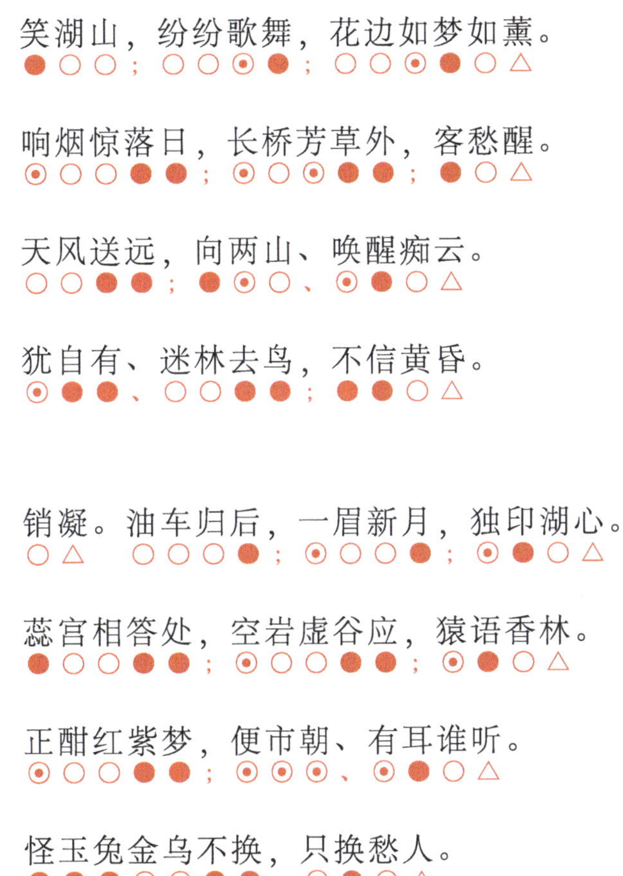

笑湖山，纷纷歌舞，花边如梦如薰。
响烟惊落日，长桥芳草外，客愁醒。
天风送远，向两山、唤醒痴云。
犹自有、迷林去鸟，不信黄昏。

销凝。油车归后，一眉新月，独印湖心。
蕊宫相答处，空岩虚谷应，猿语香林。
正酣红紫梦，便市朝、有耳谁听。
怪玉兔金乌不换，只换愁人。

（下阕第八、第十句用一字领。曹勋词起句用韵，上阕第四、第五、第六句多一字重组为四字两句，六字一句，上结改作五字、六字各一句，不予参校。）

102. 芙蓉月　　（一体）

双调九十四字，上阕九句四仄韵，下阕十一句六仄韵

赵以夫

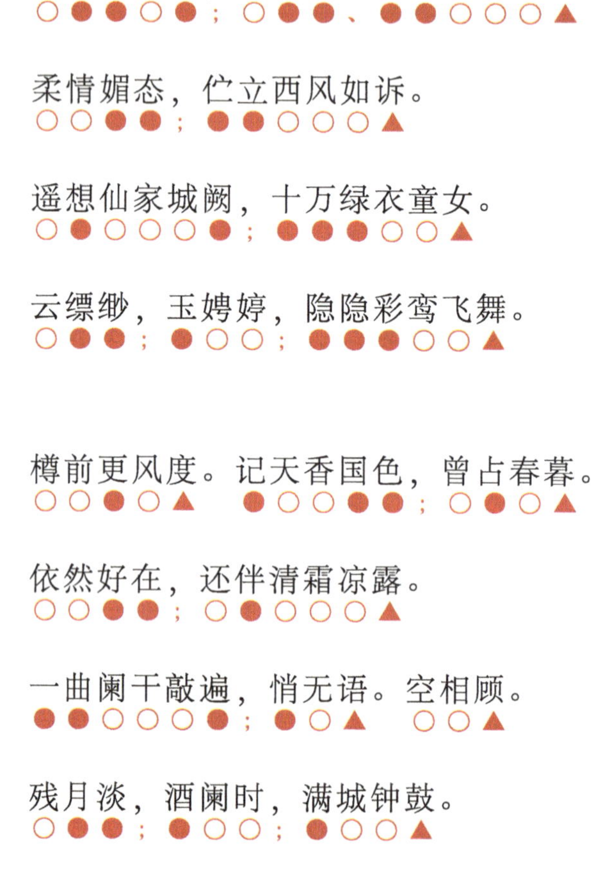

黄叶舞空碧，临水处、照眼红苞齐吐。
柔情媚态，伫立西风如诉。
遥想仙家城阙，十万绿衣童女。
云缥缈，玉娉婷，隐隐彩鸾飞舞。

樽前更风度。记天香国色，曾占春暮。
依然好在，还伴清霜凉露。
一曲阑干敲遍，悄无语。空相顾。
残月淡，酒阑时，满城钟鼓。

（下阕第二句用一字领。）

103. 拂霓裳　　（一体）

双调八十二字，上阕九句六平韵，下阕八句五平韵

晏　殊

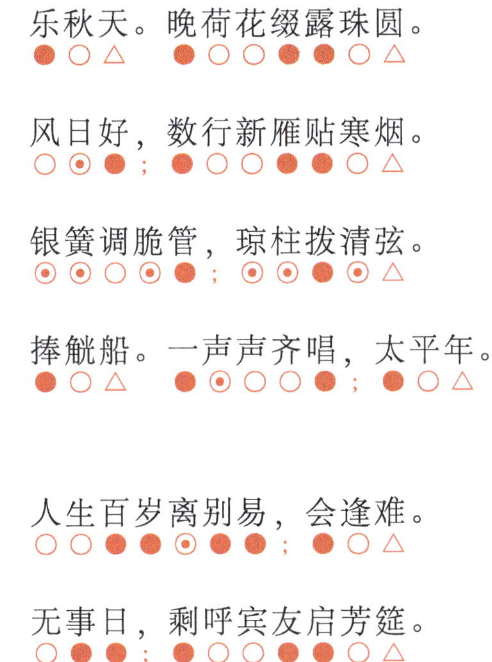

乐秋天。晚荷花缀露珠圆。

风日好，数行新雁贴寒烟。

银簧调脆管，琼柱拨清弦。

捧觥船。一声声齐唱，太平年。

人生百岁离别易，会逢难。

无事日，剩呼宾友启芳筵。

星霜催绿鬓，风露损朱颜。

惜清欢。又何妨沉醉玉尊前。

（下结用一字领。晏殊别首，上阕第二句多一领字，不予参校。）

104. 福寿千春　　(一体)

双调九十八字，上阕十句五仄韵，下阕十一句五仄韵

卢　挚

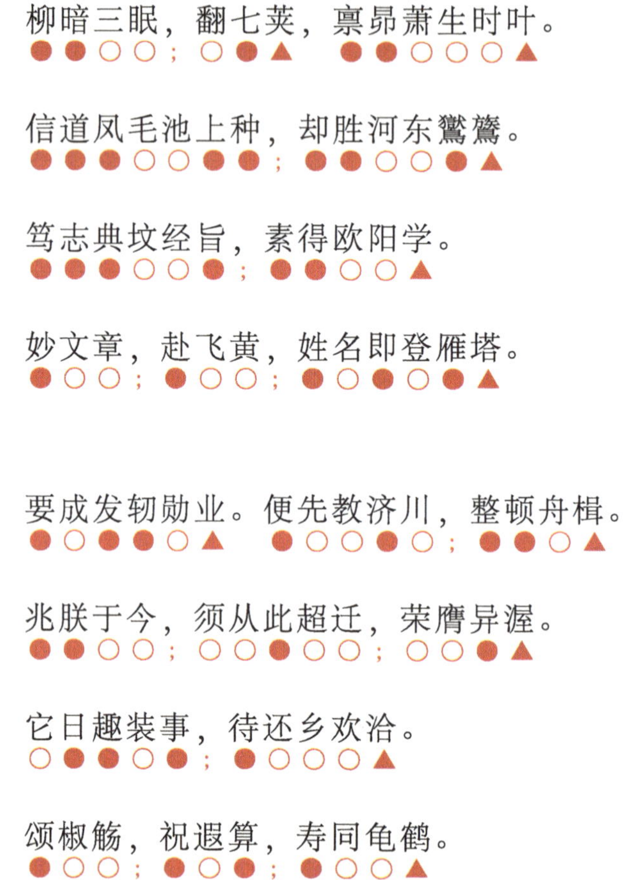

柳暗三眠，翻七荚，禀昴萧生时叶。
●●○○；○●▲　●●○○○▲

信道凤毛池上种，却胜河东鸑鷟。
●●●○○●●；●●○○●▲

笃志典坟经旨，素得欧阳学。
●●●○○●；●●○○▲

妙文章，赴飞黄，姓名即登雁塔。
●○○；●○○；●○●○●▲

要成发轫勋业。便先教济川，整顿舟楫。
●○●●○▲　●○○●○；●●○▲

兆朕于今，须从此超迁，荣膺异渥。
●●○○；○○●○○；○○●▲

它日趣装事，待还乡欢洽。
○●●○●；●○○○▲

颂椒觞，祝遐算，寿同龟鹤。
●○○；●○●；●○○▲

（下阕第二、第五、第八句，用一字领。）

105. 甘草子　　（一体）

双调四十七字，上阕五句三仄韵，下阕四句四仄韵

柳　永

秋暮。乱洒衰荷，颗颗真珠雨。

雨过月华生，冷彻鸳鸯浦。

池上凭阑愁无侣。奈此个、单栖情绪。

却傍金笼教鹦鹉。念粉郎言语。

⊙●○○⊙⊙▲　●●○○▲

（结用一字领。上阕第四句可用韵。）

甘草子 （宋词）

寇　准

春早。柳丝无力，低拂青门道。暖日笼啼鸟。初坼桃花小。　　遥望碧天净如扫。曳一缕、轻烟缥缈。堪惜流年谢芳草。任玉壶倾倒。

甘草子 （宋词）

杨无咎

秋暮。永夜西楼，冷月明窗户。梦破橹声中，忆在松江路。　　欹枕试寻曾游处。记历历、风光堪数。谁与浮家五湖去。尽醉眠秋雨。

106. 甘露滴乔松　　（一体）

双调九十六字，上下阕各九句，四仄韵一叶韵

无名氏

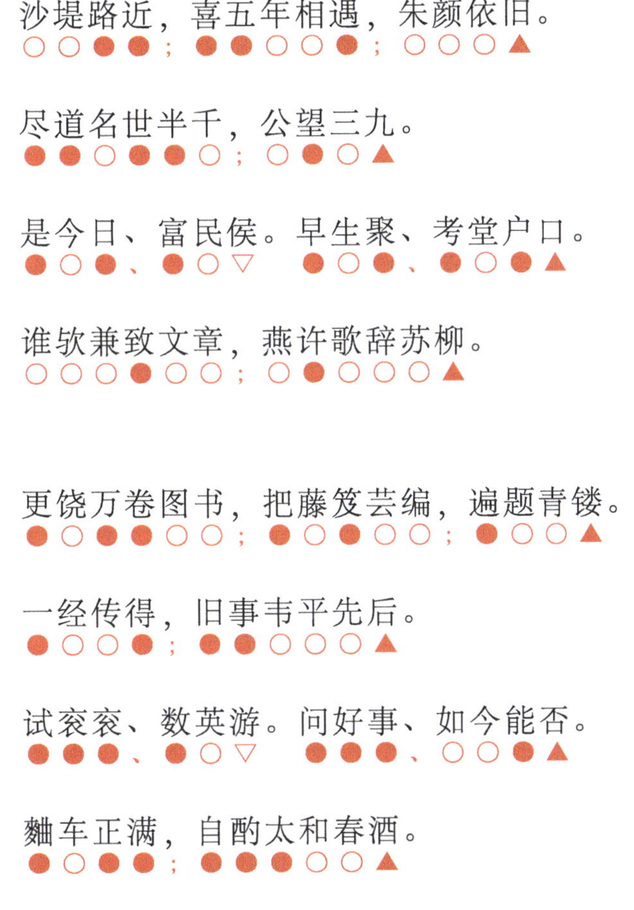

沙堤路近，喜五年相遇，朱颜依旧。
○○●●；●●○○●；○○○▲

尽道名世半千，公望三九。
●●○●●○；○●○▲

是今日、富民侯。早生聚、考堂户口。
●○●、●○▽　●○●、●○●▲

谁欤兼致文章，燕许歌辞苏柳。
○○○●○○；○●○○○▲

更饶万卷图书，把藤笈芸编，遍题青镂。
●○●●○○；●○●○○；●○○▲

一经传得，旧事韦平先后。
●○○●；●●○○○▲

试衮衮、数英游。问好事、如今能否。
●●●、●○▽　●●●、○○●▲

麯车正满，自酌太和春酒。
●○●●；●●●○○▲

（上下阕第二句用一字领。）

107. 甘露歌　　(一体)

单调二十四字，四句，两平韵、两仄韵

王安石

折得一枝香在手。人间应未有。
●●⊙○○●▲　○○○●▲

疑是经春雪未消。今日是何朝。
⊙●⊙○⊙●△　○●●○△

（王安石别首，起两句平仄作：⊙○●●○●▲　○○●●▲）

108. 甘州遍　　（一体）

双调六十三字，上阕六句三平韵，下阕八句五平韵

毛文锡

春光好，公子爱闲游。足风流。
○○●；○●●○△　●○△

金鞍白马，雕弓宝剑，红缨锦襜出长楸。
○○●●；○○●●；○○●●●○△

花蔽膝，玉衔头。寻芳逐胜欢宴，丝竹不曾休。
○●●；●○△　○○●●○●；⊙●●○△

美人唱，揭调是甘州。醉红楼。
●○●、●●●○△　●○△

尧年舜日，乐圣永无忧。
⊙○●●；●●●○△

109. 甘州令　　(一体)

双调七十八字，上阕十句四仄韵，下阕九句四仄韵

柳　永

冻云深，淑气浅，寒欺绿野。
●○○；●●●；○○●▲

轻雪伴、早梅飘谢。
○●●、●○○▲

艳阳天，正明媚，却成潇洒。
●○○；●○●；●○○▲

玉人歌，画楼酒，对此景、骤增高价。
●○○；●○●；●●●、●○○▲

卖花巷陌，放灯台榭。
●○●●；●○○▲

好时节、怎生轻舍。
●○●、●○○▲

赖和风，荡霁霭，廓清良夜。
●○○；●●●；●○○▲

玉尘铺，桂华满，素光里、更堪游冶。
●○○；●○●；●○●、●○○▲

110. 甘州曲　　（二体）

（一）单调三十三字，六句五平韵

顾　夐

露桃花里小楼深。持玉盏，听瑶琴。
⊙○○●●○△　○●●；●○△

醉归青琐入鸳衾。月色照衣襟。
●○⊙●●○△　⊙●●○△

山枕上、翠钿镇眉心。
⊙●●、⊙●●○△

（二）单调二十九字，六句五平韵

王　衍

画罗裙。能结束，称腰身。
●○△　○●●；●○△

柳眉桃脸不胜春。薄媚足精神。
●○⊙●●○△　⊙●●○△

可惜许、沦落在风尘。
⊙●●、⊙●●○△

（较顾夐体，唯起句少四字。）

111. 感恩多　（一体）

双调三十九字，上阕四句两仄韵、两平韵，下阕五句两平韵、一叠韵

牛　峤

两条红粉泪。多少香闺意。
●○○●▲　○●○○▲

强攀桃李枝。敛愁眉。
●○○●△　●○△

陌上莺啼蝶舞，柳花飞。
●●○○●●；●○△

柳花飞。愿得郎心，忆家还早归。
●○△　●●○○；●○○●△

（下阕第三句叠用前句。）

112. 高山流水 (一体)

双调一百十字，上下阕十句、六平韵

吴文英

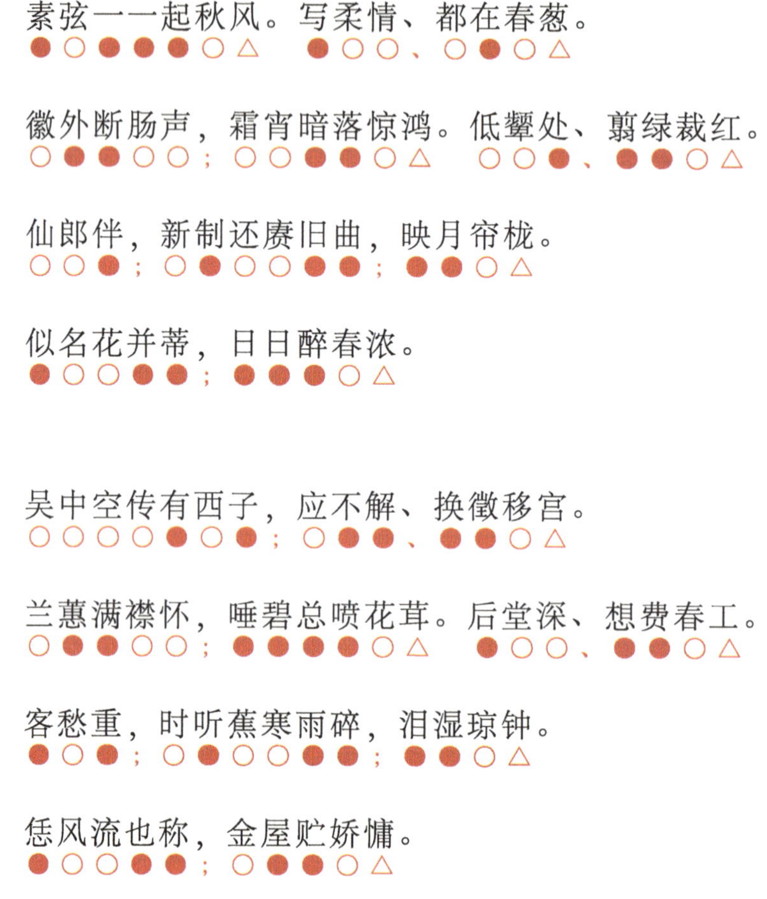

素弦一一起秋风。写柔情、都在春葱。
徽外断肠声，霜宵暗落惊鸿。低颦处、翦绿裁红。
仙郎伴，新制还赓旧曲，映月帘栊。
似名花并蒂，日日醉春浓。

吴中空传有西子，应不解、换徵移宫。
兰蕙满襟怀，唾碧总喷花茸。后堂深、想费春工。
客愁重，时听蕉寒雨碎，泪湿琼钟。
恁风流也称，金屋贮娇慵。

（上下阕句式似同，唯平仄或有异。上下阕倒数第二句用一字领。）

113. 歌头　　（一体）

双调一百三十六字，上阕十四句八仄韵，下阕十九句五仄韵

李存勖

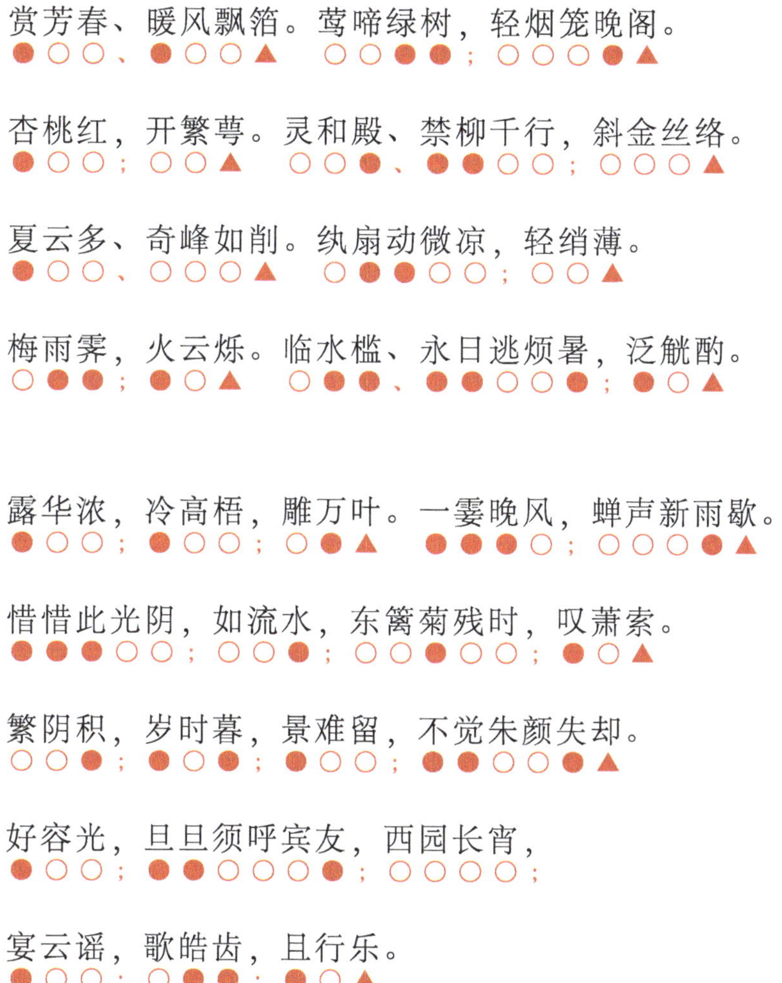

赏芳春、暖风飘箔。莺啼绿树，轻烟笼晚阁。
●○○、●○○▲　○○●●；○○○●▲

杏桃红，开繁萼。灵和殿、禁柳千行，斜金丝络。
●○○；○○▲　○○●、●●○○；○○○▲

夏云多、奇峰如削。纨扇动微凉，轻绡薄。
●○○、○○○▲　○●●○○；○○▲

梅雨霁，火云烁。临水槛、永日逃烦暑，泛觥酌。
○●●；●○▲　○●●、●●○○●；●○▲

露华浓，冷高梧，雕万叶。一霎晚风，蝉声新雨歇。
●○○；●○○；○●▲　●●●○；○○○●▲

惜惜此光阴，如流水，东篱菊残时，叹萧索。
●●●○○；○○●；○○●○○；●○▲

繁阴积，岁时暮，景难留，不觉朱颜失却。
○○●；●○●；●○○；●●○○●▲

好容光，旦旦须呼宾友，西园长宵，
●○○；●●○○○●；○○○○；

宴云谣，歌皓齿，且行乐。
●○○；○●●；●○▲

114. 高溪梅令　　（一体）

双调四十八字，上下阕各四句，四平韵

姜　夔

好花不与殢香人。浪粼粼。
●○●●●○△　●○△

又恐春风归去、绿成阴。玉钿何处寻。
⊙●⊙○○●、●○△　●○○●△

木兰双桨梦中云。水横陈。
●○⊙●●○△　●○△

漫向孤山山下、觅盈盈。翠禽啼一春。
●●○○○●、●○△　⊙○○●△

（上下阕句式似同。）

鬲溪梅令　（金元词）

邵亨贞

和南金鸳湖舟中韵

几年不到画桥西。路依稀。回首淡烟残柳、昔游非。笛声何处悲。　　故人不见梦魂迷。草萋萋。几度倚阑欲寄、旧相思。相思无尽期。

115. 隔帘花　　（一体）

双调九十七字，上阕九句四仄韵，下阕九句六仄韵

曹　勋

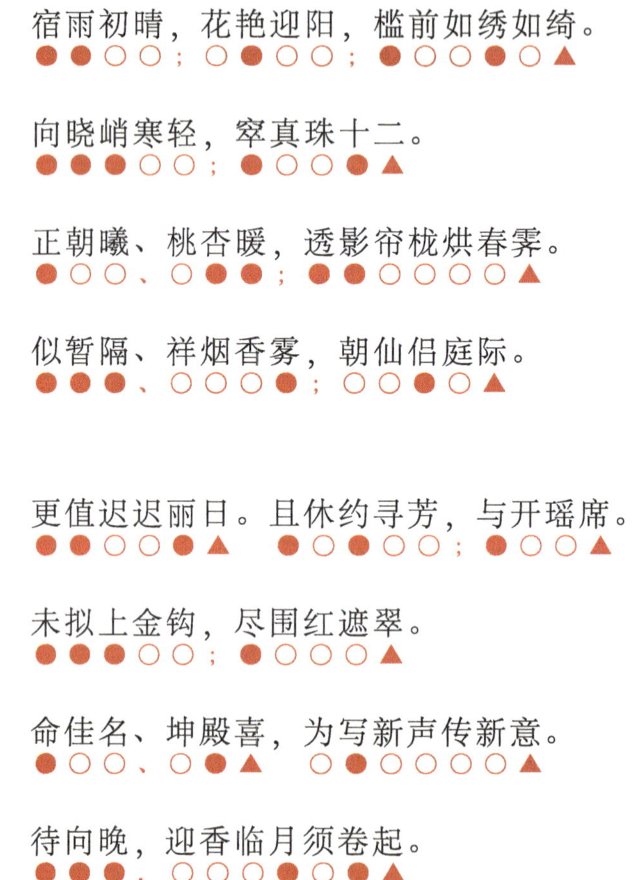

宿雨初晴，花艳迎阳，槛前如绣如绮。

向晓峭寒轻，窣真珠十二。

正朝曦、桃杏暖，透影帘栊烘春霁。

似暂隔、祥烟香雾，朝仙侣庭际。

更值迟迟丽日。且休约寻芳，与开瑶席。

未拟上金钩，尽围红遮翠。

命佳名、坤殿喜，为写新声传新意。

待向晚，迎香临月须卷起。

（上下阕第五句及下阕第二句用一字领。）

116. 隔帘听　　（一体）

双调七十五字，上阕七句五仄韵，下阕八句七仄韵

柳　永

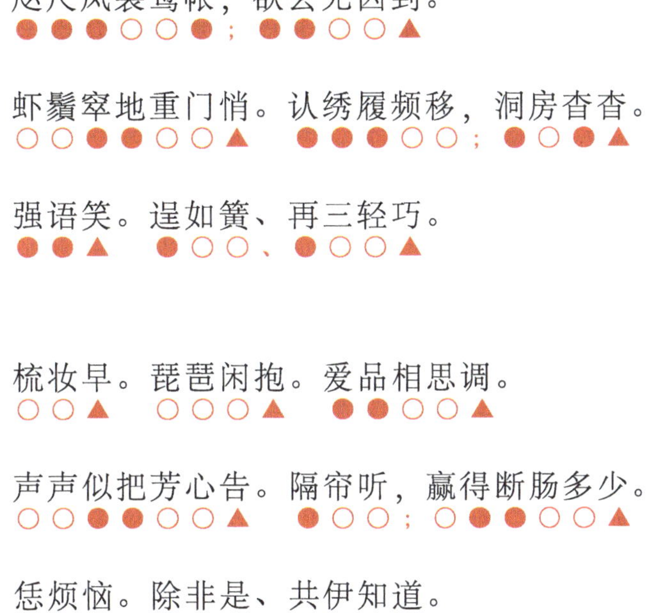

咫尺凤衾鸳帐，欲去无因到。

虾鬚窣地重门悄。认绣履频移，洞房杳杳。

强语笑。逞如簧、再三轻巧。

梳妆早。琵琶闲抱。爱品相思调。

声声似把芳心告。隔帘听，赢得断肠多少。

恁烦恼。除非是、共伊知道。

（上阕第四句用一字领。）

117. 个侬　　（一体）

双调一百五十九字，上阕十六句六仄韵，下阕十六句八仄韵

廖莹中

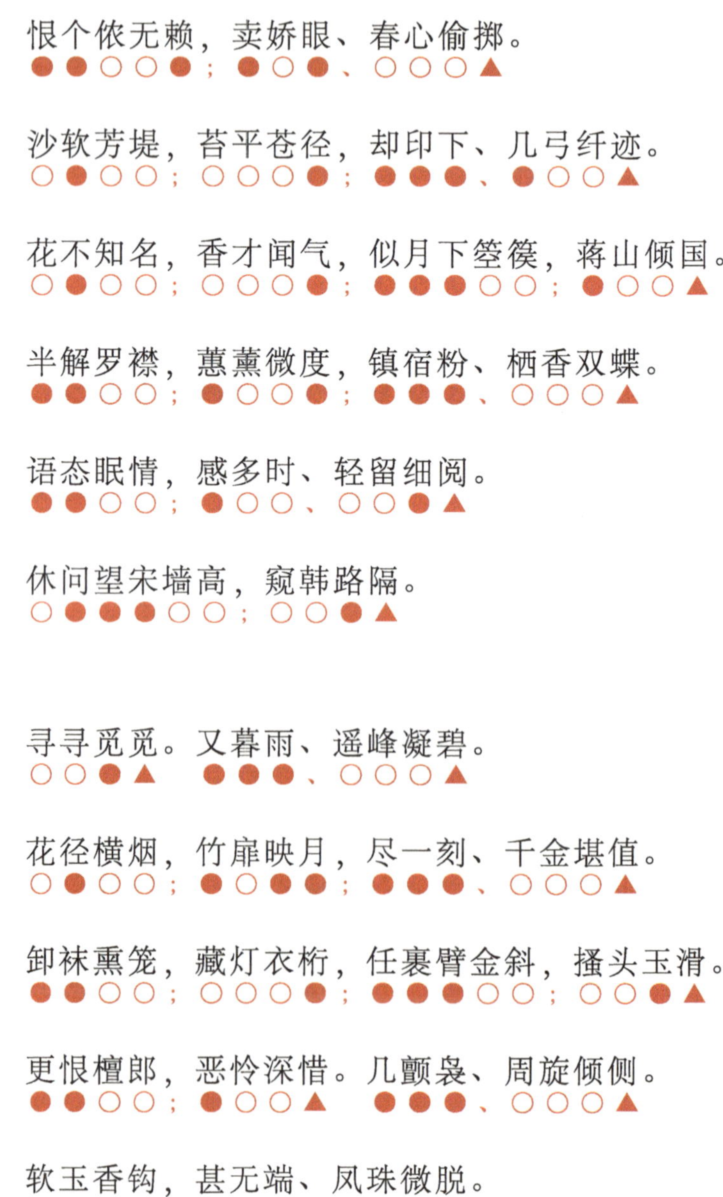

恨个侬无赖，卖娇眼、春心偷掷。
●●○○●；●○●、○○○▲

沙软芳堤，苔平苍径，却印下、几弓纤迹。
○●○○；○○○●；●●●、●○○▲

花不知名，香才闻气，似月下箜篌，蒋山倾国。
○●○○；○○○●；●●●○○；●○○▲

半解罗襟，蕙薰微度，镇宿粉、栖香双蝶。
●●○○；●○○●；●●●、○○○▲

语态眠情，感多时、轻留细阅。
●●○○；●○○、○○●▲

休问望宋墙高，窥韩路隔。
○●●●○○；○○●▲

寻寻觅觅。又暮雨、遥峰凝碧。
○○●▲　●●●、○○○▲

花径横烟，竹扉映月，尽一刻、千金堪值。
○●○○；●○●●；●●●、○○○▲

卸袜熏笼，藏灯衣桁，任裹臂金斜，搔头玉滑。
●●○○；○○○●；●●●○○；○○●▲

更恨檀郎，恶怜深惜。几颤袅、周旋倾侧。
●●○○；●○○▲　●●●、○○○▲

软玉香钩，甚无端、凤珠微脱。
●●○○；●○○、●○○▲

多少怕晓听钟，琼钗暗擘。
○●●●○○；○○●▲

（除上起多一字外，上下阕句式似同。上起及上下阕第八句用一字领，两结用二字领。）

118. 更漏子慢　　（一体）

双调一百四字，上下阕各十一句，五平韵

杜安世

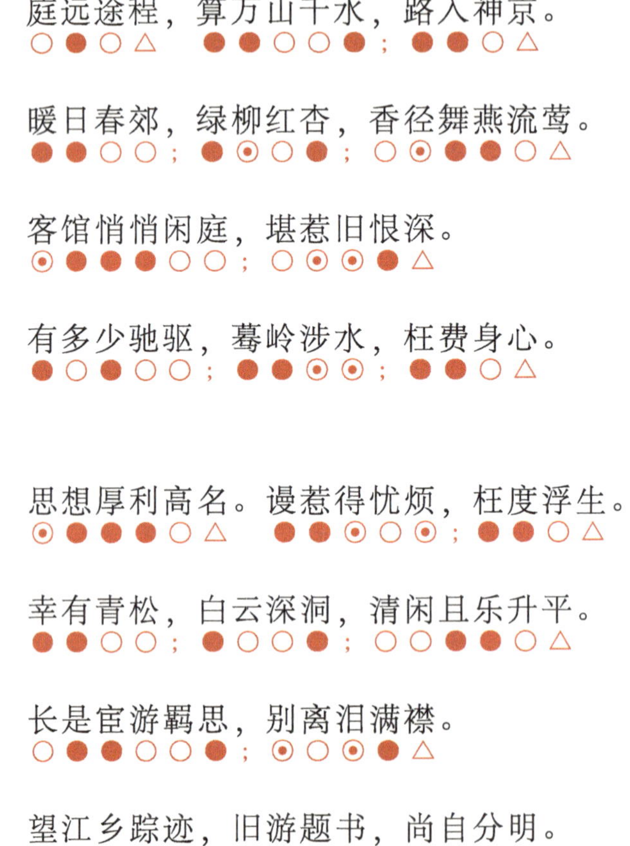
庭远途程，算万山千水，路入神京。
○●○△　●●○○●；●●○△
暖日春郊，绿柳红杏，香径舞燕流莺。
●●○○；●⊙○●；○⊙●●○△
客馆悄悄闲庭，堪惹旧恨深。
⊙●●●○○；○⊙⊙●△
有多少驰驱，蓦岭涉水，枉费身心。
●○●○○；●●⊙⊙；●●○△

思想厚利高名。谩惹得忧烦，枉度浮生。
⊙●●●○△　●●⊙○⊙；●●○△
幸有青松，白云深洞，清闲且乐升平。
●●○○；●○○●；○○●●○△
长是宦游羁思，别离泪满襟。
○●●○○●；⊙○⊙●△
望江乡踪迹，旧游题书，尚自分明。
●⊙○○●；●○○○；●●○△

（除起句外，上下阕句式似同。上下阕第二、第九句例用一字领。贺铸词平仄略异，上阕第九句作：●○○●●。下阕第七句作：○○●●○△，多用一韵；第十句作：○●○○。）

119. 宫怨春　　(一体)

双调七十六字，上下阕各八句，四平韵

敦煌曲子词

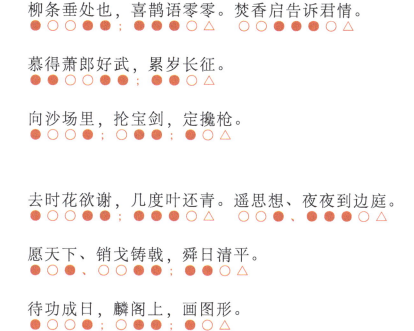

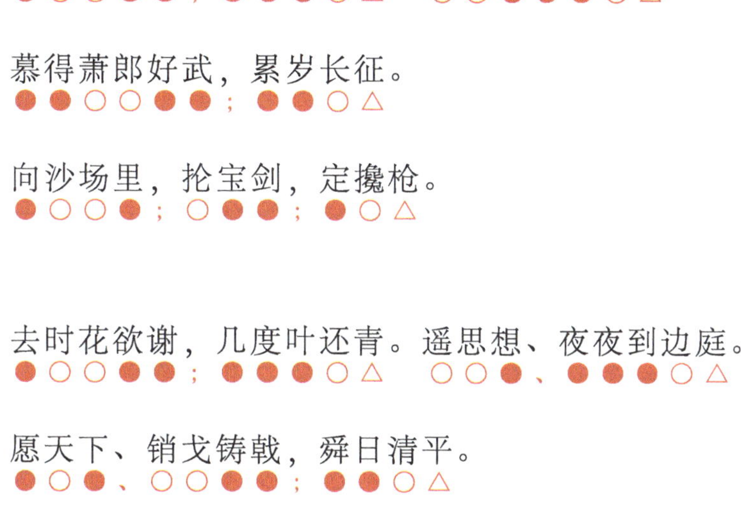

柳条垂处也，喜鹊语零零。焚香启告诉君情。
●○○●●；●●●○△　○○●●●○△

慕得萧郎好武，累岁长征。
●●○○●●；●●○△

向沙场里，抡宝剑，定攙枪。
●○○●；○●●；●○△

去时花欲谢，几度叶还青。遥思想、夜夜到边庭。
●○○●●；●●●○△　○○●、●●●○△

愿天下、销戈铸戟，舜日清平。
●○●、○○●●；●●○△

待功成日，麟阁上，画图形。
●○○●；○●●；●○△

（见“敦煌残卷”斯二六〇七卷。除下阕第三、第四句各多一字外，上下阕句式似同。两结用一字领。）

120. 缑山月　　（一体）

双调六十四字，上阕七句四平韵，下阕七句三平韵

梁　寅

急雨响岩阿。阴云暗薜萝。山中春去更寒多。
●●●○△　○○●●△　○○○●●○△

纵柴门不闭，花满径，苍苔润，少人过。
●○○●●；○●●；○○●；●○△

兰舟曾记兰汀宿，牵恨是烟波。而今林下和樵歌。
○○○●○○●；○●●○△　○○○●●○△

看风风雨雨，滋造物，时时变，总心和。
●○○●●；○●●；○○●；●○△

（除下起多两字且不用韵外，上下阕句式似同。上下阕第四句用一字领。）

121. 孤馆深沉　　（一体）

双调五十字，上阕五句三平韵，下阕五句两平韵

权无染

琼英雪艳岭梅芳。天付与清香。
○○●●●○△　○●●○△

向腊后春前，解压万花，先占东阳。
●●●○○；●●●○；○●○△

拟待折、一枝相赠，奈水远天长。
●●●、●○○●；●●●○△

对妆面、忍听羌笛，又还空断人肠。
●○●；●○○●；●○○●○△

（上阕第三句、下阕第二句用一字领。）

122. 古香慢　　(一体)

双调九十四字，上阕九句四仄韵，下阕九句五仄韵

吴文英

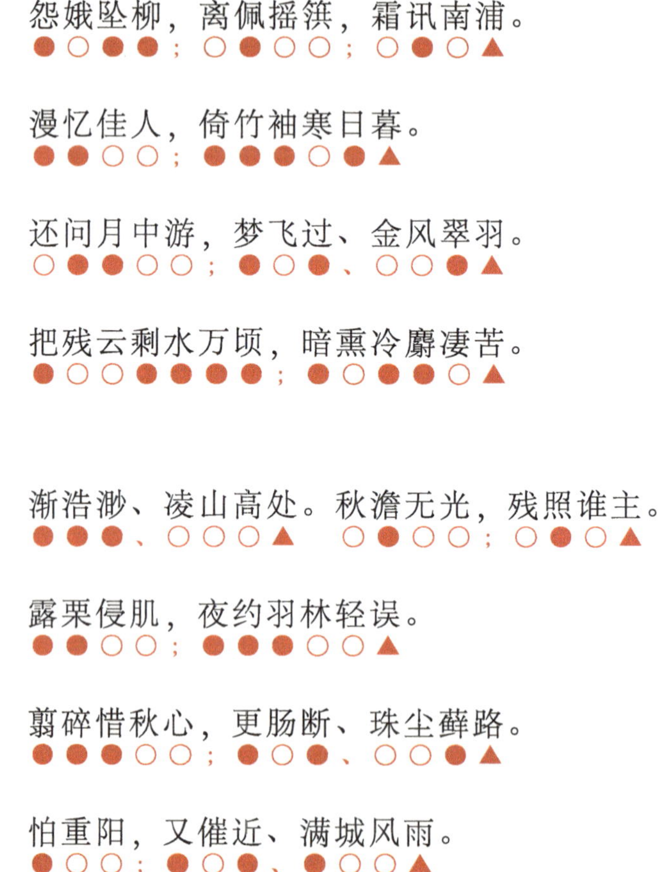

怨娥坠柳，离佩摇筱，霜讯南浦。
●○●●；○●○○；○●○▲

漫忆佳人，倚竹袖寒日暮。
●●○○；●●●○●▲

还问月中游，梦飞过、金风翠羽。
○●●○○；●○●、○○●▲

把残云剩水万顷，暗熏冷麝凄苦。
●○○●●●●；●○●●○▲

渐浩渺、凌山高处。秋澹无光，残照谁主。
●●●、○○○▲　○●○○；○●○▲

露栗侵肌，夜约羽林轻误。
●●○○；●●●○○▲

翦碎惜秋心，更肠断、珠尘藓路。
●●●○○；●○●、○○●▲

怕重阳，又催近、满城风雨。
●○○；●○●、●○○▲

（上下阕倒数第二句用一字领。）

123. 古阳关　　（一体）

双调九十字，上阕六句五平韵，下阕十句两平韵三仄韵一叶韵

无名氏

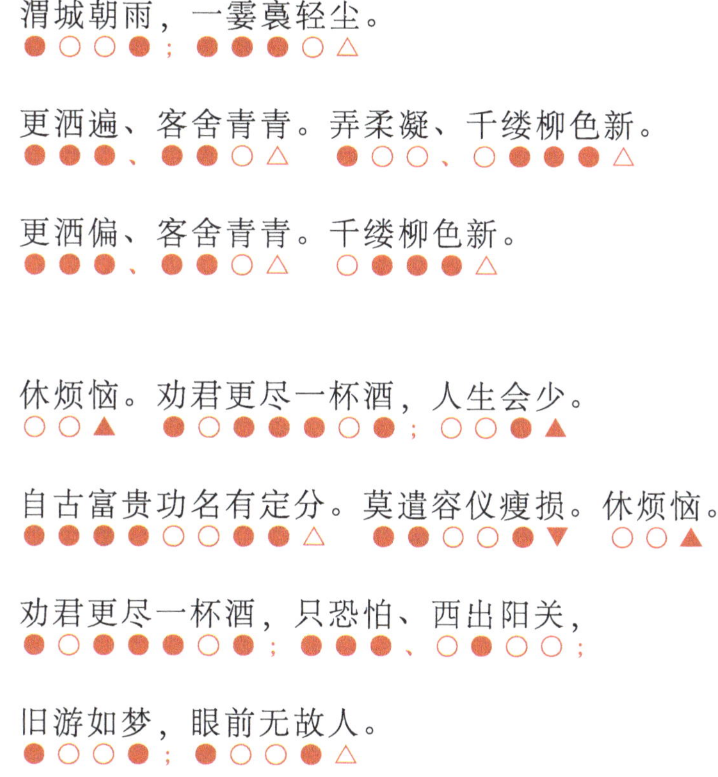

渭城朝雨，一霎裛轻尘。

更洒遍、客舍青青。弄柔凝、千缕柳色新。

更洒偏、客舍青青。千缕柳色新。

休烦恼。劝君更尽一杯酒，人生会少。

自古富贵功名有定分。莫遣容仪瘦损。休烦恼。

劝君更尽一杯酒，只恐怕、西出阳关，

旧游如梦，眼前无故人。

（下阕第四句用二字领。）

124. 鼓笛令　　（一体）

双调五十五字，上下阕各四句，四仄韵

黄庭坚

宝犀未解心先透。恼杀人、远山微皱。

意淡言疏情最厚。枉教作、著行官柳。

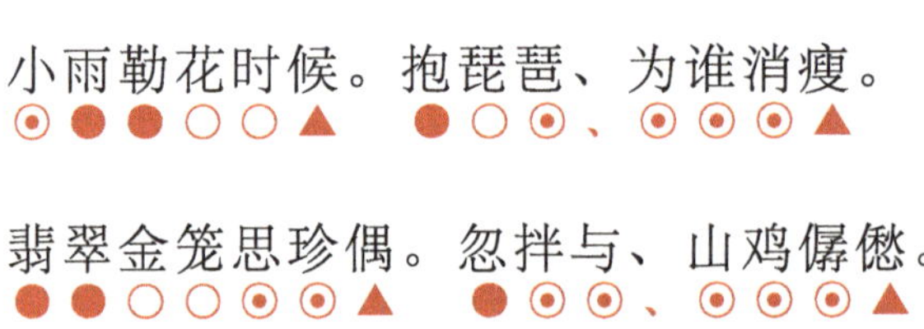
小雨勒花时候。抱琵琶、为谁消瘦。

翡翠金笼思珍偶。忽拌与、山鸡僝僽。

（黄庭坚别首，下阕第一、第二句各多一字，第三句连用七仄声字，不予参校。朱敦儒词起句漏一字，不予校订。）

125. 归国遥　　（二体）

（一）又名归平遥，双调四十二字，上下阕各四句，四仄韵

温庭筠

双脸。小凤战篦金贴艳。
○▲　●●⊙○○●▲

舞衣无力风敛。藕丝秋色染。
●○○●○▲　⊙○○●▲

锦帐绣帏斜掩。露珠清晓簟。
●⊙●○○▲　●○○●▲

粉心黄蕊花靥。黛眉山两点。
●○○●○▲　●○○●▲

（二）又名归平遥，双调四十三字，上下阕各四句，四仄韵

韦　庄

春欲晚。戏蝶游蜂花烂熳。
○●▲　●●⊙○○●▲

日落谢家池馆。柳丝金缕断。
●●⊙○○▲　⊙○○●▲

睡觉绿鬟风乱。画屏云雨散。
⊙●●○○▲　●○○●▲

闲倚博山长叹。泪流沾皓腕。
⊙●●○○▲　●○○●▲

（颜奎词个别平仄有异，不予校订。）

126. 归去来　　（二体）

（一）双调四十九字，上下阕各四句，四仄韵

柳　永

初过元宵三五。慵困春情绪。
○●○○○▲　○●○○▲

灯月阑珊嬉游处。游人尽、厌欢聚。
○●○○○○▲　○○●、●○▲

凭仗如花女。持杯谢、酒朋诗侣。
○●○○▲　○○●、●○○▲

馀醒更不禁香醑。歌筵罢、且归去。
○○●●○○▲　○○●、●○▲

（二）双调五十二字，上下阕各四句，四仄韵

柳　永

一夜狂风雨。花阴坠、碎红无数。
●●○○▲　○○●、●○○▲

垂杨漫结黄金缕。尽春残、萦不住。
○○●●○○▲　●○○、○●▲

蝶稀蜂散知何处。殢尊酒、转添愁绪。
●○○●○○▲　●○●、●○○▲

多情不惯相思苦。休惆怅、好归去。
○○●●○○▲　○○●、●○▲

127. 归田乐　　（一体）

双调五十字，上阕六句三仄韵，下阕四句两仄韵

晁补之

春又去，似别佳人幽恨积。
○●●；●●○○○●▲

闲庭院，翠阴满，添昼寂。
○○●；●○●、○●▲

一枝梅最好，至今忆。
●○○●●；●○▲

正梦断炉烟袅，参差疏帘隔。
●●●○○●；○○○○▲

为何事、年年春恨，问花应会得。
●○●、○○○●；●○○●▲

（下起用一字领。）

128. 归田乐令　　　（一体）

双调五十字，上下阕各四句，三仄韵

蔡　伸

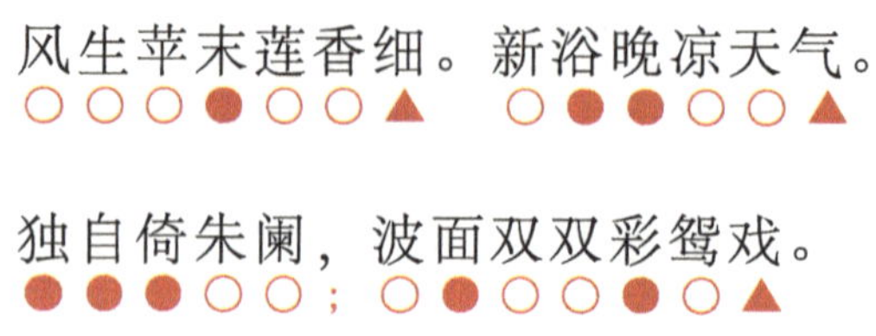
风生苹末莲香细。新浴晚凉天气。
独自倚朱阑，波面双双彩鸳戏。

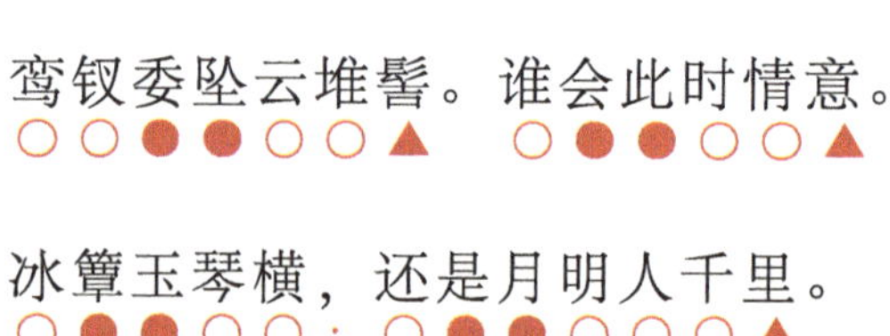
鸾钗委坠云堆髻。谁会此时情意。
冰簟玉琴横，还是月明人千里。

（原名《归田乐》，为别于晁补之词，名为《归田乐令》。）

129. 归田乐引　　（二体）

（一）双调七十一字，上阕六句五仄韵、一叠韵，下阕七句五仄韵、一叠韵

无名氏

水绕溪桥绿。泛蘋汀、步迷花曲。
●●○○▲　●⊙⊙、●○⊙▲

衣巾散馀馥。种竹更洗竹。
○○●○▲　●⊙●●▲

咏竹题竹。日暮无人伴幽独。
⊙●⊙▲　●●○○●○▲

光阴双转毂。可惜许、等闲愁万斛。
○○⊙●▲　●●●、●○○●▲

世间种种，只是荣和辱。念足又愿足。
●○⊙●；⊙●○○▲　●⊙●●▲

意足心足。忘了眉头怎生蹙。
●⊙○▲　●●○○●○▲

（晏几道词下阕第二句多一字，上下阕各少用一韵，不予参校。）

（二）双调七十字，上阕六句五仄韵、一叠韵，下阕七句五仄韵、一叠韵

黄庭坚

暮雨濛阶砌。漏渐移、转添寂寞，点点心如碎。
●●○○▲　●⊙⊙、●○⊙▲　●●○○▲

怨你又恋你。恨你惜你。
●⊙●●▲　⊙●⊙▲

毕竟教人怎生是。
●●○○●○▲

前欢算未已。奈向如今愁无计。
○○⊙●▲　●●○○○●▲

为伊聪俊，销得人憔悴。
●○⊙●；⊙●○○▲

这里诮睡里。梦里心里。一向无言但垂泪。
●⊙●●▲　●⊙○▲　●●○○●○▲

（黄庭坚别首下阕第六句多两字，不予参校。仇远词字数增减较多，不予校订。）

归田乐引 （宋词）

晏几道

试把花期数。便早有、感春情绪。看即梅花吐。愿花更不谢，春且长住。只恐花飞又春去。　　花开还不语。问此意、年年春还会否。绛唇青鬓，渐少花前语。对花又记得，旧曾游处。门外垂杨未飘絮。

130. 桂殿秋　　（一体）

单调二十七字，五句三平韵

向子諲

秋色里，月明中。红旌翠节下蓬宫。
○●●；●○△　⊙○⊙●●○△

蟠桃已结瑶池露，桂子初开玉殿风。
⊙○⊙●⊙○●；⊙●○○⊙●△

（首句减一字之七绝也。第三句平仄，刘翰别首改作：●●○○○●△。第四句平仄，李仁本别首改作：●○○●○●●。）

131. 辊绣球　　（一体）

双调六十五字，上阕七句两仄韵，下阕七句三仄韵

赵长卿

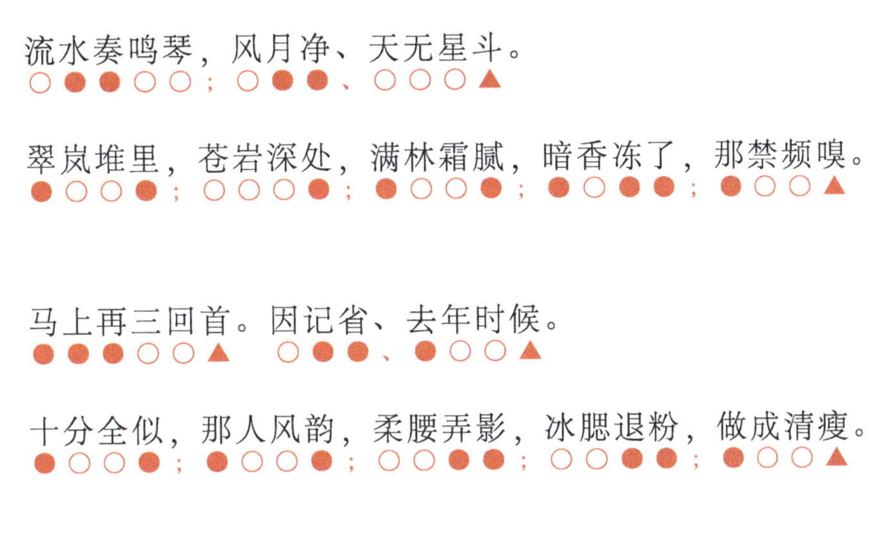

流水奏鸣琴，风月净、天无星斗。
○●●○○；○●●、○○○▲

翠岚堆里，苍岩深处，满林霜腻，暗香冻了，那禁频嗅。
●○○●；○○○●；●○○●；●○●●；●○○▲

马上再三回首。因记省、去年时候。
●●●○○▲ ○●●、●○○▲

十分全似，那人风韵，柔腰弄影，冰腮退粉，做成清瘦。
●○○●；●○○●；○○●●；○○●●；●○○▲

（唯下阕添一字，上下阕其余句式似同。）

132. 郭郎儿近拍　　（一体）

双调七十三字，上阕七句五仄韵，下阕八句四仄韵

柳　永

帝里。闲居小曲深坊，庭院沈沈朱户闭。
●▲　○○●●○○；○●○○○●▲

新霁。畏景天气。
○▲　●●○▲

薰风帘幕无人，永昼厌厌如度岁。
○○○●○○；●●○○○●▲

愁悴。枕簟微凉，睡久辗转慵起。
○▲　●●○○；●●●●○▲

砚席尘生，新诗小阕，等闲都尽废。
●●○○；○○●●；●○○●▲

这些儿、寂莫情怀，何事新来常恁地。
●○○、●●○○；○●○○○●▲

133. 聒龙谣　　（一体）

双调九十九字，上下阕各十句，四仄韵

朱敦儒

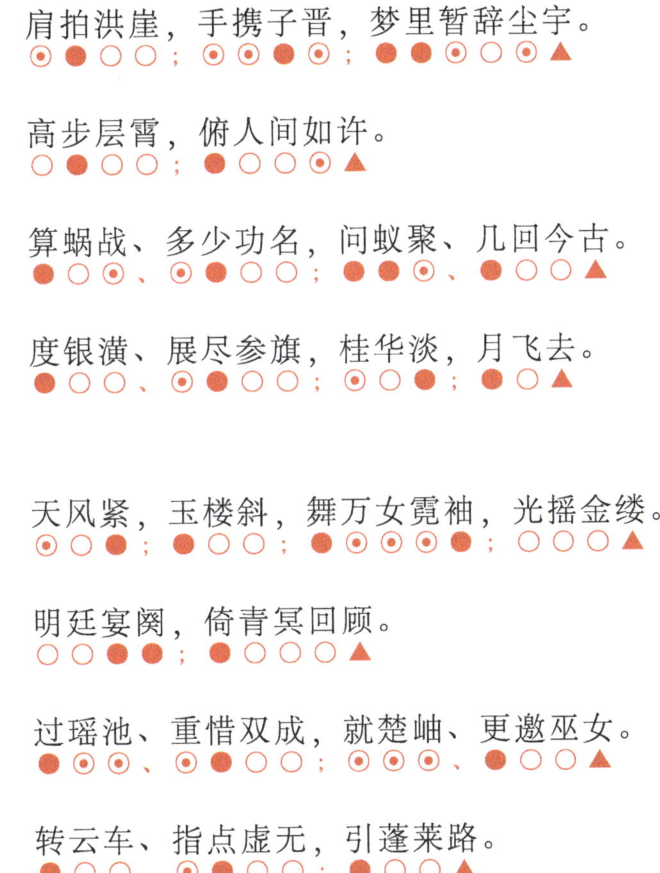

肩拍洪崖，手携子晋，梦里暂辞尘宇。
⊙●○○；⊙⊙●⊙；●●⊙○⊙▲

高步层霄，俯人间如许。
○●○○；●○○⊙▲

算蜗战、多少功名，问蚁聚、几回今古。
●○⊙、⊙●○○；●●⊙、●○○▲

度银潢、展尽参旗，桂华淡，月飞去。
●○○、⊙●○○；⊙○●；●○▲

天风紧，玉楼斜，舞万女霓袖，光摇金缕。
⊙○●；●○○；●⊙⊙⊙●；○○○▲

明廷宴阕，倚青冥回顾。
○○●●；●○○○▲

过瑶池、重惜双成，就楚岫、更邀巫女。
●⊙⊙、⊙●○○；⊙⊙⊙、●○○▲

转云车、指点虚无，引蓬莱路。
●○○、⊙●○○；●○○▲

（上下阕第五句、下结，例用一字领。上阕第二句可用韵。）

134. 过涧歇近　　（一体）

双调八十字，上阕八句五仄韵，下阕八句三仄韵

柳　永

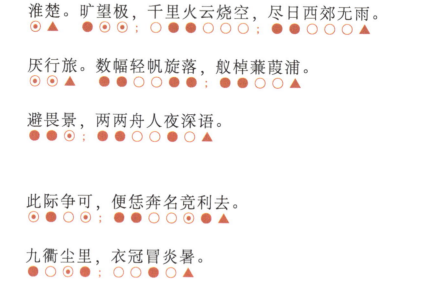

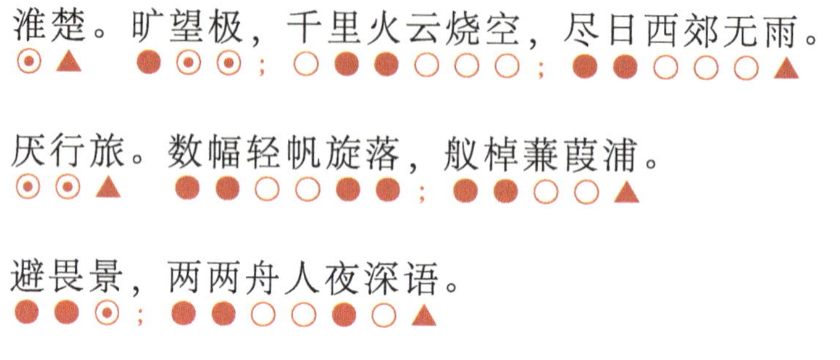

淮楚。旷望极，千里火云烧空，尽日西郊无雨。
⊙▲　●⊙⊙；○●●○○○；●●○○○▲

厌行旅。数幅轻帆旋落，舣棹蒹葭浦。
⊙⊙▲　●●○○●●；●●○○▲

避畏景，两两舟人夜深语。
●●⊙；●●○○●○▲

此际争可，便恁奔名竞利去。
⊙●○⊙；●●○○⊙●▲

九衢尘里，衣冠冒炎暑。
●○⊙●；○○●○▲

回首江乡，月观风亭，水边石上，幸有散发披襟处。
⊙●○○；●●○⊙；⊙⊙⊙●；●⊙⊙●○○▲

（上阕第三句平仄有作：●●○●○○。）

过涧歇近 （宋词）

柳　永

酒醒。梦才觉，小阁香炭成煤，洞户银蟾移影。人寂静。夜永清寒翠瓦，霜凝疏帘风，动漏声，隐隐飘来转愁听。　　怎向心绪，近日厌厌长似病。凤楼咫尺，佳期杳无定。展转无眠，粲枕冰冷。香虬烟断，是谁与把重衾整。

过涧歇近 （宋词）

晁补之

东皋寓居

归去。奈故人，尚作青眼相期，未许明时归去。放怀处。买得东皋数亩，静爱园林趣。任过客，剥啄相呼昼扃户。　　堪笑儿童事业，华颠向谁语。草堂人悄，圆荷过微雨。都付邯郸，一枕清风，好梦初觉，砌下槐影方停午。

135. 撼庭秋　　(一体)

双调四十八字，上阕五句三仄韵，下阕六句两仄韵

晏　殊

别来音信千里。怅此情难寄。

●○○●○▲　●●○○▲

碧纱秋月，梧桐夜雨，几回无寐。

●○○●；○○●●；●○○▲

楼高目断，天遥云黯，只堪憔悴。

○○●●；○○○●；●○○▲

念兰堂红烛，心长焰短，向人垂泪。

●○○○●；○○●●；●○○▲

（上阕第二句，下阕第四句，用一字领。欧阳修词或有脱漏，不予校订。）

136. 撼庭竹　　（二体）

（一）双调七十二字，上阕六句五平韵，下阕六句四平韵

黄庭坚

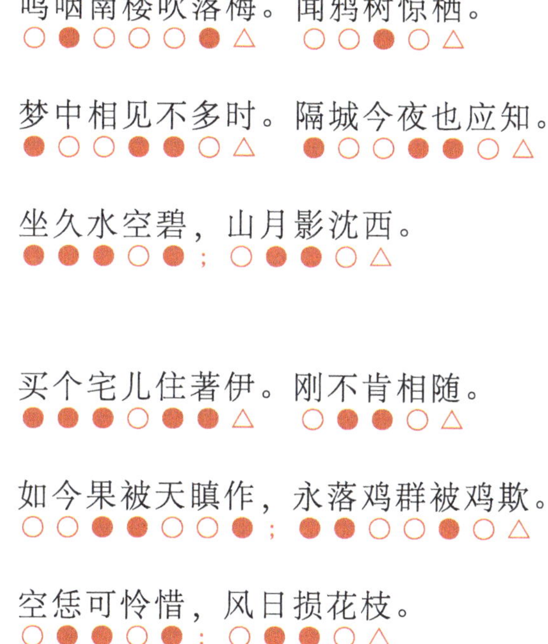

呜咽南楼吹落梅。闻鸦树惊栖。
梦中相见不多时。隔城今夜也应知。
坐久水空碧，山月影沈西。

买个宅儿住著伊。刚不肯相随。
如今果被天瞋作，永落鸡群被鸡欺。
空恁可怜惜，风日损花枝。

（上下阕第二句用一字领。）

（二）双调七十二字，上阕六句五仄韵，下阕六句四仄韵

王　诜

绰略青梅弄春色。真艳态堪惜。
●●○○●○▲　○●●○▲

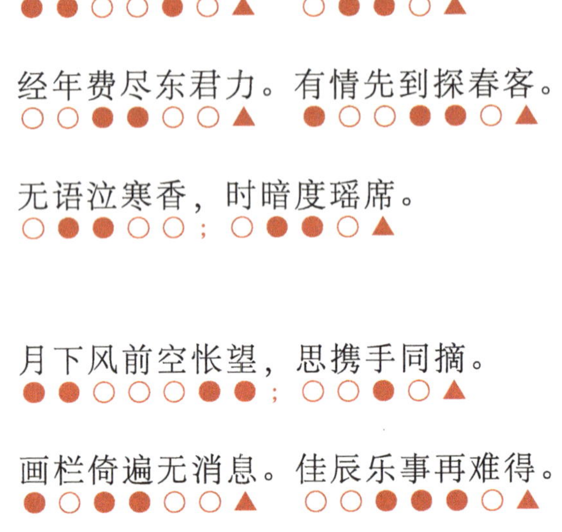

经年费尽东君力。有情先到探春客。
○○●●○○▲　●○○●●○▲

无语泣寒香，时暗度瑶席。
○●●○○；○●●○▲

月下风前空怅望，思携手同摘。
●●○○○●●；○○●○▲

画栏倚遍无消息。佳辰乐事再难得。
●○●●○○▲　○○●●●○▲

还是夕阳天，空暮云凝碧。
○●●○○；○●○○▲

（仄韵词字数、句式同平韵词，下起不用韵，下阕第三句用韵，异。）

137. 好时光　　（一体）

双调四十五字，上下阕各五句，两平韵

李隆基

宝髻偏宜宫样。莲脸嫩，体红香。
●●○○○●；○●●；●○△

眉黛不须张敞画，天教入鬓长。
○●●○○●●；○○●●△

莫倚倾国貌，嫁取个，有情郎。
●●○●●；●●●；●○△

彼此当年少，莫负好时光。
●●○○●；●●●○△

138. 喝火令　　（一体）

双调六十五字，上阕五句三平韵，下阕七句四平韵

黄庭坚

见晚情如旧，交疏分已深。舞时歌处动人心。

烟水数年魂梦，无处可追寻。

昨夜灯前见，重题汉上襟。便愁云雨又难寻。

晓也星稀，晓也月西沈。晓也雁行低度，不会寄芳音。
●●○○；●●●○△　●●●○○●；●●●○△

（下阕去第四、第五句，则同上阕。下阕第四、第五、第六句首两字重复，填者宜遵之。）

139. 合欢带　　（一体）

双调一百五字，上阕九句五平韵，下阕十句四平韵

柳　永

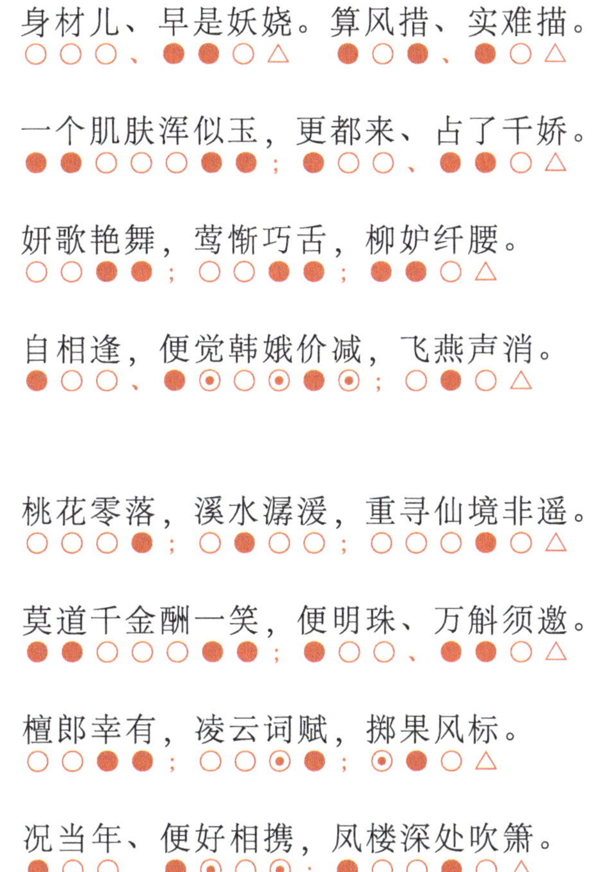

身材儿、早是妖娆。算风措、实难描。
○○○、●●○△　●○●、●○△

一个肌肤浑似玉，更都来、占了千娇。
●●○○○●●；●○○、●●○△

妍歌艳舞，莺惭巧舌，柳妒纤腰。
○○●●；○○●●；●●○△

自相逢，便觉韩娥价减，飞燕声消。
●○○、●⊙○⊙●⊙；○●○△

桃花零落，溪水潺湲，重寻仙境非遥。
○○○●；○●○○；○○○●○△

莫道千金酬一笑，便明珠、万斛须邀。
●●○○○●●；●○○、●●○△

檀郎幸有，凌云词赋，掷果风标。
○○●●；○○⊙●；⊙●○△

况当年、便好相携，凤楼深处吹箫。
●○○、●⊙○⊙；●○○●○△

（杜安世词起句少一字，结句多一字，不予校订。）

140. 荷花媚　　　(一体)

双调六十字，上阕五句三仄韵，下阕六句两仄韵

毛文锡

荷花

霞苞曳荷碧。天然地、别是风流标格。
○○●○▲　○○●、●●○○○▲

重重青盖下，千娇照水，好红红白白。
○○○●●；○○●●；●○○●▲

每怅望、明月清风夜，甚低眉不语，妖邪无力。
●●●、○●○○●；●○○●●；○○○▲

终须放、船儿去，清香深处住，看伊颜色。
○○●、○○●；○○○●●；●○○▲

（下阕似另用三仄韵。《钦定词谱》题为苏轼词。）

141. 荷叶铺水面　　（一体）

双调五十七字，上阕五句三平韵，下阕五句四平韵

康与之

春光艳冶，游人踏绿苔。千红万紫竞香开。
○○●●；○○●●△　○○●●●○△

暖风拂鼻籁，蓦地暗香透满怀。
●○●●●；●●●○●●△

荼蘼似锦裁。娇红间绿白，只怕迅速春回。
○○●●△　○○●●●；●●●●○△

误落在尘埃。折向鬓云间、金凤钗。
●●●○△　●●●○○、○●△

142. 贺明朝　　（一体）

双调六十一字，上阕七句五仄韵，下阕六句四仄韵

欧阳炯

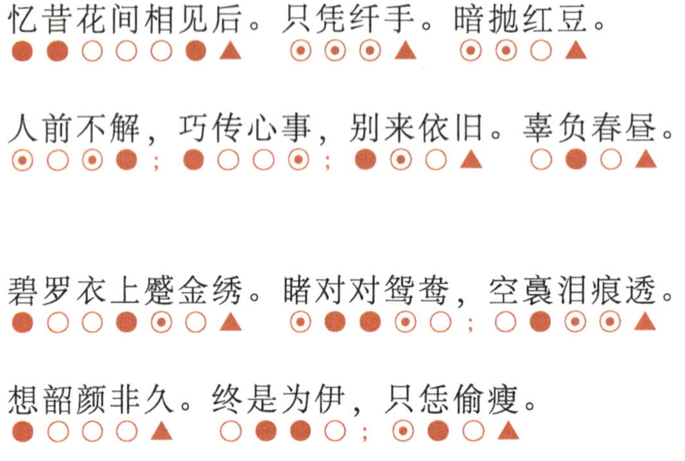
忆昔花间相见后。只凭纤手。暗抛红豆。
人前不解，巧传心事，别来依旧。辜负春昼。

碧罗衣上蹙金绣。睹对对鸳鸯，空裛泪痕透。
想韶颜非久。终是为伊，只恁偷瘦。

（下阕第二、第四句用一字领。上阕第二句可不用韵。）

贺明朝 （五代词）

欧阳炯

忆昔花间初识面。红袖半遮，妆脸轻转。石榴裙带，故将纤纤，玉指偷捻。双凤金线。　　碧梧桐锁深深院。谁料得两情，何日教缱绻。羡春来双燕。飞到玉楼，朝暮相见。

143. 恨春迟　　（二体）

（一）双调五十九字，上下阕各五句，两平韵

张　先

好梦才成又断。因晚起、云鬓梳鬟。
●●○○●●；○●●、○●○△

秀脸拂新红，酒入娇眉眼，薄衣减春寒。
●●●○○；●●○○●；●○●○△

红柱溪桥波平岸。画阁外、落日西山。
○●○○○○●；●●●、●●○△

不忿闲花并蒂，秋藕连根，何时重得双眠。
●●○○●●；○●○○；○○○●○△

（二）双调五十九字，上下阕各五句，两平韵

张　先

欲借红梅荐饮。望陇驿、音信沉沉。
●●○○●●；○●●、○●○△

住在柳洲东岸，彼此相思，梦去难寻。
●●●○○●；●●○○；●●○△

乳燕来时花期寝。淡月坠、将晓还阴。
○●○○○○●；●●●、●●○△

争奈多情易感，音信无凭，如何消遣得初心。
●●○○●●；○●○○；○○○●●○△

（较一，上结减一字，下结多一字；上阕第三、第四句重组为六字、四字各一句。）

144. 恨欢迟　　(二体)

(一)双调五十二字，上阕六句两平韵，下阕五句三平韵

王　灼

柳暗汀洲，最春深处，小宴初开。
●●○○；●⊙○⊙；●●○△

似泛宅浮家，水平风软，咫尺蓬莱。
●●●○○；●○○●；●●○△

更劝君、吸尽紫霞杯。醉看鸾凤徘徊。
●●⊙、⊙●●○△　●○○●○△

正洞里桃花，盈盈一笑，依旧怜才。
●●●○○；⊙○⊙●；⊙●○△

(上阕第四句，下阕第三句，用一字领。)

（二）双调五十三字，上阕五句三平韵，下阕四句三平韵

张　焘

淡薄情怀。浅缀胭脂。独占江梅。
●●○○；●⊙○△　●●○△

最好是、严凝苦寒天气，却是开时。
●●●、○○●○○●；●●○△

也不许、桃杏斗妍媸。也不许、雪霜相欺。
●●⊙、⊙●●○△　●●●、●○○△

又只恐、谁家一声羌笛，落尽南枝。
●●●、○○⊙○⊙●；⊙●○△

（上阕第二句用韵，下阕第二句添一字，上下阕第三、第四句重组为九字句，余同一。）

145.红窗听　　　(一体)

双调五十三字，上阕四句三仄韵，下阕五句三仄韵

晏　殊

淡薄梳妆轻结束。天意与、脸红眉绿。

断环书素传情久，许双飞同宿。

一晌无端分比目。谁知道、风前月底，相看未足。

此心终拟，觅鸾弦重续。

（两结例用一字领。）

146. 红窗怨　　（一体）

双调五十五字，上阕六句三仄韵，下阕四句三仄韵

王　质

欲寄意，都无有。且须折赠，市桥官柳。
⊙●●；○○▲　●○●●；●○○▲

看君著上征衣，也寻思、傍舟楚江口。
○○●●○○；●○○、⊙○●⊙▲

此会未知何时又。恨男儿、不长相守。
●●⊙○⊙○▲　●○○、⊙○⊙▲

苟富贵、毋相忘，若相忘、有如此酒。
●●⊙、⊙○○；●○○、●○⊙▲

（此谱《钦定词谱》题为《市桥柳》，蜀妓作；《全宋词》录为王质词，字句略有不同。王质别首，上阕第三句：●●○○；第五句：●●○●●○。）

147. 红楼慢　　(一体)

双调一百三字，上下阕各九句，四仄韵

吴则礼

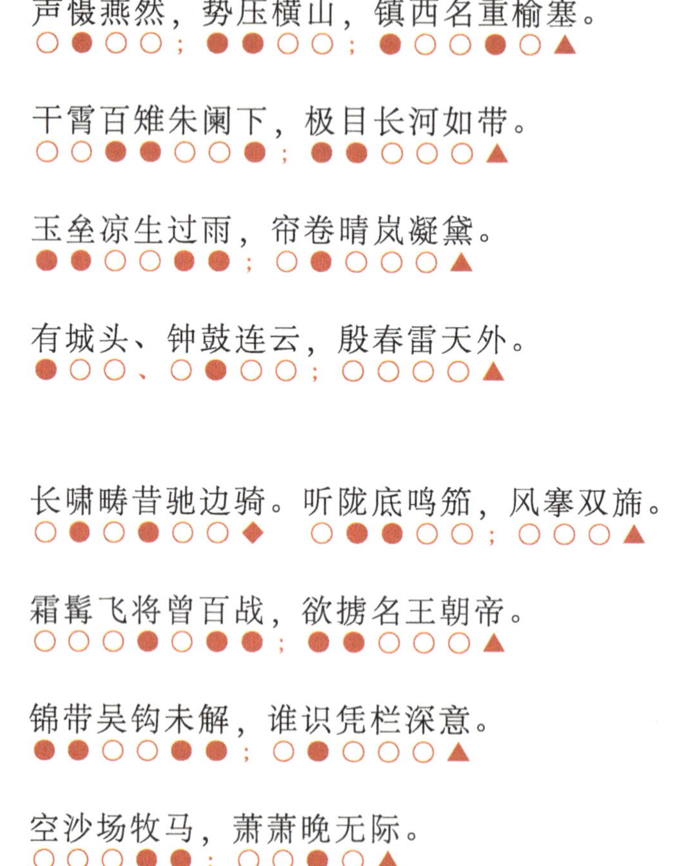
声慑燕然，势压横山，镇西名重榆塞。
○●○○；●●○○；●○○●○▲

干霄百雉朱阑下，极目长河如带。
○○●●○○●；●●○○○▲

玉垒凉生过雨，帘卷晴岚凝黛。
●●○○●●；○●○○○▲

有城头、钟鼓连云，殷春雷天外。
●○○、○●○○；○○○○▲

长啸畴昔驰边骑。听陇底鸣笳，风搴双旆。
○●○●○○◆　○●●○○；○○○▲

霜髯飞将曾百战，欲掳名王朝帝。
○○○●○●●；●●○○○▲

锦带吴钩未解，谁识凭栏深意。
●●○○●●；○●○○○▲

空沙场牧马，萧萧晚无际。
○○○●●；○○●○▲

（上结，下阕第二、第八句，用一字领。）

148. 红罗袄　　　（一体）

双调五十三字，上阕六句两平韵，下阕四句四平韵

周邦彦

画烛寻欢去，羸马载愁归。

●⊙○⊙●；○●●○△

念取酒东垆，尊罍虽近，采花南浦，蜂蝶须知。

●●●○○；○○○●；●○○●；○●○△

自分袂、天阔鸿稀。空怀梦约心期。

●○●、○●○△　○○●●○△

楚客忆江蓠。算宋玉、未必为秋悲。

●●●○△　●●●、●●●○△

（上阕第三句用一字领。上阕后四句对仗。）

红罗袄 （宋词）

陈允平

别来书渐少，家远梦徒归。念去燕来鸿，愁随秋到，旧盟新约，心与天知。　　楚江上、木落林稀。西风尚隔心期。水阔草离离。更皓月、照影自伤悲。

149. 红芍药　　（一体）

双调九十一字，上阕八句五仄韵，下阕八句六仄韵

王　观

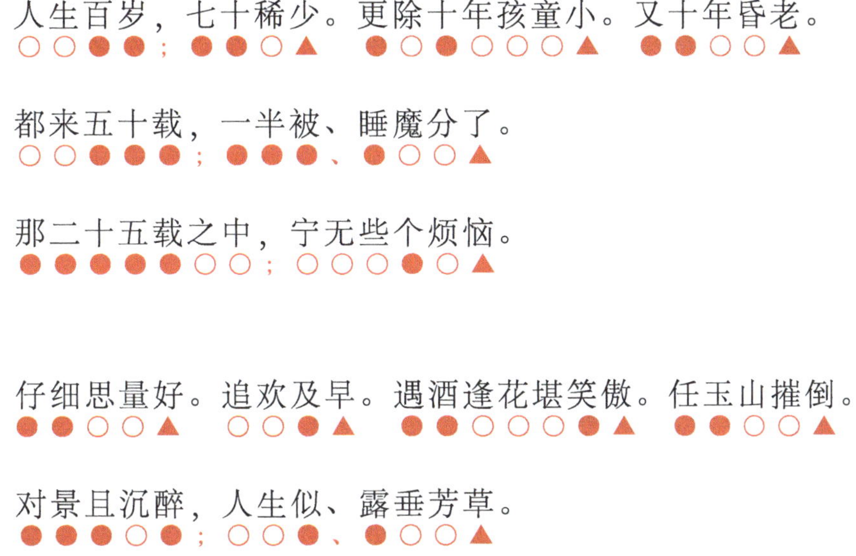

人生百岁，七十稀少。更除十年孩童小。又十年昏老。
○○●●；●●○▲　●○●○○○▲　●●○○▲

都来五十载，一半被、睡魔分了。
○○●●●；●●●、●○○▲

那二十五载之中，宁无些个烦恼。
●●●●●○○；○○○●○▲

仔细思量好。追欢及早。遇酒逢花堪笑傲。任玉山摧倒。
●●○○▲　○○●▲　●●○○○●▲　●●○○▲

对景且沉醉，人生似、露垂芳草。
●●●○●；○○●、●○○▲

幸新来有酒如渑，要结千秋歌笑。
●○○●●○○；●●○○○▲

（除下起多一字、多用一韵外，上下阕句式似同。上下阕第四、第七句用一字领。）

150. 红袖扶　　(一体)

双调九十五字，上阕十句五仄韵，下阕九句四仄韵

王　寂

酌酒

风拂冰檐，镇犀动、翠帘珠箔。
○●○○；●○●、●○○▲

秘壶暖、宫黄破萼。宝薰闲却。
●○●、○○●▲　●○○▲

玻璃瓮头，漉雪擘新橙，秀色浮杯杓。
○○●○；●●●○○；●●○○▲

双蛾小，骊珠一串，梁尘惊落。
○○●；○○●●；○○○▲

俗事何时了，便可束置之高阁。
●●○○●；●●●●○○▲

笑半纸功名，何物被人拘缚。
●●●○○；○●●○○▲

青春等闲背我，趁良时、莫惜追行乐。
○○●○●●；●○○、●●○○▲

玉山倒，从教唤起，红袖扶著。
●○●；○○●●；○●○▲

（下阕第三句用一字领。）

151. 后庭花　　（二体）

（一）双调四十四字，上下阕各四句，四仄韵

毛熙震

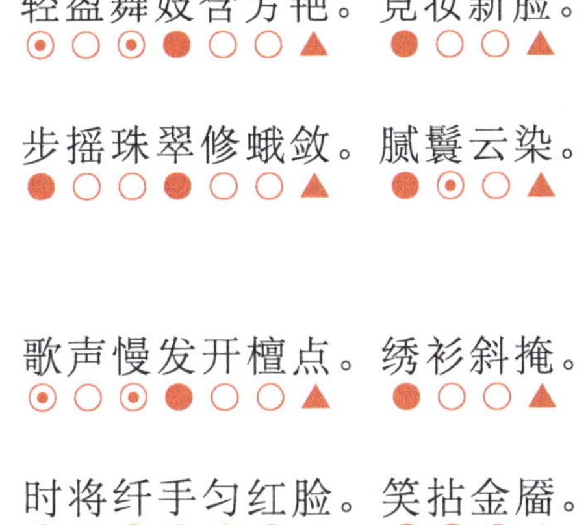

轻盈舞妓含芳艳。竞妆新脸。

步摇珠翠修蛾敛。腻鬟云染。

歌声慢发开檀点。绣衫斜掩。

时将纤手匀红脸。笑拈金靥。

（上下阕句式同。毛熙震别首，下阕第三句：○●○○○○▲。张先词上下阕第三句不用韵，或仅下阕第三句用韵。）

（二）双调四十六字，上阕四句四仄韵，下阕五句四仄韵

孙光宪

景阳锺动宫莺啭。露凉金殿。
⊙○⊙●○○▲　●○○▲

轻飚吹起琼花旋。玉叶如剪。
⊙○○●○○▲　●⊙○▲

晚来高阁上，珠帘卷见。坠香千片。
●○○●●；○○⊙▲　●○○▲

修蛾慢脸陪雕辇。后庭新宴。
○○⊙●○○▲　●⊙○▲

（孙光宪别首，下阕第四句：●●○○○●▲。）

后庭花 （宋词）

许 棐

一春不识西湖面。翠羞红倦。雨窗和泪摇湘管。意长笺短。　知心惟有雕梁燕。自来相伴。东风不管琵琶怨。落花吹遍。

152. 后庭花破子　　(一体)

单调三十二字，七句五平韵

冯延巳

玉树后庭前。瑶草妆镜边。
●●●○△　○●⊙●△

去年花不老，今年月又圆。
●⊙○⊙●；○○●●△

莫教偏。和月和花，天教长少年。
●○△　○●○○；⊙○○●△

（第二句有作：⊙○⊙●△，第六句有作：⊙○⊙●。）

153. 后庭宴　　（一体）

双调六十字，上阕五句三仄韵，下阕六句三仄韵

无名氏

千里故乡，十年华屋。
○●●○；●○○▲

乱红飞过屏山簇。
●○○●○○▲

眼看眉褪不胜春，菱花知我销香玉。
●○○●●○○；○○○●○○▲

双双燕子归来，应解笑人幽独。
○○●●○○；○●●○○▲

断歌零舞，遗恨清江曲。
●○○●；○●○○▲

万树绿低迷，一庭红扑簌。
●●●○○；●○○●▲

154. 胡捣练　　(二体)

(一) 双调四十八字，上下阕各四句，三仄韵

晏　殊

夜来江上见寒梅，自逞芳妍标格。
●○⊙●●○○；●●⊙○○▲

为甚东风先坼。分付春消息。
⊙●⊙○○▲　⊙●○○▲

佳人钗上玉尊前，朵朵浓香堪惜。
⊙○⊙●●○○；●●⊙○⊙▲

谁把彩毫描得。免恁轻抛掷。
⊙●●○○▲　⊙●○○▲

(二) 双调四十七字，上下阕各四句，三仄韵

晏几道

小春花信日边来，未上江楼先坼。
●○⊙●●○○；●●⊙○○▲

今岁东君消息。还自南枝得。
⊙●⊙○○▲　⊙●○○▲

素衣染尽天香，玉酒添成国色。
⊙○●●○○；●●⊙○⊙▲

一自故溪疏隔。肠断长相忆。
⊙●●○○▲　⊙●○○▲

155. 胡蝶儿　　（一体）

双调四十字，上阕四句四平韵，下阕四句三平韵

张　泌

胡蝶儿。晚春时。
○●△　●○△

阿娇初着淡黄衣。倚窗学画伊。
○○○●●○△　●○●●△

还似花间见，双双对对飞。
○●○○●；○○●●△

无端和泪拭燕脂。惹教双翅垂。
○○○●●○△　●○○●△

156. 花发沁园春　　（一体）

双调一百五字，上阕十句五仄韵，下阕十句六仄韵

刘子寰

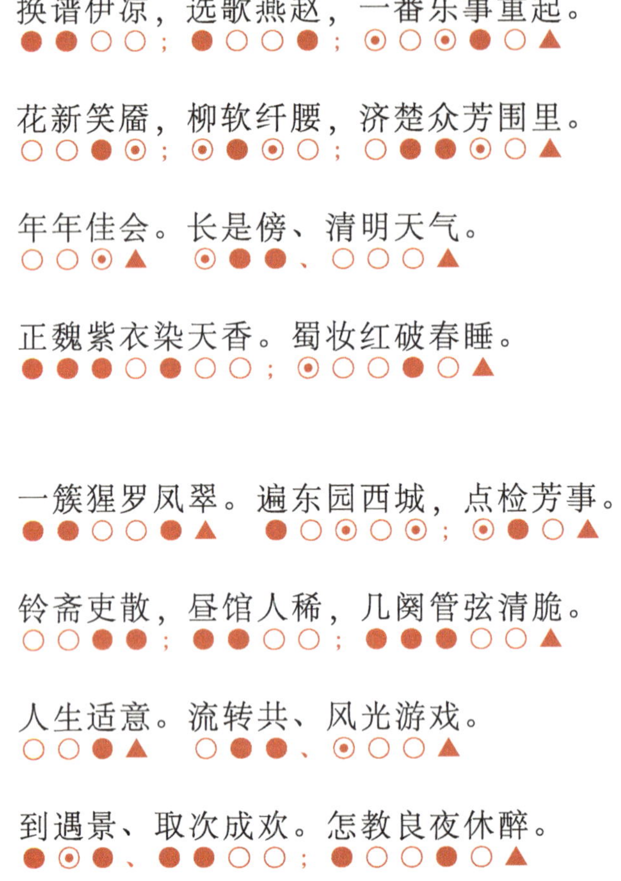

换谱伊凉，选歌燕赵，一番乐事重起。
花新笑靥，柳软纤腰，济楚众芳围里。
年年佳会。长是傍、清明天气。
正魏紫衣染天香。蜀妆红破春睡。
一簇猩罗凤翠。遍东园西城，点检芳事。
铃斋吏散，昼馆人稀，几阕管弦清脆。
人生适意。流转共、风光游戏。
到遇景、取次成欢。怎教良夜休醉。

（上结、下阕第二句用一字领。王诜改作平韵。）

157. 花发状元红慢　　（一体）

双调一百二字，上下阕各十句，五仄韵

刘　几

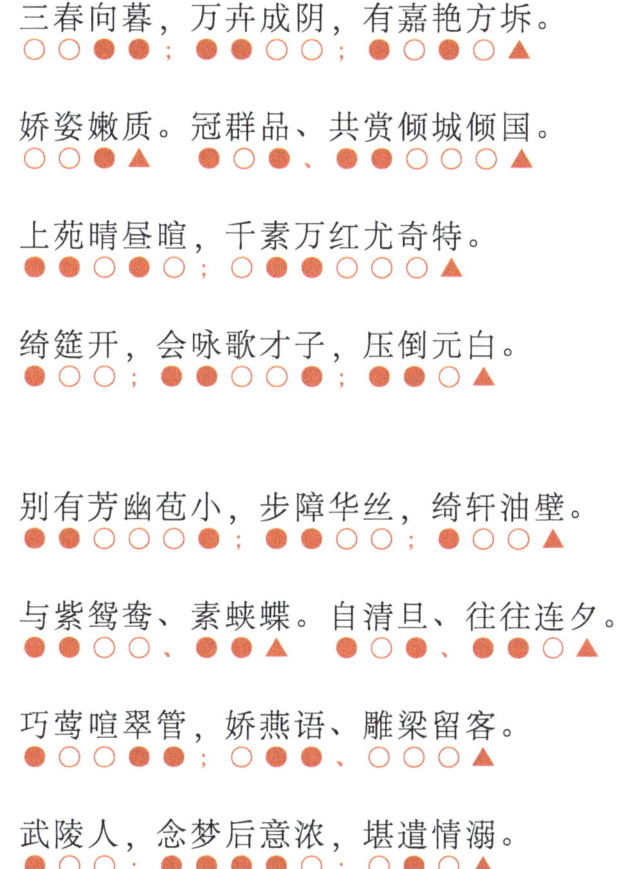

三春向暮，万卉成阴，有嘉艳方坼。
○○●●；●●○○；●○●○▲

娇姿嫩质。冠群品、共赏倾城倾国。
○○●▲　●○●、●●○○○▲

上苑晴昼暄，千素万红尤奇特。
●●○●○；○●●○○○▲

绮筵开，会咏歌才子，压倒元白。
●○○；●●○○●；●●○▲

别有芳幽苞小，步障华丝，绮轩油壁。
●●○○○●；●●○○；●○○▲

与紫鸳鸯、素蛱蝶。自清旦、往往连夕。
●●○○、●●▲　●○●、●●○▲

巧莺喧翠管，娇燕语、雕梁留客。
●○○●●；○●●、○○○▲

武陵人，念梦后意浓，堪遣情溺。
●○○；●●●●○；○●○▲

（上阕第三、第九句，下阕第四、第九句，用一字领。）

158. 花非花　　（一体）

单调二十六字，六句三仄韵

白居易

花非花，雾非雾。夜半来，天明去。
○○○；●○▲　●●○；○○▲

来如春梦不多时，去似朝云无觅处。
○○○●●○○；●●○○○●▲

159. 花前饮　　　（一体）

双调五十字，上下阕各四句，三仄韵

无名氏

雨馀天色渐寒渗。海棠绽、胭脂如锦。
●○○●●○▲　●○●、○○○▲

告你休看书，且共我、花前饮。
●●○●○；●●●、○○▲

皓月穿帘未成寝。篆香透、鸳鸯双枕。
●●○○●○▲　●○●、○○○▲

似恁天色时，你道是、好做甚。
●●○●○；●●●、●●▲

160. 花上月令　　（一体）

双调五十八字，上阕七句四平韵，下阕七句三平韵

吴文英

文园消渴爱江清。酒肠怯，怕深觥。
○○○●●○△　●○●；●○△

玉舟曾洗芙蓉水，泻清冰。秋梦浅，醉云轻。
●○○●○○●；●○△　○●●；●○△

庭竹不收帘影去，人睡起，月空明。
○●●○○●●；○●●；●○△

瓦瓶汲井和秋叶，荐吟醒。夜深里，怨遥更。
●○●●○○●；●○△　●○●；●○△

161. 华清引　　（一体）

双调四十五字，上下阕各四句，三平韵

苏　轼

平时十月幸兰汤。玉甃琼梁。
○○●●●○△　●●○△

五家车马如水，珠玑满路旁。
●○○●○●；○○●●△

翠华一去掩方床。独留烟树苍苍。
●○●●●○△　●○○●○△

至今清夜月，依旧过缭墙。
●○○●●；○●●○△

162. 还京乐　　　(一体)

双调一百三字，上阕十句五仄韵，下阕十一句五仄韵

周邦彦

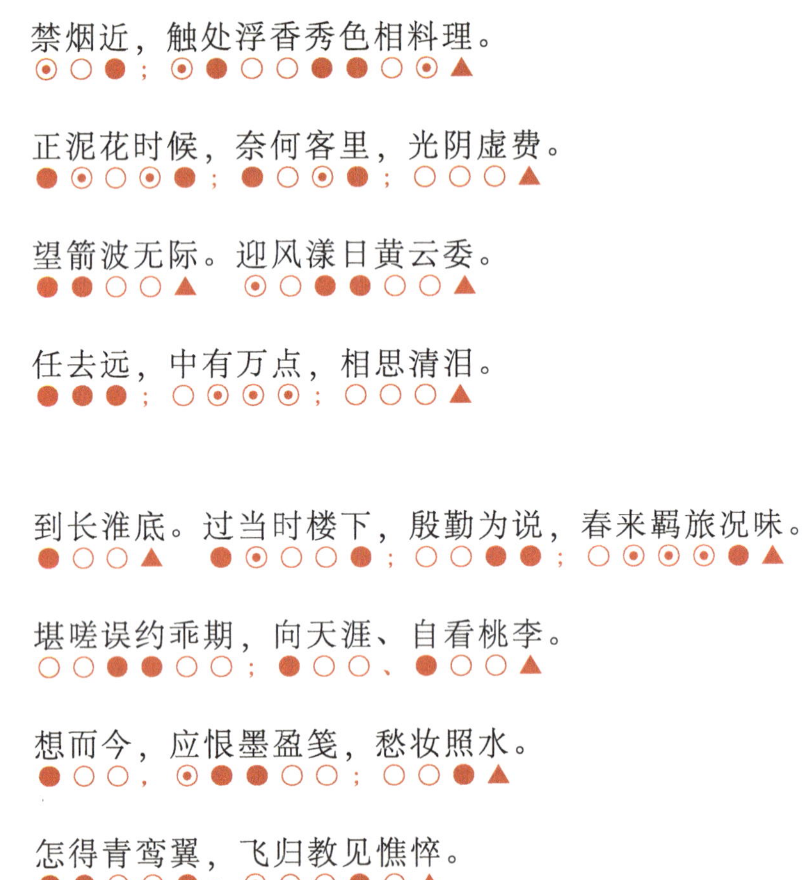
禁烟近，触处浮香秀色相料理。
正泥花时候，奈何客里，光阴虚费。
望箭波无际。迎风漾日黄云委。
任去远，中有万点，相思清泪。

到长淮底。过当时楼下，殷勤为说，春来羁旅况味。
堪嗟误约乖期，向天涯、自看桃李。
想而今，应恨墨盈笺，愁妆照水。
怎得青鸾翼，飞归教见憔悴。

（上阕第二句用二字领，上阕第三、第六句，下阕起句、第二、第八句，用一字领。张炎词上结重组为四字、七字各一句，下阕第八句少一字，不予参校。）

还京乐 （宋词）

陈允平

彩鸾去，适怨清和锦瑟谁共理。奈春光渐老，万金难买，榆钱空费。岸草烟无际。落花满地芳尘委。翠袖里，红粉溅溅，东风吹泪。　　任鸳帏底。宝香寒金兽，慵熏绣被，依依离别意味。琼钗暗画心期，倩啼鹃、为催行李。黯销魂，但梦逐巫山，情牵渭水。待得归来后，灯前深诉憔悴。

163) 裹海清　　(一体)

双调八十七字，上阕八句四平韵，下阕八句五平韵

王庭珪

画鼓轰天。暗尘随马，人似神仙。
●●○△　●○○●；○●○△

天恁不教昼短，明月长圆。
○●●○●●；○●○△

天应未知道，天知道，须肯放、三夜如年。
○○●○●；○○●；○●●、○●○△

流酥拥上香軿。为个甚、晚妆特地鲜妍。
○○●●○△　●●●、●○●●○△

花下清阴乍合，曲水桥边。
○●○○●●；●●○△

高人到此也乘兴，任横街、一一须穿。
○○●●●○●；●○○、●●○△

莫言无国艳，有朱门、锁婵娟。
●○○●●；●○○、●○△

164. 换遍歌头　　（一体）

双调九十五字，上阕十句四仄韵一叶韵，下阕九句四仄韵两叶韵

王　诜

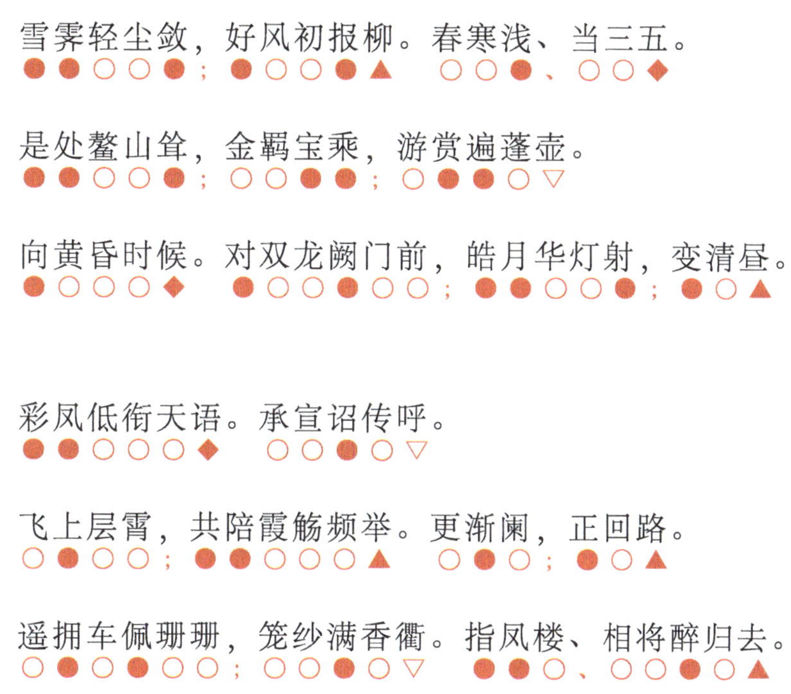

雪霁轻尘敛，好风初报柳。春寒浅、当三五。

是处鳌山耸，金羁宝乘，游赏遍蓬壶。

向黄昏时候。对双龙阙门前，皓月华灯射，变清昼。

彩凤低衔天语。承宣诏传呼。

飞上层霄，共陪霞觞频举。更渐阑，正回路。

遥拥车佩珊珊，笼纱满香衢。指凤楼、相将醉归去。

（上阕第七句用一字领。）

165. 浣溪沙慢　　(一体)

双调九十三字，上阕九句五仄韵，下阕十句五仄韵

周邦彦

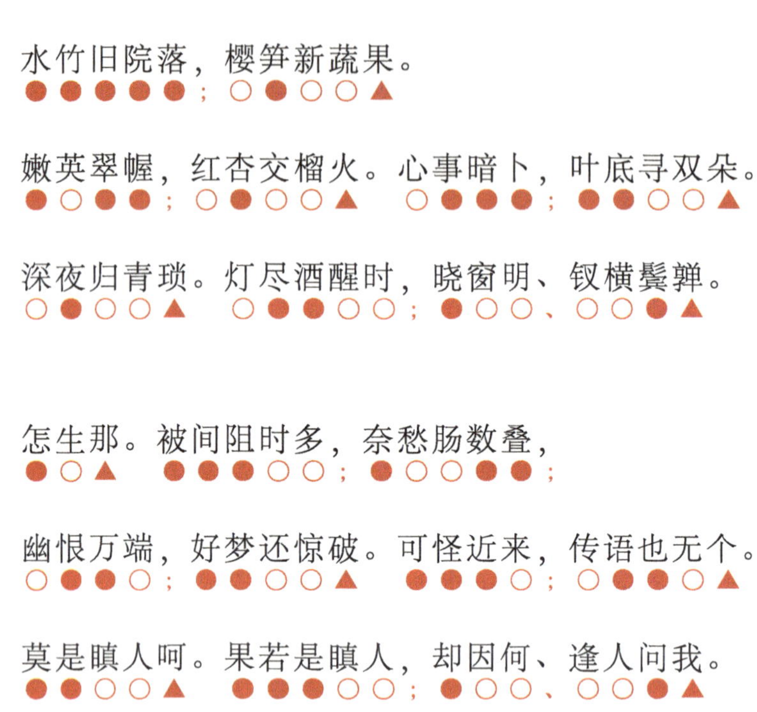

水竹旧院落，樱笋新蔬果。
●●●●●；○●○○▲

嫩英翠幄，红杏交榴火。心事暗卜，叶底寻双朵。
●○●●；○●○○▲　○●●●；●●○○▲

深夜归青琐。灯尽酒醒时，晓窗明、钗横鬓亸。
○●○○▲　○●●○○；●○○、○○●▲

怎生那。被间阻时多，奈愁肠数叠，
●○▲　●●●○○；●○○●●；

幽恨万端，好梦还惊破。可怪近来，传语也无个。
○●●○；●●○○▲　●●●○；○●●○▲

莫是瞋人呵。果若是瞋人，却因何、逢人问我。
●●○○▲　●●●○○；●○○、○○●▲

（下阕第二、第三句用一字领。马子严词脱漏较多，不予校订。）